遠藤周作

挑発する作家

編集　柘植光彦

至文堂

はじめに

遠藤周作の文学や思想は、今、輝きを増しています。

遠藤周作が一生をかけて、小説や評論やエッセイで語り続けたその世界観や宗教観が、ようやく一般の人々にも理解されるようになってきたからです。「早く来すぎた作家」として、批判や反感を受けがちだったその世界観・宗教観も、現在では、世界の宗教者たちが目指している方向と合致していることがわかってきました。

遠藤周作の生涯の到達点は、すべての宗教を、神に至るそれぞれの道として認めようというものでした。各宗教のもつ排他的な傾向にも批判の目を向けています。したがって、数多い信仰対象をもつ日本人の伝統的な信仰形態も、あえて否定しないという境地に達していました。

こうした、日本という風土が生んだ巨大な作家・思想家である遠藤周作の一生の仕事を、現代日本文学研究の流れの中にきちんと定着させて再評価していこう、というのがこの本の最大の目的です。

遠藤周作の全体像を、新しい論点から明らかにするために、この本では「四つの方向」からの検証を試みました。そしてさらに、夫人のインタビュー、遠藤周作をよく知る作家のエッセイ、没後の主要な遠藤周作研究のリスト、などを加えて、遠藤周作像の「現在」に迫りました。

「四つの方向」とは、「作家遠藤周作を創り上げたさまざまな出会い」「フランス文学やフランス留学からの影響」「イエス像やユングの心理学やヒックの神学やヒンズー教など宗教的な問題」そして「主要な遠藤作品の分析」です。

この「四つの方向」に関しては、これまでにも多くの優れた論考がありました。ここでは、さらにそれらを踏まえた上での、新しい立論による、新しい作家の全体像の構築をめざしました。

執筆をお願いしたのは、クリスチャンの方も、そうでない方も含めて、現在考えられるもっとも強力なメンバーです。各分野とも、日本のトップクラスの方々を、まさに「総動員」しました。

遠藤周作の研究会や文学館などで遠藤研究者として活躍されている方々をはじめとして、モーリアック、サド、グリーンなど外国文学の専門家、カトリシズム、ユング、ヒンズー教など宗教・思想の専門家、さらに芥川龍之介、高橋たか子、「三田文学」など日本文学の専門研究者にも執筆していただきました。どれもユニークな、優れた論ばかりで、編者として心から感謝いたします。

この本を一つの新しい手がかりにして、遠藤周作研究がさらに進展していくことを、心から願っています。

平成二〇年七月

柘植光彦

目次

インタビュー・遠藤順子夫人に聞く――

半世紀の記憶

――小説はどのように書かれたか

（聞き手）柘植光彦
（専修大学教授）

小嶋洋輔
（千葉大学特別研究員）

（平成20年3月24日収録）

▨ 初期作品
――『アデンまで』『青い小さな葡萄』

柘植　遠藤周作氏が亡くなってから十二年、仏教で言うとしたら十三回忌です（笑）。この一区切りを経てもなお、遠藤周作作品の人気はいっこうに衰えていない。またキリスト教徒だということから遠藤さんを敬遠していた人たちも、遠藤さんの到達したところを知って、関心を持つようになったということもあります。

今までもたくさんの雑誌や単行本が遠藤周作特集をやってきましたが、この特集では宗教だけでなく、フランス文学者やインド学者や、いろんな方を動員して、遠藤さんが現代日本文学の中でどんな位置を占めるのかを考えていこうと思ったわけです。

奥様はこれまでも、例えば鈴木秀子さんのインタビュー（『夫・遠藤周作を語る』）など、いろいろな場所でお話をされていますが、私たちは作品との関係からお話を伺いたいと思いまして、お運び頂きました。

遠藤　ありがとうございます。私にお答えできるようなことがあるかどうかわかりませんけれど。

小嶋　私は千葉大学で特別研究員をしております。小嶋です。これまでの遠藤周作研究は作家論的な論考が多かったのですが、最近では遠藤周作文学の歴史性、宗教性を相対化しようという試みが活発化してきています。それを後押しするかのように、多くの新資料が発見されたりしています。最近ですと町田市民文学館で欧文蔵書目録が出されまして、あれは研究者にとってはとてもありがたいものでした。また去年から、長崎の文学館で蔵書が見られるようになりましたね。

遠藤　やっと、やっとです。

小嶋　これからどんどん研究が進んでいくと思います。

遠藤順子氏

　遠藤さんは日本の戦後文学の中で、本流から少しはずれたところに位置付けられているように見えます。ですが私は、もっと本流として考えていい、大きな存在だと思いますので、奥様しかご存知ないことをぜひ聞かせていただきたいと思っております。

柘植　遠藤さんの初期の作品、『アデンまで』、『白い人』、『青い小さな葡萄』、これらはいずれもフランスが舞台ですが、お書きになったのは日本ですね。奥様にはまず、その頃のことをうかがいたいと思っています。

小嶋　初期の作品は、奥様が清書されたものもあるとうかがっています。特に処女長編である『青い小さな葡萄』というのは長編の連載小説ですが、執筆の時はどんなご様子だったんでしょうか。

遠藤　私は結婚する前から主人が結核だと知っていましたから、十分覚悟をして結婚したと思うんです。それでもその頃はまだ夜型で書いていました。書いている時には誰も寄せつけませんでしたね。夜になると「お前たちは早く寝ろ」と申しますから、私はお腹が空いた時に食べられるようなものと、魔法瓶にお茶を用意して寝るんです。でも後で見てみると何も手がついてなくて、お茶も飲んでいないんです。おなかが空くでしょうから召し上がったらいいでしょうにって言うんですけど、もう夢中で書いていて、それどころじゃないみたいですね（笑）。

　私がお清書をしているあいだ、主人は小説ではなくてもう少し気楽なものを書いていることもありました。私がわからない字があって、主人に聞きに行こうと思うんですけど、中断されるのをとても嫌った人でした。お清書をするなんて生まれて初めてだったし、初めのうちはとても困りましたね。

柘植　『青い小さな葡萄』の舞台には、後にご旅行なさったんですか？

遠藤　はい、フランスには参りました。

小嶋　年譜を見ていると、『アデンまで』が酷評されたとありますね。

遠藤　はいはい（笑）。私が結婚する前でしたけれど、結婚してからも、北原武夫先生に酷評されたというのはよく申してました。「北原の奴に」なんて言ってましたけれど（笑）。

小嶋　柴田錬三郎に文章を習ったとか、梅崎春生に慰められたという話も聞きましたけれど、やはり落ち込まれたんでしょうか。
遠藤　そんなに落ち込んでなかったんじゃないかと私は想像しているんです。あれを書いて三田文学の連中にいろいろ言われていた時、私はフランスに行っていました。帰国してから結婚するんですが、その時、「俺が初めて書いた小説だ」って言って渡されたのが『アデンまで』だったんです。

私はフランスには、仕事のために一週間で着かなければならなかったものでしたから、行きは飛行機だったんです。ですから船で地中海に入る時の感激を味わわずじまいでした。その点は残念に思っています。でも帰りはマルセイユから船に乗りました。四人部屋でルームメイトとごはんを食べていると、地中海からスエズに入ったとたん、イタリー人の女の子が持っていた細いパンがぐにゃっとなったんです。そこで、ああ東洋が始まったんだなと思いました。ですから『アデンまで』を読んでいるとその状況がよくわかる気がして、私はとても好きな小説なんです。

柘植光彦氏

戦争犯罪のテーマ――『海と毒薬』

柘植　後でお書きになるキリシタンもので、例えば『侍』など、航海の間もずっとお書きになりますね。そこのところは、遠藤さんの作品の中にいつまでもあったように思いますね。
遠藤　はい、ずっと残っていますね。
柘植　『海と毒薬』を発表される頃、遠藤さんは九州に行かれていますが、確かお子さんがお生まれになった頃ですよね。
遠藤　ああ、そうかもしれません。
柘植　その時はご一緒ではなかったんですか。
遠藤　私は、参りませんでした。
小嶋　『海と毒薬』の頃から軽井沢に行かれてますね。
遠藤　はい。でもまだ家を建てるだけのお金はなくて、あちこちの貸別荘を借りていました。とても体が弱かったので、夏の東京の暑さに耐えられなくてね。学生時代に堀辰雄先生のところに伺ったりするんで、軽井沢でお百姓さんの家の離れを借りたりして住んでいました。

軽井沢は涼しくていいってよく言ってましたわね。なんとかして軽井沢に行こうと言って。でも毎年違うところを借りるので、そのたびにあらいざらいの荷物を持っていって、またあらいざらい持って帰ってくるんですよ、台所のほうの人間は大変です（笑）。
小嶋　その頃の執筆も夜型ですか。
遠藤　いえ、その頃はたぶん、昼間になっていましたね。毎月病院に検査に行っていましたが、あまり成績が良くなかったりして、これは危ないって自分でも思ったんでしょう（笑）。

やっぱり夜書くのは体にも負担でしたから。
小嶋　昼間でも、完全に閉じこもって書いていたんですか。

小嶋洋輔氏

遠藤　はい。よく「子宮の中」っていう話を書いていますけど、まだ家を借りていた頃でも、一番小さい部屋を自分の部屋にするんですよ。秘書を使うようになってからも、秘書より自分の部屋が小さい（笑）。そこで厚いカーテンを閉め切ってね。少し薄暗くて黴くさくて、湿気があるようなところじゃないと仕事ができなかったんです。本当にお母さんの子宮の中にいて、生まれてくるという感じ。そういう人でしたね。

小嶋　面白いお話ですね。

柘植　『海と毒薬』というタイトルはちょっとわかりにくいタイトルで、もしかしてプアソン（poisson＝魚）とプアゾン（poison＝毒）を、洒落でやったんじゃないかと……。

遠藤　私はなぜ『海と毒薬』という題なのかよく知らないんですが、みなさんに「海とプアソン」だろうって思われていたみたいですね。でも自分では初めからプアゾンのつもりだったと思います。

柘植　ああ、そうですか。まず海と魚というのが頭にあって、そこから毒薬という言葉が出てきたんですかね。

遠藤　そうではないと思うんですけどね。プアソンではなかったんだろうと思います、たぶん。主人に言わせれば、海は神様の領分を、毒薬は人間の世界を表していたんだと思います。

小嶋　『海と毒薬』で戦争犯罪を描いた、その反響についても、奥様はいろいろなところでお話しされていますが、後年の読者からしますと……。

遠藤　どうしてだかわからない、そういう感じがあるでしょうね（笑）。非難の手紙はとにかくたくさん来ました。日本が負けたからといって、日本の恥部を書くとは何事だというものが一番多かったですね。これで死ねと言って、日本刀、短刀を送ってきた人もいました。一番びっくりしたのは、陸軍の軍服を着てやってきた人がいた（笑）。それは子供が二歳ぐらいのことでしたから、本当にもう、びっくりしました。

小嶋　遠藤さんは昭和天皇について、あまり話しておられませんね。年譜を見ていると、皇室主催の園遊会に行ったとか、高円宮とお会いになったということが書いてあって、そんなに抵抗がなかったのかなと思うんですが。

遠藤　左翼の人たちのように悪し様に言ったりはしませんでしたね。仲間の中にも戦争で死んだ人がたくさんいますし、それから原民喜さんなんかも、戦争に行って死んだわけじゃないけれど、死んじゃったのは結局戦争のせいもあると思いますから、決していい感情は持っていなかっただろうと思うんです。でもみんなが叩いている人を叩くというのは好きじゃありませんでしたね。

ネラン神父と井上神父――『おバカさん』

柘植　『海と毒薬』の後、朝日新聞に『おバカさん』を書かれますね。あれは私が最初に読んだ連載小説なんですが、『おバカさん』

のモデルはネラン神父さんだと言われていますね。

遠藤　そういうことになっていますね。

柘植　私はネランさんがスナックをおやりになっている時に一度だけ行ったことがあるんですが、必ずしも『おバカさん』のイメージとは……。

遠藤　そう、あの人は威風堂々としているしね。

柘植　本当にはどういうところからああいう造形ができあがったんでしょう。

遠藤　「おバカさん」という言葉のイメージが先にあったと思うんです。

一九五〇年、主人や井上神父さんを含めて、五人の日本人がカトリック留学生としてフランスに行きました。四五年に戦争が終わったから、戦後初めてみたいなものですね。

ネランさんは陸軍の士官になるつもりで陸軍に入った人ですが、第二次世界大戦中、塹壕に入っている時に、何かで召命（神様からの召し出しを感じること）を受けたんです。それで戦争が終わった後、カトリックに入り直しました。ネランさんはそれから中国に行きたかったんですが、その時分の中国はクローズだったもので、宗教の人は受け入れなかった。そこで古い伝統のある日本に行こうということになったんです。日本へ行くならまず日本の学生をフランスに留学させて、いろいろ聞いてから行こうと思った。ネランさんはお兄さんと二人兄弟だったので、お父さんの遺産を分けることになった時に、そういうわけで日本の学生を留学させたいから、自分にくれと言ったんですね。つまり全く私費で留学生を呼んで下さったんです。でもネランさんは「ネラン神父資金」とかって名前をつけるのが嫌な人だから、「カトリック留学生」ということにしたんです。

主人以外の人は、ネラン神父がお金を出しているらしいってわかったようなんです、すぐにね（笑）。でも主人は世事に疎いもんだから、カトリックからお金が出てるんだと思っていたらしいんです。それでお世話して下さってるネランさんに向かって、「カトリックってのはけちだなあ、こんな少ないお金で留学なんかできっこない」って。その時神父さんはとても困った顔をなさったそうです（笑）。

後になって、「遠藤お前馬鹿言うなよ、あれはネラン神父が出してたんだぞ」って他の方に言われて、「ええっ」てことになってね。主人が留学から帰ってきたのは、ネランさんが日本にいらした後で、なんとかネランさんにお礼をしようと思ったんです。でもネランさんはぐらかしちゃってどうしてもお礼は受け取らないし、最後にはかえって主人を罵倒したりして喧嘩になっちゃって、どうしようもないんですよ（笑）。

それで主人は、ネランさんのような人が本当のカトリックだということをなんとか書きたくて、それで『おバカさん』を書いた。もし今、この世にキリストがいたら、あいつは馬鹿野郎だ、馬鹿だ馬鹿だって言われるだろうって。だから馬鹿じゃないけど、「おバカさん」ということにしたらしいです。『おバカさん』は評判になったし、主人らしいお礼の仕方をしたんだと思います。

柘植　ああ、そういうことですか。

遠藤　ネラン神父をまったくそのままイメージして書いたのではないんだと思います。

小嶋　さきほどお名前があがりました井上洋治神父が、一九五八年に帰国されています。

ここからの遠藤さんの変化は、研究でも大きく取り上げられています。

遠藤　主人も結核の手術をする前でしたね。すごいタイミングで帰って来られて、うちへいらして一晩話していました。井上神父のほうはね、ああ、自分と志を共にする人がいてくれる、それも留学の仲間の中にいたんだと思ったし、主人も井上神父と自分は同じことを考えていると思った。カトリック留学生は、主人のほかは自然科学の方が多かったんで、そういう話ができなかったから、同じ志を持っている人がいてくれたのがすごく嬉しかった。だからどうしても病気から治って、井上神父と一緒にとにかく力を尽くしたかった。それは病気を治すためにはとても力になったと思います。すごく嬉しかったんです。

主人はフランスの、しかもリヨンみたいなところに行きましたからね、本当に息の詰まるような、フランスでも古風なところでした。行ったとたんに、自分たちが考えている宗教とまったく違うとわかった。これを持っていったって日本人が受け入れられるはずがないと、もう本当に痛感したらしいです。パリあたりならまだ、リベラルな人もたくさんいたけれど、リヨンは本当にもう、押しつぶされたような感じですからね。井上神父さんがいらしたのもボルドーの修道院だったし、古風だったでしょう。

柘植　ボルドーに行ったんでしたか。

遠藤　初めはボルドーの近くだったんですね。

柘植　すると遠藤さんがリヨンから徒歩旅行で三日かけてボルドーまで行かれた、その時に井上神父さんとお会いになったんですか。

遠藤　ボルドーには何回か行ってるんじゃないかと思います。モーリアックということが一番にあったと思いますが、途中で寄ってもそう回り道じゃないようなところみたいです。

主人は学生時代に神西先生に認めていただいて『神々と神と』を書きました。結局主人はね、形はいろいろ変わったけれど、最後まで『神々と神と』を書いていた人だと思うんです。

影響を与えた女性――有島暁子さん

遠藤　この前も、書けと言われたので「文藝春秋」に書いたんですが、研究の中で、吉満義彦先生は出てくるけど、堀辰雄先生と、それから有島暁子さんというのはあまりみなさんお書きになりませんね。暁子さんは、遠藤の母とはまた違うけど、遠藤に影響を与えた、本当に重大な位置にいた人だと思います。

小嶋　そうですね、そういう視点はあまり見ないですね。

遠藤　暁子さんは有島生馬さんのお嬢さんで、上智大学の女子部の部長をしてらした方です。不思議な具合だと思うけど、遠藤の母が戦後に『カトリック・ダイジェスト』という雑誌の編集長みたいなことをやっていたんです。その挿絵を、有島生馬先生のところにお願いに行っていた。そしてある程度親しくなった時、仏文だからということで主人を連れて行ってくれた。それからは本当に、生馬先生と信子夫人、そして暁子さんも遠藤のことを周ちゃん、周ちゃんと言ってかわいがって下さいました。

特に暁子さんがとってもかわいがって下すってね。暁子さんにはフランス人のお友達がたくさんいらしたし、また鎌倉のお宅には里見弴さんや鎌倉文士の方々、それから絵や音楽をなさる方々が集まって、日仏の交流もずいぶんありました。ひと月に何回か晩餐会をなさったりして、すると「周ちゃんもいらっしゃいよ」っていつも呼んで下さったんです。ですから偉い芸術家の方と話すようなことはまだできない時分から、その方たちが講演会とは違った、ざっくばらんでファミリアルな雰囲気の中でお話しになるのを、みんな伺わせていただいた。

主人は父と母が離婚しちゃって、父からある程度お金が来ていたのかもしれませんが、母は子ども二人を養うために一生懸命バイオリンの先生をやっていました。ですから主人は今で言う鍵っ子の始まりみたいなものだったと思います。ごはんも兄貴と二人で食べたり、兄貴がいない時には自分一人で食べたりしてね。だから家庭というものにとても飢えていたと思います。だから、まして晩餐会だなんて初めてでしょう。

洋食のマナーを習ったのも多分、それが初めてだったと思います。暁子さんにひとつひとつ教えていただいた。フランスでロビンヌ家に行った時に、ロビンヌ夫人にもいろいろ教わったけれど、暁子さんに教えていただいた下地があったのはとっても助かったことでしょうね。

主人が書いた最後のお祈りに、母があなたを信じていましたから、あなたを信じますと一番目に書いてあって、二番目に井上神父さん、三番目が有島暁子さんだった。

本当に綺麗な方でしたしね。昭和天皇ご夫妻が最後にヨーロッパへいらした時に、選ばれて主席随行員になっています。一説によるとイギリスへ降りた時に、飛行場に出迎えたマウントバッテン卿が皇后かと間違えて、皇后にするより先に、握手の手を差し出してしまった人だそうなんです（笑）。それは噂だからわかりませんが、それくらい本当に優雅な方でした。

私も、「周ちゃんの奥さん」なんて言って温かくしていただきました。後に『沈黙』を書いた時、それはもう大変なバッシングが起こります。そしてある時、主人がカトリックの教会から呼ばれて、イグナチオに行くんです。私はとても、よう行けませんでした（笑）。そこで、向こうに神父さんが五、六人並んで座っていらして、主人はこちら側の席に一人だけ。そしてオーラルの試験みたいにあらゆる質問をされて、それに主人が答えるという公開講座だったんです。聴いていたのは若い上智大学の学生さんが主だったと思いますが、主人が質問に答えると、もう大拍手なんだそうです。別に主人がサクラを入れてたわけじゃありません（笑）。本当はそこで、遠藤はいかにいけなかったかをわからせるはずだったんだけど、逆効果になっちゃうんで二時間の予定のところを一時間でストップになったということがありました。

その時分は上智でも、遠藤はけしからんとか悪魔の使いだとか、大変なバッシングでした。その中で暁子さんは、「私はとっても素晴らしい小説だと思います」っていつも言って下さいました。フランス人の神父が通るとね、「神父さん、あなたお読みになった? 素晴らしい小説でしょ」って言うから、神父さんも困っちゃって、なんてことがあった（笑）。そういうことでもずいぶん義侠心を持って下さいました。悪いものをえこひいきしたら悪いけどね、書くべきことを書いたと思ったから、そんなふうにして下すったんだと思うんです。親しい人のなかに『沈黙』の価値をわかってくれる人がいたというのは、主人にとっては心強かったと思います。

▒「ミツ」の造形と順子夫人
――『わたしが・棄てた・女』『夫婦の一日』

柘植　『おバカさん』の後ご病気をされて二年半後、『わたしが・棄てた・女』をお書きになります。この取材で御殿場の神山復生病院に行かれますが、これはどういうきっかけだったのでしょう。

遠藤　あの病院は岩下壮一神父さんがおやりになってたんです。東京あたりでカトリックの病院となると、岩下神父さんの復生病院だということになったんでしょう。それでカト研という、慶應のカトリック研究会の連中で行ったのだそうです。

ミツのモデルになった井深八重さんというのは、ソニーの井深大さんの伯母様だそうですね。ハンセン氏病と間違われて、一度はこの病院で一生を送る覚悟をなさるんです。後で間違いだったとわかって、御殿場の駅まで帰るんだけど、そこで病院の人たちのことがどうしても目に浮かんでしまう。「私はここで帰れない」って、また病院へ戻って一生その方々のために尽くすという方なんですね。

でも主人にはそのことより、もっとショックだったことがありました。慶應のカトリック研究会の方々と復生病院へ見舞いにゆき、患者の方たちとお昼を食べて、それから一緒に野球をするんです。主人は体を動かすのが下手で、あんまりスポーツがうまくないから、二塁と三塁の間で挟まれちゃったんです（笑）。主人も困ったけれど、向こうの方も困ったでのしょうね、「どうぞいらしてください、タッチをしませんから」っておっしゃった。それはもう、ものすごいショックだったようです。自分たちは何をしに行ったんだ、いいつもりでお見舞いに行ったけれど、向こうのほうが遥かに上だって。それで、これは絶対に何かに書きたいと思ったらしいです。

その頃には主人の結核は治っていたけれど、退院して十年くらいの間は、いつ再発するかわからないと思っていました。今書かなきゃ、書かずに死んじゃうといつも思っていたから、大急ぎで書いたんだと思いますよ。

柘植　『海と毒薬』にもミツという名前が出てきますね。

遠藤　好きな名前があるんです。それでいろんなところに同じような人が出てきちゃうのね。

柘植　いろいろな女性を造形されていますが、私小説のようなものは別として、奥様がヒロインとして造形されているというものはありますか。

遠藤　ないですね。

柘植　ないんですか。これはどうしてなんでしょう。

遠藤　かみさんを殺したら怖いと思ったからじゃないですか（笑）。とにかくちょっとでもプライベートなことを出すのが大嫌いな人です。だからここでこんな話をしていると、「お前なんか余計なことを言わなくてよろしい」って今頃うんと怒っていると思います（笑）。

柘植　大体、みじめで苦労する女性が多いですね。

遠藤　はい。私のことは、あいつは合気道がうまくて俺のことをいつもいじめるんだっていう話を年中書いていましたが、悪口は書いていましたね（笑）。

柘植　奥様が出てくる小説のリストを、小嶋さんに作っていただきました。
遠藤　あら、そうですか。こんなにありますか。
小嶋　はい、奥様がモデルというか、「夫婦もの」ですね。
遠藤　まあ、ぜひ見せて頂きたいわ。
小嶋　『夫婦の一日』ですとか。
遠藤　私ね、最後まで愛したのは『夫婦の一日』です。「家内が騙された」って始まるんですよ（笑）。
小嶋　占いですよね（笑）。
遠藤　大変な、夫婦喧嘩なんですよね。
小嶋　中間小説には夫婦喧嘩の話がたくさん出てきますが（笑）、そうですね、『夫婦の一日』は面白いですね。
柘植　あれは実話ですか。
遠藤　実話なんです。
小嶋　『夫婦の一日』に出てくるI神父というのは井上神父のことですか。
遠藤　はい。
小嶋　このリストにある小説でも病床体験を書いた作品がいくつかあるのですが、病床であっても読書量は減らないんですか。
遠藤　減らないですね。私が自動車の免許を取ることになったのも、それなんですよ。入院している間、毎日パジャマや下着の替えのほかに、お昼と晩の食事を作って持って行かなきゃいけない。そのほかに、あそこにあるあの小説とあの本を持ってきてくれって、毎日変わるんです。今みたいなキャリーバッグなんてないから、それを毎日えいこら運んでるうちに、顎を出しちゃってね。主人が普段家にいる人ですから、いない間じゃないと絶対免許なんか取れない、これはいいチャンスだと思って取ったんです（笑）。とにかく本の背表紙が見えていないと落ち着いて寝られないという人でした。
小嶋　病院でも。
遠藤　病院でも（笑）。毎日毎日、二食もお食事を作って持ってきて、着替えも持って、本も持って。そんなに持てないですからね、困っちゃいました。

動物好きな人――『男と九官鳥』

柘植　『男と九官鳥』や『四十歳の男』には、九官鳥が出てきます。この九官鳥は、病院の中にいたんですか。
遠藤　はい。本当は病院の中で鳥を飼っちゃいけないと思うんですけどね、でも結核病棟は慶應の中で一番古くて汚い病棟だったから、許してくれたんだと思います（笑）。
柘植　この九官鳥が遠藤さんの大手術の時に死んでいますね。どうして死んだんですか。
遠藤　私がしまい忘れたんです。
柘植　「しまい忘れた」？
遠藤　夜はしまうんです、ベランダに出しておいたんじゃ寒いから。でもその時はシリアスな手術で、術後があまり具合がよくありませんでした。だから手術から戻ってきたあと、もうそれどころじゃなかったんです。三度目の手術だったかもしれない、とにかく危ない手術でした。それで殺しちゃったんです。
柘植　遠藤さんは小説でそれを、自分の代わりに死んでくれたと書いていますね。
遠藤　そう思うでしょうね、あんな時だから余計に。
柘植　鳥とか犬とか、動物に非常に関心が大きかったようですね。読んでいるといろんなペットが出てきます。
遠藤　もう「動物戦争」っていう文章を私が書いたことあるくらい。犬や猫はもちろんだけど、そのほかにもいろんなものを買ってきました。犀鳥《さいちょう》という鳥を買ってきたことがあるんですよ。それは大きな鳥で、翼を広げると二メートルぐらい。それを「俺は仕事部屋で飼う」って。仕事部屋と隣接した応接間で飼ったんですが、犀鳥が羽ばたくと原稿用紙から灰皿の灰から全部、バサー！ってなっちゃうんです（笑）。本当に、「バサバサバサー！」って羽ばたくんで、とっても怖かったですね。噛みつかれそうで、餌をやるのが怖かった。そうしたらあとでどなたかが、奥様、本当に犀鳥飼ってたんですか、あの鳥はジャングルにいる鳥ですって（笑）。とてもじゃないけどどうしようもない、へんてこなものを買ってきてました（笑）。

小嶋　犀鳥は後に短編小説のタイトルにもなっていますね。そして、『深い河』にも登場しています。

遠藤　そうなんです。僕はとても大事にしているのに、家内は大事にしてくれなくてひどい女だって、よく書いていました（笑）。

　でもそれはね、動物が好きだということもあったでしょうけど、クロちゃんという犬のことがあったんです。主人が十ぐらいの時、お父さんとお母さんが毎晩毎晩、二人で喧嘩をしていました。主人はそれを聞くのが嫌で、夜でも表へ出て耳に栓をして過ごした。そこでクロちゃんに、俺は嫌なんだよとか、寂しいんだよと言うと、「周ちゃん、人生とはそんなものですよ」という顔をするって言うんです。それで自分のことをわかってくれるのはクロちゃんだけだって、とってもかわいがったそうです。

　でもいよいよ両親の離婚が決まって、お母さんが主人とお兄さんを連れて、三人で大連から日本へ帰ることになります。状況から言って、どうしたって犬まで連れて行けないに決まってるんだけど、お母さんは主人に、犬と別れなきゃいけないってどうしても言えなかったのね。そのまま、いよいよその日になっちゃうんです。

　それまで、出かける時はいつも馬車で、それなら犬が追いかけて来られるんだけど、その日は自動車だったんです。それでも犬が必死で追いかけて来るのを、主人は後ろの窓から見ていた。すると犬が途中でばたっと止まって、「周ちゃん、どうしてそんなひどいことができるの」っていう顔をしてたって言うの。

　だからほかの動物を飼うとね、あの時クロちゃんにひどいことをしてしまった、クロちゃんにしてやるはずだった分を、今してやるんだっていう気持ちらしいのね。

小嶋　今、コーヒーのCMを再放映していて、犬が出ていますね。

遠藤　シロね。動物って、コマーシャルだとか撮影だとかいうことはわからなくても、今日は自分の旦那が何か大事なことをやるらしい、自分も助太刀できることがあるらしいって、わかるのね。あれを見て、遠藤さんはよくなかったけどシロはとってもよかったって、みんな言ってくれました（笑）。旦那のために頑張らなきゃっていうのが出てたって。

　主人はそれこそ聖フランシスコみたいに、鳥でも犬でも、何でも好きでした。

▨『沈黙』の執筆と映画化

柘植　この次の大きな作品が『沈黙』ですが、この取材旅行には奥様も行かれましたか。

遠藤　はい、私も何度か行きました。向こうでレンタカーを借りてね。タクシーで行くとどうしても、タクシーを待たせることになるでしょう。それがとても運転手さんに気の毒で、見たいところも見ないで帰って来ちゃう（笑）。それで「お前が運転してくれればいい」って言うから、何度かついて行きました。

小嶋　『沈黙』は藤田尚子さんの大変なお仕事（『「沈黙」草稿翻刻』）があって、執筆過程が明らかになってきていますが、この時はもう秘書の塩津さんがいらっしゃったんですね。

遠藤　ええ、コンビでやっていました。

小嶋　遠藤さんは書いた原稿を朗読してテープに吹き込んで、それを聞いて文章が生きているかどうかを確かめていたそうですね。

遠藤　それは、塩津が申し上げたのでしょうか。

小嶋　いえ、遠藤さんご自身がエッセイ『沈黙の声』で、こういうふうに言っています。「小説を書くとき、はじめに私は原稿用紙の裏に細かい文字で書いていく。それを赤ボールペンで訂正したあと、秘書に清書してもらうのだが、そのあと自分で朗読してテープに吹き込み、文章のリズムを聞いて確かめてみる」。

遠藤　ああ、それは書いていましたね。

小嶋　テープを執筆に使うというのは、いかにも新しい作家のイメージですね。

遠藤　そうかもしれませんね。リズム感を考えるためかもしれません、わからないけど。私なんか一度も聞かせてもらったことありませんから（笑）。

小嶋　そうなんですか。ではこの頃から始めたかのかどうか、わからないですよね。

遠藤　そうですねえ。でも『海と毒薬』の頃からかもしれません、その前には聞いたことがないから。

柘植　このテープは今もまだ残っているんでしょうか。

遠藤　さあ、私はもらっていません。そういうものがあるというのは知っていましたけれど。もしかしたら長崎にあるかもしれませんね。あらいざらい持っていきましたから。秘書の人に聞いてみます。

小嶋　それが出てきたらまた違ったアプローチができるようになるかもしれませんね。緻密な執筆手順ですよね。

遠藤　うん、そうかもしれませんね。

小嶋　原稿用紙の裏にぎちっと書いてあるのを見ると、下書きからしてすごいと思うんです。

遠藤　原稿用紙一枚で三枚半から四枚くらいの量を書いていたんじゃないでしょうか。

柘植　篠田正浩監督が映画にした『沈黙』では結末がちょっと違っています。これについて遠藤さんは、あるところでは「映画は映画なんだからしょうがない」と言ったり、また別のところでは非常に不満だったと言ったりしています。本当のところはどうだったんでしょう。

遠藤　主人は本当にもう、とってもがっかりしたんです。主人は篠田さんのことを、もう少しわかる人だと思っていたんですけれど、篠田さんはあの時、なんとかして岩下志麻さんを外国に売り出したかったのね、結局は。そこへ主人の小説が賞をもらって評判になったから、これを映画化すれば岩下志麻を外国に売る一番いいチャンスだと思われた。でもそんなことは全然おっしゃらないで作ったわけね。それで、もう全然違う話になっちゃった。島原の遊郭が出てきちゃうんだから、どうしようもないんですよね（笑）。

主人はもう、本当にもう、がっかりしましたたた。だけど篠田さんと喧嘩しても、外国に出ちゃったものはしょうがないと思ったんでしょうね。それで、作品が映画化されるということは、かわいがって育てた娘が他家へお嫁に行って、孫ができるようなものだって。だから自分にちょっと似ているところもあるけれど、向こうの親父に似ているところがあってもしょうがないんだっていう論理を組み立てて、自分を無理矢理納得させていた感じがあります。

それですから、映画化はもう身震いするほど嫌だったのです。後で『わたしが・棄てた・女』が熊井啓監督で映画化された時も、初めのうちは「絶対嫌だ」「絶対嫌だ」って言ってね。でも熊井さんの映画（題名「愛する」）はとってもよかった。あの時主人はもう最後の病室にいたんですが、観に行きました。そしてどうしてもみんなに宣伝したいと、あちこちに一生懸命書いて、とっても喜びました。だから篠田さんのような人ばっかりではないんだと思ったみたいです。

柘植　映画ではストーリーも変わっていますが、特に踏み絵を踏む部分で、「踏むがいい」という声が聞こえてきませんね。あの違いはずいぶん大きいですね。

遠藤　一番のところですからね。

主人は筆を置くまで、あれを「日向の匂い」という題のつもりで書いていたと思います。テーマが重いから、もう少しなんでもないような題にしたかったこともあったのでしょう。それから主人としては、第八章以後のロドリゴを書くのが一番の目的だったと思うんです。今まで知らなかったキリストに日々出会っていく、そこを書きたかったんでしょう。「沈黙」という題は新潮社の出版部長でいらした谷田昌平さんが考えて下さったんです。だめだよそんな「日向の匂い」なんて題はだめだ、そんなんじゃ絶対売れないって。

町田の玉川学園は坂の多いところでね、両側が山なんです。片方の山の中腹に我が家があって、向こうの山の中腹に谷田さんの家がありました。それが見えるんですよ。谷田さんは駅へいらっしゃるのに、自分の家の前の坂を下りて、こちらへ坂を上がってきて、うちの前を通られるんです。それで「昨日は書斎に電気がついてなかったけど、どっかへ遊びに行って小説書かなかったんじゃないですか」って毎日みたいに電話がかかってきてね。見張られてるみたいってよく主人が言ってました（笑）。

でもそうやって一生懸命応援してくださって、この小説の題は「沈黙」にしたらいいだろうって。主人はそれをどれくらいＯＫだと思ったのか知らないけど、谷田さんは「日向の匂い」じゃ絶対売れないって言うので、結局谷田さんの意見が通ったんですね。

小嶋　芥川比呂志さんの戯曲なんかもそうですが、遠藤さんも自分の作品を、他の媒体にかけていますね。今、小説がテレビドラマや映画、ミュージカルに形を変えていく、メディアミックスというのがよく見られますが、日本でこれを最初にやった作家は、遠藤さんだったと思うんです。『沈黙』の映画化の失敗の後でも、遠藤さんはメディアミックスしていくことに抵抗を感じなかったのでしょうか。

遠藤　『沈黙』には全くがっかりしていましたから、初めから他のメディアをあまり信用していなかったと思いますよ。文学で書けることとテレビでできることは全然違うものだと思ってたみたい。

小嶋　そうするとやはり中間小説はテレビドラマ用というか。

遠藤　そうね、なにしろ原稿用紙の表に書いていましたからね。「あ、表に書いてる」って、私はよくわからなくても、なんだか安心したりしてました。純文学の原稿を書く時は裏に書くんです。

小嶋　それは大変面白いですね。表に書くんですか。

遠藤　ええ、そういうものは大体表に書いていました。字がちゃんとマス目の中に入るようなものだった。純文学のほうは言葉のほうが余っちゃうのね。マス目にはとても入らなくなっちゃうんだと思う、たぶん。

小嶋　イグナチオ教会での批判というお話がありましたが、ちょうど同時期、一九六二年から一九六五年にかけて第二バチカン公会議が開催されていますね。

遠藤　『沈黙』が出たのは昭和四十一年、一九六六年ですね。

小嶋　『沈黙』と、公会議で提示されたことが重なっていくというのは。

遠藤　ああ、確か公会議が始まったのが少し前で、公会議が終わった時分には『沈黙』は出ていたと思います。

小嶋　さっきのお話を聞いていますと、公会議の結果は日本には――

遠藤　なかなか伝わってきませんでしたね。主人の小説はローマで、一年ぐらい禁書になりました。同時にほとんど日本中で禁書になったと思います。でもそれと前後して、外国でどんどん翻訳が出ました。そしてそれを読んで下さった方たちが、これは禁書にするような不真面目なものじゃなくて、神のことを追求した非常にいい小説だと、声をあげて下さったようでした。そこは日本と違うところで、何かシリアスな問題が起こった時、まあここはひとつ静かにしておきましょう、とはならない。指弾すべきだと思えば指弾するし、擁護すべきだと思えば擁護する。それを黙っているのはインテリとして恥ずかしいと思う人が多いんですね。それで禁書が解けたんです。だけど長崎では、主人の文学館ができるくらいまでの間、禁書扱いだったようでした。だからその長崎に文学館を建てるのは本当に大変だった。ここには絶対建てさせないというカトリックの人たちがいたから。

長崎にはその十年ほど前に、「沈黙の碑」というのができたんですけどね、その時も長崎のカトリックの名誉にかけて絶対建てさせないという人たちがあって大変だったんです。主人は碑なんて建ててくれなくて全然いいよって、建ててもらったって同じことだからってよく言ってたんですけど、どうしても建てたい、お金を出すという人がいて、建てて下さったんです。

でもやっぱり文学館の時も大変にもめましてね、ああ、主人が言ってたのはこういうことだって、非常によくわかりました。

ジョン・ヒックを知った幸せ
――同時代との合致

柘植　遠藤さんという人は時代に先がけていて、時代のほうが遠藤さんを追いかけたという感じですね。

遠藤　そうですね。このあいだも、ある大学の総長でいらっしゃるシスターが、遠藤さんはずっと作家と言われてきたけど、外国ではこのごろ、宗教家として見られているみたいですねっておっしゃっていました。

私はね、主人がヒックの宗教多元主義の論

文を読んでから死ねたというのは本当にお恵みだったと思っています、今でも。自分がやっていたことは正しかった、これはきっと二一世紀になってもっと発展するだろうという希望を持てて死ねたんですから、神様のご褒美だろうと。

二一世紀になってから、三つ大きな出来事がありました。一つはヒトゲノムが解読されたこと。ATCGですか。人間だけじゃなく、微生物から植物から動物から、すべての生物は同じ遺伝子で動いているということがわかった。

二つ目は、世界が狭くなったこと。これまでは、例えばユダヤ教のシナゴーグなんて見たことないじゃない。イスラムの礼拝にだって、参加することはなかったと思うの、多くの人はね。でも二〇世紀後半に、植民地が全部だめになって、植民地で働いていた人たちはみんな引き揚げちゃったから、現地の人たちは職がなくなってしまった。ことにイギリスの場合、ブリティッシュ・キングダムになって、植民地に暮らしていた人はどこにいても、色の黒い人も黄色い人も茶色い人もすべて、女王様の国民ということになったでしょ。その人たちが職を求めてヨーロッパにやって来た。ヒックによると、ヨーロッパだけで一二〇〇万人来たそうです。イギリスにも二〇〇万人くらい来た。そこで二年くらい働いて、今度は家族も呼んだわけです。植民地の気候風土と比べればヨーロッパの暮らしは楽ですもの。すると今までキリスト教だけを教えてきたけど、自分の家はイスラム教だから子どもにはイスラムのことも教えてくれとか、ロンドンにイスラム教の教会を建ててたりとか、いろんなことが始まった。イスラムの人はどんなお祈りをするのか、イギリス人も見に行くチャンスができたわけね。

そこで実際に見てみると、やり方は違うけど、ひとつの神様を信仰するという精神は全く同じだった。どうしてそれで、自分の信じている宗教にしか救いがないとか、あいつはいけないとか、そんなこと言わなくちゃならないんだって思うようになった。だから植民地がなくなって、往来が自由になったっていうのが二つ目ね。

三つ目は地球温暖化に象徴されるような、黒い人も黄色い人も白い人も、みんなで地球のことを考えて一生懸命努力しなきゃだめだっていう時代がきたこと。ザビエルみたいに、自分たちの信じていることだけが正しくて、他の人が信じているのは邪教だとか、そんなことを言ってたんじゃ二一世紀はやっていけないって、みんながわかったんじゃないか。

主人は自分のやっていたことを、二一世紀的だとか、そんなふうには考えていなかったと思うけど、でも宗教の中で手探りでやっていたことは間違ってなかったとわかって死ねたっていうのが、私は一番最大のお恵みだと思います。

柘植　遠藤さんがあの本に出会ったのは、渋谷の大盛堂書店でしたね。

遠藤　そうなんですよ。

柘植　あれは偶然ですか。

遠藤　主人は自分の意識下の意識がこの本を探させたんだ、自分が探したんじゃない、偶然手を伸ばしたらそれだったって言うんです。でもそれはちょっと考えられないですよ。ちょっと考えられない。「周作、お前がやってたことはよかったんだよ」って言って頂いたような気が、私にはするんです。主人にとっては何がどうあることより、ナントカ賞なんかをもらうことよりも、よっぽど嬉しかったに違いないと思います。
柘植　私はヒックの本は『神は多くの名前をもつ』を最初に読みました。この人の考えは遠藤さんと同じだなと思ったことがございます。遠藤さんとジョン・ヒックと、お互いに影響があるわけではないんですが、二人は同じ方向にきていて、世界のキリスト者も同じことを求め始めていたということですね。
遠藤　ええ、そうですね。
柘植　ですから遠藤さんは本当に、時代に先がけたと思うんです。
　ちょっと話を戻しますが、もう一つ大きな作品、『スキャンダル』があります。あそこに出てくる偽作家の話は、実際の事件がモデルになったんでしょうか。
遠藤　さあ、私はよくわからないんですけどねえ。それに私、『スキャンダル』が好きじゃないの（笑）。
柘植・小嶋　（笑）
柘植　何か遠藤さんのご自身に対するジョークのような気がしますけどね。
遠藤　ええ、そうだと思いますけどね。
小嶋　ちょっと戻りますが、遠藤さんは途中から仕事場をお持ちになりますね。そこから執筆に変化が出てくるんでしょうか。
遠藤　うーん、やっぱりするところによって違うのかもしれませんけどね。それはどの仕事場のことかしら。
小嶋　『スキャンダル』の頃の、富ヶ谷です。
遠藤　富ヶ谷ね、主人はあそこがわりと好きだったんだと思います。どこに行くにも地下鉄で行けたし、中央から帰ってくるのが楽だったしね。運転手さんが来てくれてましたけど、朝が早かった時には、三時過ぎには「もう今日は帰っていいよ」って言って帰しちゃって、夜の仕事があれば自分でタクシーか地下鉄で行けましたからね。そうでないと、町田にいた頃のように朝から夜までぎっちりいてもらうことになっちゃうんです。使っている人のことをとても心配する人でした。

アウシュビッツへの旅行

小嶋　もう一つ、アウシュビッツへ旅行された時のことを少しおうかがいしたいんです。
遠藤　何とも言えなかった。これがこの世の地獄だと思いました。今、自分が歩いている下に骨がたくさん埋《うず》まっているわけですから。それはもう、本当に何とも言えない顔をしていました。
　行く前にね、コルベ神父さん（※）のもとへ何を持っていこうかって考えたんです。花では枯れてしまうし、まさか食べ物なんか持って行けやしないしね。そういう時、よくお墓の敷砂利にしてある、那智黒っていう黒い石があるでしょう、それの白があるって聞いたんです。前に私の父が死んだ時、その白い那智の石にお経の文句をボールペンで書くと、小さい砂利石でも一〇〇字くらい書けるんですよ。
　それがいいということになって、「キリエ・エレイソン」を書いて持っていくことにしたんです。私と主人とで五〇ずつ書くことにしました。私はすぐに五〇書けちゃったんだけど、主人はそのうち書くって言ってるうちにとうとう出発の時になってしまって、まだ一〇ぐらいしか書けてないのね（笑）。それで、どうせ暇だからって言って飛行機のなかで書いてたの。そうしたらアリタリアのスチュワーデスたちが何を書いてるんだって聞くんです。こういうわけでコルベ神父さんのところに持って行くんだって言ったら、私たちにもぜひ書かせてくれって言って、みんな書いてくれたの。

それを持って行ってよかったと思ったのはね、外とかいろんなところに置いてきたのね。もちろん地下牢の中にコルベ神父さんたちもいたけれど、入り口のところに、「労働あれば自由あり」っていういつもの文言があるでしょう。私は初め、怖いからそこで待ってると言ったの。そしたら「奥さん、ここが一番怖いんですよ」って。そこには何千ボルトという電気が通っていて、触れば一秒で、一番楽に死ねるわけ。だから触らないように見張っているんだけど、それでも触ってしまう人がいるんです。そういうところや、いろんなところに置いてきたの。外に置いてきたのは、「キリエ・エレイソン」なんて雨で流れて消えちゃうに決まってるんだけど、でもその水が蒸発して天に昇っていったら、願いが叶うだろうっていうのが私の考えだったの。

でもアウシュビッツというのは本当に……主人はね、その時着ていたオーバーから靴から、全部捨てました。

宗教多元主義は一九世紀から始まっていたけれど、戦争が終わってから急にヒックが読まれるようになったのは、アウシュビッツのようなドイツの収容所での残虐行為が、大きなきっかけになったんだそうです。どうしてキリスト教徒があゝいうことをできたんだろうというところから始まったんですね。

だから私はそれを読んだ時、アウシュビッツの場面が目に浮かんだし、そして、ああ、あの人たちの死も、神様は無駄にはなさらなかったんだなとすごく思いました。それを主人が知ったらどんなに喜んだかなとも思いましたね。

柘植　『海と毒薬』から、キリシタンものもそうですね、日本人がやった残虐な行為に、遠藤さんは非常に関心をもって書かれていますね。

遠藤　そうですね。でもね、私は自分が仏教から来た人間だからそう思うのかもしれないけど、ザビエルたちのほうがめちゃくちゃなんです。それまで信仰していた仏像やなんかを燃やしちゃったりして、ひどいことをしたでしょう。お前たちが信じているのは邪教だなんて、そんなこと本当に信仰を持っている人は言えないはずよ。日本人だって外国にそんなことを言えっこないじゃない。

だから私はね、あれは宣教師じゃなくて戦略者として来たんじゃないかと思うのね。私はあれはとっても許せない。カトリックの人だからこそ許せないという気持ちが、今でもあるのよ。だから私はむしろ秀吉のほうに味方なの。こないだのサダム・フセインじゃないけどさ、文化の破壊だと言われても当たり前よ。崇高なものが全然わからないで、日本人がずっと前から大事にしていたものを、邪教だと言って燃やしたりして。秀吉が為政者として、これは危ないと思って当たり前だと思うの。なんでほかの国の人にそんなことを言われなきゃならないのって。だから私は、ザビエルという人は本当に好きじゃないの。

『深い河』の執筆

柘植　もう一度、『深い河』に話を戻します。インドへの取材は、最初の時は奥様もご一緒でしたね。

遠藤　はい。インドでは、あそこで死ねれば一番幸せなんでしょう？　インド人は死期を悟ると奥さんとも別れて、全部のものを売り払って一人でベナレスに来る。だけどそんなにうまく死ねないから、路銀が尽きて道端に寝ているという人がたくさんいるところですからね。とても、すごいところだと思います。

飛行場を降りて、モーターボートでそこへ向かうの。すると風上から匂いがくるのよ。日本でも、火葬場ではすごい匂いがするでしょう、あれだけ消毒して匂いを消しても。それがもろにくる。しかも三体も四体も焼いているんです。モーターボートでわあっと砂浜に乗り上げると、すぐそこで死体を二体ほど荼毘にふしていました。私は、ハンカチで鼻を塞ぐわけにもいかないし、一刻も早く逃げ出したかった。でも主人はね、大体目の大きい人でしたけど、それをかっと見開いて、いつまでもいつまでも、ずっと見ているの。私は「もう行きましょう」とも言えないから、やっと「行こう」と言ってくれた時にはやれやれと思いました。

燃やしている間ね、そこでジャカジャカジャカジャカって、何だか賑やかな音楽がかかっているんです。私がここでこんな音楽をかけるなんてふさわしくないわね、ベートーベンの「運命」でもかければいいのにって言ったら、主人に「馬鹿!」って怒られて、この音楽が今ここで一番ふさわしい音楽だよ、今、喜びに満ちているんだよって言われました。まあそうかとも思ったんだけど、でも何とも言えない軽薄な音楽なのよ(笑)。

インドは好きになる人と嫌いになる人があって、主人は四回行ってますから、好きだったんでしょう。

小嶋　九二年の夏、奥様と二人で軽井沢に行って、『深い河』を脱稿するまでそこで執筆なさいますね。その時のご様子をちょっとお伺いしたいんですが。

遠藤　あそこには「沈黙の家」っていうプレハブを学生さんと一緒に建てて、若い人たちはそこへ泊まっていました。夏になると、誰かは必ず来ていましたね。一夏のお客様は、一五〇人を下らないぐらい。延べで、五人の人が五日間泊まれば二五人という数え方でね。だから私は九月になったら、箱根なんかじゃなくていい、東横線あたりの温泉でもいいから一人で行きたいわっていうくらい、とっても疲れました。

でもあの時は、誰も客を入れないで『深い河』の最後を書きたいって。それで昼間に書いて、夜は毎日ビデオ映画を観ていました。「大いなる幻影」とか「ペペ・ル・モコ」とか、昔のフランス映画をレンタルして持っていったんです。

小嶋　『深い河』にも関わる話だと思うんですが、遠藤さんはオカルトのような不思議なものにも大変興味を持たれていますね。『『深い河』創作日記』を見ていますと、仕事場に変わった人が訪ねてきています。例えば霊的リーディングを行う米国青年が、花房山の仕事場に訪ねてきたとか。こういうものにも好奇心旺盛な様子ですね。

遠藤　そうですね、わけのわからないものには、それがインチキなものかどうか確かめるためにも、興味を持っていましたね。

小嶋　インチキかどうか(笑)。

遠藤　そういうものに限らず、シャットアウトして会いもせずに帰すということはあまりしない人でした。誰に対しても一応会って、話を聞いてみていました。本当に仕事が詰まっていてイライラしていれば別でしょうけど。

柘植　小嶋さんからあとまだ、お聞きしたいことはありますか。

小嶋　はい。私は九六年に大学に入っているんです。私が遠藤周作を研究するようになったのは恐らく九五年の、阪神淡路大震災とオウム真理教事件が与えた影響がきっかけだと思っています。それでTVニュースを見すぎたせいか一年浪人をして（笑）、勉強し直して大学へ入りました。そうしたら九六年に遠藤さんが亡くなってしまって。

遠藤　主人にはお会いにならなかったんですか。

小嶋　はい。

遠藤　そうでしたか。主人はとっても喜んだと思いますけどね。

小嶋　ありがとうございます。私自身の問題とも関わるのでお聞きしたいんですが、九五年の九月に脳内出血をおこされて、そこから口がほとんどきけない状態だったそうですね。そうすると阪神淡路大震災やオウム真理教事件は、まだお話ができる頃に起こった事件だと思うんですが、遠藤さんはこれについてあまりコメントを残していません。もちろんその後のご病気が大変だったんだと思うんですが、もし何かお話ししていたとしたら、どんなふうに言っていただろうとよく想像するんです。

遠藤　そうねえ。オウム真理教は……主人はああいう人たちのことを「おもろい奴らだな」なんて言ったりするけど、オウム真理教みたいなのは嫌いだったでしょうね。「おもろい奴」でも、芯がちゃんとしていればいいけど、あれはまったくインチキだから。

阪神淡路大震災の時は、やっぱり自分の知っている人のことを心配していたみたいね。

柘植　今後イベントや展示会などで何か予定されていることはありますか。

遠藤　今、あまり聞いていないんですが、年に一度、東京の周作クラブが主人の足跡を辿って旅行するというのがあるみたいですね。今年は天草だそうです。大連まで行ったりしたこともあるそうです。私は大連までは行かなかったけれどね。

小嶋　遠藤周作研究会というのもできましたので。

柘植　そうですね、研究会ができたのは、とてもありがたいことだと思います。

研究ということで言いますと、日記や書簡がどんどん出てきていますね。今まで出てこなかったのは、ご本人に全く公表する意図がなかったからでしょうか。

遠藤　ええ、そう思います。公開するつもりで書いている作家もいますけれど、あまりそうではなかったように思いますね。

柘植　そのたびに研究の題材が出てきて、研究者はありがたいですね、少しずつ出てくるというのが（笑）。もう、これで大体出そろったのでしょうか。

遠藤　そう思いますけどねえ。

柘植　きょうは貴重なお話を本当にありがとうございました。

小嶋　ありがとうございました。

遠藤　ありがとうございました。

※　Maksymilian Kolbe（一八九四—一九四一）ポーランド出身の聖フランシスコ修道会士。一九三〇年にゼノ神父らと来日、長崎に養護施設を設立。帰国後、アウシュビッツ収容所で餓死刑を言い渡された囚人の身代わりとなって殉教。一九八二年に列聖される。

遠藤さんと私

加賀乙彦

私が遠藤周作さんに初めてお会いしたのは文芸雑誌「文芸」一九六九年九月号に載った「宗教と文学」という座談会の席上であった。座談会の行われたのは一九六九年七月一五日で、赤坂菊亭であった。私がこの座談会をよく覚えているのは、その前年の三月に『フランドルの冬』という長編で、芸術選奨文部大臣新人賞をもらい、作家の道に踏み出したばかりの私が、遠藤周作、椎名麟三、武田泰淳という大家たちとの座談会に呼び出されたのが、珍しかったためである。文壇に一人の知人もいなかった私は、すべての方々と初対面であり、えらく緊張して場にのぞんだのである。ところで、私はまだカトリックの洗礼を受けておらず、宗教については全くのシロウトであったのに、遠藤さんはカトリック作家として有名であったし、椎名さんはプロテスタント作家として戦後文学の騎手であったし、武田さんは仏教の坊さんとして宗教について多くの発言をしていたので、私の新進作家としての立場はひ弱いのであった。

そこでの発言の一つ一つを私がよく覚えているのはそのせいである。

ところで椎名さんは心臓病でニトログリセリンをいつでも飲めるように机上に置いて、冠動脈を開くためだと言い訳しつつ、ウイスキーを飲みながら酔っぱらって、発音も呂律が回らぬありさまであった。武田さんは、真面目に発言せずに、のらりくらりと話をそらして、しかし、自分の意見は頑として変えないので、座談会にはならない。ひとり遠藤さんだけが真面目に、椎名さんと武田さんをたしなめながら、座談会を真面目な方向にむけようと努力していた。

ここまで書いて、私は書庫の奥を探して、表紙の半ば切れた「文芸」を探し出してきた。読み返してみると中々面白い。

私が面白いと思ったのは、遠藤さんと私とが、このころすでにカトリックについての態度が少し違っていたことである。

加賀　死刑の判決を受けたあと、死を前にした人間は悩むわけです。死を前にした人間はだんだん宗教に関心を持つわけですが、その正田昭などの場合、カトリックの信仰を持つまでは悩みに悩んだわけです。

武田　それはそうでしょうね。

加賀　カンドウ神父という偉い坊さんがいまして、その人のおかげで洗礼を受けてから以降は、ピタリといっさい、もちろん悩んではいるのですが、なんか生死を超越してしまいましてね。

椎名　しかし、僕はわからんけれども、悩んでもいいんじゃないの。

遠藤　そうなんだ、信仰があるから悩みがなくなるというのは嘘だ。

この椎名さんと遠藤さんの発言が私には心に響いたのだ。ずっとあとになって、正田昭が神を信じながらも時として神の不在を疑い、死を前に悩む姿を知るようになったのだが、そのときの私は、信仰について別な考察をしていたし、同時に回心という心の動きについても遠藤さんとは別な考えを持っていたようだ。

加賀　カトリックで、たとえば聖テレジアの回心などというものは激烈なものでしょうし、いろいろな意味で、そういうものがあの宗教にはあるようですね。仏教の場合には、どうもなんかホンワカと、いつのまにか……

武田　決定的瞬間がないというわけだ（笑）

遠藤　いや、しかしそれは、多少誤解も入っていると思う。つまり回心というのを、非常にドラマティックな形でやる人と、それからつまり、ホンワカというか、目に見えない形でやっていくという両方がありますよ。なんか宗教というのは、いっきょに回心したという人は、たしかにいる。椎名さんがそうだ。ポール・クローデルなどもそうですよね。それから、最近ユダヤ人の改宗記などを、ちょっと読んでるのだけれども、そのなかでも、一人、二人著名な哲学者もいるけれども、もうちょっと、なんというのかな、徐々にいく人がいますからね。カトリックが全部ドラマティックなという考え方は、これはちょっとおかしい。

ここで、遠藤さんと私との差異を整理してみると、遠藤さんのは、信仰の道に入るときに、悩みを持ち、信仰によって悩みが軽減する、またなくなるようなことはないという立場であるのに、私のは、神があるかないか、罪があるかないかという悩みのすえに、信仰に辿りつくということだった。さらに遠藤さんには、カトリックの回心はドラマティックだけでなく、もっとゆるやかな道もあると主張するのに、私のほうは、なにかドラマティックな回心を思いやすいということだった。それは、私が五十八歳で回心して信仰の道に目ざめるのと、遠藤さんが子供のときからのキリスト者であったことの差であろう。

この座談会でも遠藤さんは、はっきりと、その事実を述べている。とくに椎名さんの回心と自分とは違うと言明している。

遠藤　僕は長いこと椎名さんみたいに自分が……これは椎名さんには長いプロセスがあって

ね、復活ということを非常に考えられて信仰されたような人とか、佐古（純一郎）君もいいですし、ああいう回宗者というのには、非常に僕は羨望を感じていましてね、長いこと。僕は子どものときからキリスト教の家だったし、それでお仕着せを着せられて育ったような男だから、そういう飛躍ということを、ずいぶん羨ましがったけれども、最近の心境では、お仕着せの着物を着せられようが、自分で着物を着ようが、同じだという心境にだんだんなってきました。

私が洗礼を受ける前の状態と受けてしまってからの状態とを比較してみて、遠藤さんの言うことがよく分かる。洗礼前には、ちょっと急激な回心めいた体験を私は経験したのだが、そのあとは、遠藤さんと同じく、自分で選んだ信仰の世界を、ゆるやかに生きてきたように思うのだ。ところで、私は遠藤さんの文学を読み、いろいろと影響を受けながら、個人的なお付き合いはあまりなかった。それが始まったのは、自分がキリストの十字架の死と復活を信じてからあとのことになる。

私がカトリックの洗礼を受けたのは、それからずっとあと、一九八七年のことだった。私は聖書を繰り返して読み、イエスにひかれながら、今一歩のところで神を信じることができないでいた。異常な苦痛の日々が私を襲ってきた。私は自分が不信の徒であることが苦しくてならなかった。その気持ちを自分の親しいK神父に吐露したところ、四日間、あなたの疑問に答えましょうという時間を作って下さった。妻と私は信濃追分にK神父をまねいて、自分の疑問と苦痛を、神父に問い受け止めていただいた。三日目の昼に私は、全ての疑問から解放され、心臓を締めつけるような苦しみが、嘘のように消え去った体験をした、その直後に受洗の許可がおりたのである。

あとは洗礼の儀式のことになる。私は、遠藤周作さんに手紙を書き、自分の受洗への志を告白し、遠藤さんに洗礼のときの代父を、奥様の順子さんに妻の代母になっていただくことを願った。快く引き受けるという返事がすぐきた。

その年のクリスマスに、上智大学の十号館という大きな教室で、私と妻とはK神父から洗礼を授けられた。遠藤さんは私の後ろにいて、私を守ってくださり、順子夫人は妻の後ろで守ってくださった。大きな暖かい信仰の友が私にできた瞬間だった。

洗礼式のあと、K神父が所長をしておられた東洋宗教研究所で受洗祝いのパーティが開かれた。遠藤夫妻のほか、三浦朱門、矢代静一夫妻、磯見辰典夫妻、土居健郎など大勢の方々が祝福してくださった。

この受洗を契機にして私はキリスト教会の人々との交遊が始まった。遠藤さんは、樹座、宇宙棋院、ダンスの会など幅広い交遊相手を持っていたが、私はおもに日本キリスト教芸術センターでのお付き合いをした。月に一度ぐらいの頻度で、遠山一行・慶子夫妻と遠藤さんを中心にして、誰か知識人を招いて講演を聞くという会である。ここでいろいろな人々と友になることができた。つまり私は遠藤周作という人の真面目な方面でのお付き合いをすることになったのだ。

遠藤さんは、生真面目で熱心な知的好奇心と勉学精神を持っていて、私はその方面でのお手伝いをした結果になる。

病気が段々重くなり、遠藤さんは日に日に弱っていかれた。車椅子で芸術センターの集まりに来られたときには、ほとんど、まわりの人々の話しかけに答えられない状態だった。一九九六年九月二十九日、遠藤さんは帰天された。七十三歳だった。

一九九八年夏、軽井沢高原文庫の館長として私は、「遠藤周作と軽井沢展」を開いた。亡くなったあと、遠藤周作を偲ぶ数々のもよおしごとが行われたがその一つである。

現在、私は、会員五百人の「周作クラブ」の会長をしている。このクラブは遠藤さんの小説の舞台や取材のあとを訪ねて故人を偲ぶイベントとしている。今年、二〇〇八年五月には、遠藤さんの足跡を訪ねて、周作クラブの人々と天草の隠れキリシタンの里を旅してきた。

第一章　出会いと記憶

記憶の分析

遠藤周作文学の中心テーマは何と言っても〈母なるもの〉としてのイエス像であろう。そして、このイエス像を特徴付けているものの一つが、イエスの〈哀しげな〉眼・声という表現に導かれている、〈私を見つめるイエス〉の姿であるといえる。『沈黙』（新潮社　昭41・3）の「哀しそうな眼をしてこちらを向いている」踏絵のイエスの姿がそうであり、「私のもの」（「群像」昭38・8）における「犬のように哀しそうな眼」で「じっと彼を見つめ」ている「あの男」の姿がそうであり、また、「男と九官鳥」（「文学界」昭38・1）の「暗い哀しい声をだして鳴」く、イエスに見立てられている九官鳥の姿がそうである。

この〈私を見つめるイエス〉は、多くの論者が指摘している通り、遠藤が長い間、抱かざるを得なかったキリスト教に対する距離感からの解放を物語るものであり、そこにおいて、このような〈哀しげな〉眼とか声といった表現が用いられるようになったのは、まず、遠藤における昭和三十五年から三十七年までの病床体験の影響によるものであることは間違いないだろう。遠藤は、「病気のあいだは照れくさいことながらやはりカミサマのことばかり考えつづけ」たと、エッセイ「初心忘るべからず」（「群像」昭37・7）において語っているほど、神という存在は、遠藤において只ならぬ意味合いをもっていたことが窺える。この神の存在が、遠藤がその病床生活中に飼っていた九官鳥を通して、〈私を見つめる哀しげなイエス〉の姿として具体化されたといえよう。

というのも、遠藤は実際、誰にも言えない病床の苦しみや哀しみを、その九官鳥に打ち明けていたのであり、さらにその九官鳥が、遠藤の死を覚悟して挑んだ三回目の手術の夜に死んでいたことが、人間の苦しみや哀しみを共にし、身代わりとなる〈同伴者イエス〉の姿に重なっていたからである。

しかし、こうした動物の〈哀しげな〉眼や声にイエスの姿を見出すのは、単にこの病床体験における九官鳥だけではなく、さらに幼年時代における犬に対する記憶にも遡る。遠藤は、両親の不和により暗く彩られていた九歳の大連時代に、犬を飼っており、唯一その犬だけに彼の哀しみを打ち明けていたという。少年の哀しみを分かち合ってくれる〈同伴者イエス〉として、この犬の存在は遠藤の作品に数多く見られるのである。

その作品の一つが「雑種の犬」(「群像」昭41・10)であろう。近所で雑種の犬を一匹もらったことから始まる、平凡な家庭での小さな騒ぎを描いたこの作品には、遠藤の暗い幼年時代の記憶が鮮明に刻み込まれている。その記憶は、今の家庭が築いている平凡さと鮮やかな対比を成し、その哀しさを増している。

息子が邪険にクウを追い払うのを見ると、勝呂は今日まで妻と別れないで過してきたことを良かったと思う。もちろん彼のような男にだって細君にたいする不満は幾つでもある。しかし、妻と別れようなどとは一度も考えなかったのは、何よりも息子に自分が味わった少年時代の孤独を経験させたくなかったからだった。父親と母親とが憎みあい傷つけあった毎日、彼は自分の辛さをうちあける相手をもっていなかった。母親は父の悪口を聞かせ、父親は思い出したように彼に優しい声をかける。だが父にやさしくされることは勝呂にとっては重荷だった。それは母を裏切るような気がするからである。だから彼は、犬にだけ自分の悲しみを訴えたのである。あの一匹の黒い雑種犬だけが少年時代の勝呂の伴侶であり、その孤独を知っていた。

彼は首をかしげ、哀しそうな眼で夕暮の雪のなかに立ちどまった主人をじっと見るのだった。

この「哀しそうな眼で」「主人をじっと見る」犬の姿が〈同伴者イエス〉の姿であることは言うまでもないが、さらに注目すべきことは、遠藤が語るこの記憶において、その父と母とそして〈同伴者イエス〉としての犬との関係が浮き彫りにされていることであろう。これは遠藤のイエス像における〈母性〉を明らかにすることに繋がるものである。この「哀しそうな眼で」彼をじっと見つめる〈同伴者イエス〉が、〈母性〉の産物とされ、そこに遠藤の実の母の影響が問われていることは周知の通りである。

しかし、果たしてそうだろうか。右の一文でも窺えるように、この主人公の母への裏切りの意識は確かにそこに認められるものの、両親の不和による彼の哀しみを共にし、哀しげな眼差しを注いでいた〈同伴者イエス〉は、彼の母でも、父でもなく、この犬に代弁される第三のものであると言わねばならない。

〈同伴者イエス〉における〈母性〉の原像を明らかにしている、この主人公勝呂の幼年時代の記憶が、作家遠藤自身の幼年時代の記憶の反芻であることは疑う余地がない。そうであるならば、遠藤のイエス像においてその〈母性〉の原像が遠藤の実の母と捉えられるようになったのは何故か。遠藤は昭和三十八年八月、「群像」に「私のもの」を発表している。この作品がその素を提供していたともいえる。遠藤は、この作品において〈同伴者イエス〉を描くに当たって「妻」という素材を用いている。

俺はこの女房と子供と生涯、別れはしないだろうと勝呂は膝をかかえながら思った。勝呂の両親は憎みあって離婚したが、彼はこの肥った体をもち、疲れた顔をした妻と一生、生活をするだろうと思う。それはこの妻の疲れた顔が勝呂には時として「あの男」の顔と重なるからだ。「あの男」を俺は生涯、棄てないだろう。俺は女房を棄てないように「あの男」を棄てはしない。雑木林を見つめている犬の眼のように哀しい眼をした「あの男」を棄てないだろう。

この作品においても、やはり〈同伴者イエス〉は「犬の眼のように哀しい眼をし」て、彼を見つめる存在である。それは、この主人公が「大連に残した」「黒い満州犬」でもあり、〈雑木林で首をくくった男を見つめていた犬〉でもあろう。そしてまた、それと同じように、「犬のように哀しそうな眼」で涙を流す「妻」でもあるのである。

遠藤がこの「妻」に〈同伴者イエス〉を重ね合わせていたのは、何よりも、この「妻」という存在が、彼のために涙を流す人生の伴侶に他ならなかったからであろう。その素材こそが〈同伴者イエス〉に符合していたともいえる。

しかし問題は、この作品において、この「妻」の後ろにはさらに「母」の存在が据えられていることである。主人公勝呂がこの「妻」と結婚するようになったのは、普通「若い男が女に感ずる感情」などではなく、ただ「父」が選んだ女とは結婚したくないという、「父」への反発心からである。「父」が選んだ女と結婚することは、「父」から捨てられた「死んだ母を裏切」ることになり、その「母を裏切りたくないという身勝手な理由から彼女と結婚にふみきった」のである。「愛したから選んだのではなく」、「みにくい泣き顔をして死んだ母を心のなかで更に孤独に追いやらないためには、普通の娘ならば誰と結婚してもよい」という気持から「妻」を選んでいたのである。

こうした勝呂の「父」への反発心と「死んだ母」への愛着が、この「妻」に付着しており、さらにその「死んだ母」の「みにくい泣き顔」が、「犬のように哀しそうな眼」で「じっと彼を見つめ、泪」を「その頬にゆっくりとなが」す、「妻」や「あの男」の「みにくい顔」と重なっていたため、まさに〈同伴者イエス〉＝「妻」＝「母」という公式が成り立つようになったのである。そして、これを裏付けるように、遠藤自らがそれを大いに認め、その〈母性〉の原像とする、実の母をモチーフにした作品を多く発表していたことが、さらにこうした批評を広める結果を招いていたといえる。

ところが、遠藤が自らの〈母性〉の原像は自身の母であるという認識の下に描いた、それらの作品において、この「母」の姿は一変している。例えば、昭和四十三年一月、「新潮」に発表された「影法師」において、その「母」は「修道女と同じようにきびしい祈りの生活を自分に課し」、毎朝、「ミサに行き、暇さえあればロザリオをくってい」る、「より高い世界の存在せねばならぬことを魂の奥に吹きこ」む、「烈しい」姿の女性として描かれている。この「烈しい」姿の「母」は、「小心で安全な人生のアスファルト道を歩きたかった父」の姿とは相反するもので、あの昔「父」と別れ、大連を離れるようになったのも、この「母」の「烈しい性格のため」であるとしている。少年「僕」が怠惰やだらしなさを覚えたのも、こうした「烈しい」姿の「母」への反発からであるが、この「母」の姿は、明らかに夫から捨てられ涙を流す、先の「みにくい泣き顔」の「母」とは違うものである。そして、この作品の面白いところは、この「母」を語るにおいて、あの「哀しい眼」の犬がまた登場していることである。

あの頃、僕は一匹の犬を飼っていました。近所の鰻屋でもらった雑種犬でした。兄弟もなく、また両親の複雑な別居から、本当に哀しみをわかちあう友だちも持てなかった僕は、こののろまな犬を非常に可愛がっていました。今でも僕の小説にはしばしば犬や小鳥が登場しますが、それはたんなる装飾ではありません。あの頃、僕にとっては、あまり人には言えぬ少年の孤独をわかってくれるような気がしたのはこの雑種の犬だけでした。今日でも、犬のうるんだ悲しげな眼をみると、僕はなぜか基督の眼を思いうかべます。もちろん、その基督とは、昔の貴方のように自分の生き方に自信をもっていた基督ではありません。人々に踏まれながらその足の下からじっと人間をみつめている疲れ果てた踏絵の基督です。

例によって成績が悪くなったことに母は怒りだしました。(中略)そして三学期に相も変らず成績の悪かった僕を罰するため、犬を棄てることを母は命じたわけです。

あの時の辛さは今でもはっきり憶えています。僕は勿論、その言いつけを聞こうとしませんでした。そして学校から帰ってみると、わが愛犬はもう姿を消していました。母は近所の小僧に頼んで、犬をどこかに連れていかせたのです。

幼年時代の記憶において、このように「母」と「犬」とがよく一緒に出てくることは、見逃せない重要な問題を孕んでいるように思われる。それは無意識の領域のものであろうが、ここでまずいえることは、この二つのものは、相似しているというよりも、対立を見せているという事実である。それはまず、この「犬」が「母」と重なる、この「影法師」の神父の、かつての「自信と信念に充ちた強い宣教師」としての「貴方」の姿とは違うものとして語られていることや、またこの「犬」を棄てるのが、いみじくも「母」であるということが象徴している。

この「うるんだ悲しげな眼」をしている「犬」が、前編の「みにくい泣き顔」の「母」と何らかの繋がりを持つものであるならば、「より高い世界の存在せねばならぬことを魂の奥に吹きこ」む、この「烈しい」姿の「母」とはその性質を異にしていると言わざるを得ない。彼らにおける共通の〈みにくさ〉や〈哀しさ〉は、この「烈しい」姿の「母」からは探せないのである。

一方、この作品の主人公は、こうした「烈しい」姿の「母」や「貴方」に反発しながらも、決して彼らから離れられない。それは「僕」の「母にたいする愛着」のためであり、「貴方」もまた「その母の大きな部分」であったからであると解釈されている。「父との生活のなかで僕の母にたいする愛着はますます深まり、かつて母について恨めしく思ったことも懐かしさに変り、その烈しい性格まで美化されてい」ったという。

しかし、この「僕の母にたいする愛着」によって後に「美化されてい」く「母」の存在こそ、遠藤の〈母性〉の原像における実態を語って止まない。それが、後に置き換えられたものでしかないことがここに語られているのである。つまり、遠藤のその〈母性〉の原像の特徴を成す、〈みにくさ〉や〈哀しさ〉は、決してこの「烈しい」という言葉で表される、現実の「母」によるものではなく、後にイメージとして作られたものに他ならないということである。

このことは、次の昭和四十四年一月、「新潮」に発表された「母なるもの」において、さらに明確にされている。この作品において、まず語られるその「母」の姿は、「たった一つの音を摑みだそうと」して、もう何時間も繰りかえし繰りかえしヴァイオリンを弾くことで表される「烈しく生きる女の姿」である。「記憶にある限り、病気の時、母から手を握られて眠ったという経験は子供時代にもな」く、「私」が「平生、すぐに思いだす母のイメージは」、この「烈しく生きる女の姿である」という。

このヴァイオリンを弾く、五歳の頃の母の記憶に続き、次に思い出す小学生時代の「母」は、「夫から棄てられた女としての母」であり、この時でさえ、その「母」は「懸命に苦しみに耐えている」姿として表されている。そして「中学時代の母」については、「その思い出はさまざまあっても、一つの点にしぼられる。母は、むかしたった一つの音をさがしてヴァイオリンをひきつづけたように、その頃、たった一つの信仰を求めて、きびしい、孤独な生活を追い求めていた」と語られている。このように、「私」にとってその「母」は、「烈しく生きる女の姿」として一貫していることが窺える。

しかしながら、この作品において、遠藤の〈母性〉の原像に導かれている「母」の姿は、この「烈しく生きる女の姿」ではなく、あの「犬のうるんだ悲しげな眼」に繋がる「哀しげな眼をして私を見つめ」る「母」の姿である。そして、この「母」の姿は、やはり「私」の現実の記憶にはなく、「貝のなかに透明な真珠が少しずつ出来あがっていくように、私は、そんな母のイメージをいつか形づくっていた」というのである。

「私」自身、この二つの「母」の違いを認識していたということがいえるわけである。にも拘らず、この作品において、この二つの相克する「母」は一つに結び付けられている。それを可能にしていたのが、「母」の形見である「哀しみの聖母」像である。この「聖母像」に漂っていた「哀しみ」が、「私」にあらわれる「母の表情」として転換され、あの「哀しげな眼をして私を見つめ」る「母のイメージ」を作っていったという。

ここにおいて、一見、「烈しく生きる女の姿」としての「母」と、この作家の〈母性〉の原像である「哀しげな眼をして私を見つめ」る「母」という、相反する二つの性質の「母」は、この「聖母像」によって、一つに繋がることができたかのように見える。これには、明らかに遠藤の自らの〈母性〉の原像を、自身の「母」に求めようとする姿勢が秘められていることは否めない。

しかし、二つの「母」を繋げている、この「聖母像」の「哀しみ」は、「母が昔、持っていた」「聖母像」の本来のものではなく、「空襲や歳月で、原型の面影を全く失」い、「西洋の絵や彫刻の聖母とはすっかり違ってい た」と「私」が語っているように、長い歳月にわたる変形によって醸し出されているもので、後に「私」が作った「母のイメージ」と同じく、「私」によって後に形成されたものに他ならない。後に作られたその「母のイメージ」を現実の「私」の「母」によって説明できなかったように、またそれ故に用いられたこの「哀しみの聖母」像という媒介も、それが本来の姿ではなく、その「母」と同じく後に作られたものであるならば、それは、元の

「私」の現実の「母」を説明する何ものも持たないし、媒介としての意味をなさない。「哀しみの聖母」像という媒体の存在にもかかわらず、この二つの「母」は、依然として一つに結ばれていないわけであり、寧ろ、その相違を浮き彫りにする形となっているのである。

「哀しげな眼をして私を見つめ」る、この遠藤の〈母性〉の原像は、やはり遠藤の現実の「母」によるものではなく、ユング心理学でいう〈太母元型〉によるものであると考えられる。――これは、後に遠藤自身が認めていることでもある。――遠藤の作品において、「母」の横に〈哀しげな眼〉をしている「犬」がよく登場していることは、ある意味、これを象徴的に語るものであるといえなくもない。

もちろん、作品に語られているこの「母」を遠藤の実の「母」として鵜呑みにするわけにはいかないし、また、夫から捨てられていた遠藤の実の「母」に、決してその〈みにくさ〉や〈悲しさ〉がなかったとは言い切れない。しかし、これらの作品が、自らの〈母性〉の原像とする、己の「母」を語ろうとしたものであり、ここでまず挙げられている「母」の姿は、「烈しく生きる女の姿」であって、「哀しげな眼をして私を見つめ」る「母」の姿は、やはり現実にはなかったと否定されていることに留意せねばならないだろう。

このことを踏まえると、遠藤が、その〈母性〉の原像は自身の「母」であると認識していた、これらの作品以前の「母」関連の作品も、また見直される必要があると思われる。例えば「童話」などがこれに当たるが、この作品は、夫との不和のために〈すすり泣く母〉の姿やその「母」を裏切る少年が登場していることから、遠藤の〈母性〉の原像を捉えようとする批評によく採り上げられるものである。

しかし、遠藤がこの作品で語ろうとしたものは、そうした〈すすり泣く母〉ではなく、幼年時代のもっとも大きな傷であった、両親の不和のなかに立たされていた記憶であり、それを、病床中という人生の一番暗い時期のなか、今一度、顧ることであったと思われる。その証拠に、この作品において、その〈すすり泣く母〉の姿は出てくるものの、作品の中心となっているのは、少年と「父」とのやり取りであって、その「母」の影は薄く、寧ろ、浮き彫りにされているのは「父」の姿である。

さらに、遠藤のその両親の不和を描いた最初の作品が、昭和三十五年十一月、「小説中央公論」に発表された「船を見に行こう」であることが、これを裏付けているだろう。この作品は、語り手が「父」であり、両親の不和に傷ついている少年を、その「父」の視点から描いている。そして、ここに書かれているのは「夫でも父親でもない男の存在にくるし」む「父」の姿であり、これは、明らかに遠藤の「父」への理解の試みを窺わせている。遠藤の両親の不和をモチーフにした作品が、決して遠藤の〈母への愛着〉や〈涙汲む母〉を描こうとしたものではないことが、これらの作品において示されているのである。

〔辛　承姫〕

吉満義彦体験——その影響と超克

はじめに

「吉満先生がいなければ今の俺たちだってないんだからな」

遠藤周作が井上洋治神父と酒を飲んでいたとき、声を荒げて井上神父にそう言ったという話を、忘れがたい思い出として井上神父から聞いたことがある。井上神父は、自分が吉満義彦と直接面識はないから少し冷たいことでも言ったためかもしれないが、遠藤のその強い語気に、遠藤が吉満をどんなに大切な恩人と意識しているかを知ったという。また井上神父によれば、戦後すぐの頃、岩下壮一と吉満義彦の旧蔵書が保管された岩下・吉満文庫が上智大学に出来、遠藤がその文庫の鍵を預かっていたという。こうしたエピソードからも吉満が大きな痕跡を遠藤に残していることは明らかであろう。そうした遠藤が文学的生涯の出発にあたって吉満からどういう刺激や影響を受け、あるいは吉満をどう超えようとしたか、吉満義彦体験の内実を考察する。

一　吉満の人格的感化

まず、吉満義彦の略歴に触れると、一九〇四年に鹿児島県の徳之島に生まれ、旧制中学二年の時に父を失い、プロテスタント教会に通うようになる。一高に入学後、内村鑑三の聖書研究会に参加し、一九二五年に東大文学部倫理学科に進学後、岩下壮一神父から宗教上の指導を受け、一九二七年には麻生カトリック教会で受洗。翌年卒業し、フランスに留学。哲学者ジャック・マリタンに師事し、主としてネオ・トミズム哲学を研究し、一九三〇年に帰国。翌年から上智大学および東京公教神学校で哲学を講じ、一九三五年からは東大文学部倫理学科講師となる。また、一九三三年からは岩下壮一が創設した東京信濃町にあるカトリック学生寮の聖フィリッポ寮（戦中に白鳩寮《しろばと》と改名、現、真生会館）を根城として寮生やカトリック学生連盟を指導し、学生たちに多大な感化を与えた。さらに、カトリック系の学術誌に加えて一般誌にも広く寄稿し、岩下を引き継いだカトリック知識人の代表として、カトリシズムが日本の思想界に市民権を得るために尽力したが、結核のため一九四五年一月から入院し、十月、四十一歳の若さで病没する。

そうした短い生涯を駆け抜けた吉満に、十九歳年下の遠藤が出会うのは吉満の帰天する二年半前である。遠藤は一浪の後、入学した上智大学予科を一年で退学し、その後、西宮市仁川の母のもとから離婚後再婚していた世田谷区経堂の父の家に移り、翌年の一九四三年、慶應義塾大学文学部予科に入学する。しかし、遠藤は父の命じた医学部を受験しなかったという理由で父に勘当され、家を出てアルバイト生活を始め、友人の世話で白鳩寮に入り、吉満と出会う。

白鳩寮は寮生が十名もいない、それぞれ個室の小さな寮で、舎監の吉満は寮に週三日宿泊し、寮生と食事を共にし、週に一度は講話をした。寮生は食事をしながら吉満の話を聞き、時には吉満の部屋に呼ばれて叱られもし、相談もするという関係であった。副舎監には後に上智大学哲学科教授になる渡辺秀がおり、寮生には、東大、早稲田、上智などの学生がおり、同期の寮生の中には後に神父になった者も二、三人いたという（『近代日本キリスト教文学全集』月報⑫対談「吉満義彦との出会い」、以下月報と略記）。

そのように吉満に身近に接する寮生活の中で、第一に遠藤の受けた影響として吉満の人格的感化が挙げられる。吉満は毎日ミサを欠かさず、また、婚約者の結核が悪化する中、病床で結婚式をあげ、その妻が亡くなった後は独身を守り、遠藤自ら「あんなりっぱな方はめったに見られない」と敬う人格者である。なかでも、遠藤は、毎夜、遅くまで机に向かっている吉満の影が部屋の窓硝子にうつっているのを見ながら、「学者とはこんなに勉強するものか」と刺激を受け、「今晩は吉満先生より勉強しよう」と午前二時頃まで勉強しても、吉満の部屋の灯はついていたという（月報）。中学まで勉強嫌いであった遠藤が大変な勉強家になっていく背景に吉満の信仰者としてひたすら学究にうちこむ姿からの人格的感化があったことは確かであろう。

二　吉満の寮での講話――「近代の超克」と「神秘主義」

第二に遠藤が吉満から受けた刺激として注目されるのは、吉満が遠藤たち寮生に直接話した講話である。講話の内容は、吉満の師だったマリタンの話や吉満自身も出席した「文学界」（一九四二年九月号）の座談会「近代の超克」の話などであった（「吉満先生のこと」『心の夜想曲』）。

吉満が「近代の超克」で話した内容について触れると、吉満はニィチェとドストエフスキーをあげて、彼らは、近代精神の表現ではなく、近代精神を最も深い根柢から見極めつくして、《これと抗争格闘しつつ、そこから人間的生命を救い出そうとするティタン的な英雄的な魂のプロテストだった》と述べ、《私はこうした魂の深刻な反撃なしに近代の真の超克は無いと信ずる》と自らの確信を告げ、《この近代精神の超克といい救済といいおよそ精神の事柄は他人事ないしは全体歴史のことではなく、魂の問題として所詮われわれ自らの事柄である》と結んでいる。また、吉満は文学について《実は神学と哲学とが無能を表示している間に生きた人間のいわば神学的検証を引き受けさせられてきた》と述べ、《ドストエフスキーはもっと霊魂の神学的眼をもって、「悪霊」(「憑かれた人々」)として近代社会を洞察した》と指摘する(「近代超越の神学的根拠」『吉満義彦全集』第一巻)。こうした文学観は青年遠藤の中に種として植え付けられたに違いなく、作家となった遠藤は、例えば評論「現代日本文学に対する私の不満」(「海」一九六九年六月号)の中で、人間と人間の関係、人間と社会の関係のみを描いた現代小説に不満を感じ、人間とそれを超えたものとの関係すなわち人間内部の魂の探究こそ小説家の本来の使命であると自らの文学観を告げている。最後の純文学作品『深い河』を書き上げたときは、登場人物それぞれの「魂の問題」を念頭において、普通、小説で書くほかのものはカットしたと語っている(対談「最新作『深い河』——魂の問題」「国文学」一九九三年九月)。こうした遠藤の独自な文学観の根底にも吉満の影響を指摘できよう。吉満は、文化は究極的には神に根ざすものと捉え、世俗的なものの聖化を主張し、「霊性の優位」というマリタンの言葉を愛して使った。同様に人間と人間、人間と社会といった世俗的関係よりも人間と人間を超えたものとの関係を重視した遠藤の文学も霊性の優位によって特徴づけられる「霊性の文学」と呼ぶこともできよう。

また、吉満は、戦争中、学生たちの気を引きたてるために戦争を多少でも正当化する言葉は一度も洩らさず、そのかわりにある日から「神秘主義」の講義を行うようになる。遠藤は、戦争や当時の寮生の環境とは関係ない「神秘主義」の講義をなぜ吉満が思いたったか、当時はわからなかったが、後になって警戒警報や空襲警報の合間にデカルトやパスカルを引用しながら「神秘主義」の講義をする吉満の気持ちがわかるようになったという

（「吉満先生のこと」）。

吉満は、その頃「現代における神秘主義の問題」（『理想』一九四二年一〇月号）や「神秘主義の形而上学」（『カトリック研究』一九四三年一・二・三・四月号）を発表しており、そうした論文から吉満が遠藤たちに語った講話の内容が推察できる。「現代における神秘主義の問題」は、《パスカルが『イエズスの秘義』に言うごとく、「キリストは世の終わりまで苦悩のうちにあるであろう」ならば「われらはその間眠ってはならない」のであり、歴史の夜を通じて悪霊との戦いは継続するのである。その歴史の夜を希望をもって生き、かつ永遠のうちに体験せしめるもの、それがまさしく現代のミスティクの問題なのである。》と結ばれる。遠藤は後に、戦争のただ中で寮生に神秘主義を語る吉満の気持ちを理解したがゆえに、遠藤が作家になって日本を舞台にした最初の小説「黄色い人」の中で戦争の闇にも希望を失わず生きるブロウ神父にパスカルの『パンセ』のこの箇所を開かせているのであろう。

三　吉満の助言——哲学より文学

第三に、遠藤が吉満から受けた影響として指摘できるのは、《吉満先生の近くにおって、彼の著作に初めて接して、また先生のすすめで、彼のお師匠さんであった岩下さんの本とか、むこうのジャック・マリタン、それから「カトリック文芸叢書」ですか、甲島書林というところから出していて、ジャク・リヴィエールの「クローデルとの往復書簡」とかが入っている。ああいうのに触れたのは吉満先生の影響です。》（月報）とあるような本との出会いである。

ここで注目されるのは、遠藤がフランスのカトリック文学研究に進む契機について、一九四四年に佐藤朔の

『フランス文学素描』を古本屋で見つけて読んだのが切っ掛けであると遠藤は語っているが、実際はその前に吉満の影響でカトリック文学を読み始めているという点である。その下地があったからこそ、『フランス文学素描』との出会いもあったといえよう。吉満は、一九四二年には「現代カトリック文芸叢書発刊の辞」を書いており、先の「現代における神秘主義の問題」の中でも、「手近にこのカルメル的敬虔のミスティクの息吹する神秘的リアリズムの代表作ル・フォール『断頭台下の女』が『現代カトリック文芸叢書』中に刊行されているものを参照されたし」と紹介している。遠藤はこうした吉満の薦めに従ってカトリック文学の世界に導かれていく。この弱者の殉教というテーマが神秘的リアリズムで描かれたル・フォールの作品は、作家となった遠藤が「最後の殉教者」や『沈黙』を執筆する際に多大な影響を与えている。

ここで「岩下さんの本」と出てくるのは、もちろん岩下壮一の著書である。岩下について少し触れておくと、岩下は一八八九年に生まれ、東大哲学科を卒業後、七高教授在任中に渡欧し、在欧中に辞任して一九二五年にローマでカトリックの司祭に叙階されて帰国する。一九三〇年以降は神山復生病院長としてハンセン病患者の福祉に尽力するかたわら、大正から昭和初期の日本のカトリック思想界における最も中心的指導者として、日本の思想界におけるカトリシズムの認知を求めて活躍し、一九四〇年に五一歳の若さで死去する。そうした岩下の著作が没後に編集された『信仰の遺産』(一九四一年)と『中世哲学思想史研究』(一九四二年)が岩波書店から出版される際に吉満が編者として序文を書いており、遠藤が読んだ本もこれらの著書であったろう。ちなみに、寮の年中行事で、岩下が生前院長をしていた神山復生病院のハンセン病患者を慰問し、その体験が「イヤな奴」「雑木林の病棟」『わたしが・棄てた・女』『死海のほとり』に投影される。

その病院訪問の直後、遠藤は吉満から部屋に呼ばれ、《君を見ているんだけど、哲学にむいとらん。文学のほうがいい。》《君はね、哲学なんかより詩を書いたほうがいい。堀辰雄にいま紹介状を書くから、これをもって堀辰雄のところに行きなさい》と言われ、堀辰雄に紹介状を書いてもらう（『対話の達人、遠藤周作Ⅰ』）。遠藤はその思い出に触れながら、《先生が私のことを心配してくださっているのが、しみじみとよくわかった》（「吉満先生のこと」）と感慨をもらしている。吉満は、遠藤が「形而上的神、宗教的神」（「上智」一九四一年一二月）などを書き、宗教哲学の勉強に取り組んできたことや詩を書いたりしていることを知っていた上で、遠藤の資質を見抜いての助言であったろう。これからの進路を模索中の予科一年の遠藤にとって、尊敬する師である吉満の言葉の重みは絶大であったに違いなく、以後哲学から文学へと勉強の中心を移していく。ちなみに、吉満は堀辰雄とは一高の一年後輩でその頃からの知人であり、堀辰雄に愛されていた四季派の詩人野村英夫が一九四三年に吉満を代父として受洗していたことも同じカトリックの青年遠藤に堀を紹介した理由の一つだろう。

ところで、吉満は、日本で最初の本格的なリルケ論をはじめ、ドストエフスキーやペギーなど文学者を論じる評論も旺盛に執筆し、そうした論を集めた『詩と愛と実存』（一九四〇年）を戦時中に刊行し、知的荒野にあった青年たちに大きな影響を与えるほどに、文学にも造詣の深い哲学者であった。そんな吉満が哲学と文学の差異について、座談会「近代の超克」の中で《一般に哲学論文は何というか思想の一種の抽象における情熱、そこが少し芸術と違うところではないか。哲学というのはやはり芸術性もあるが、真理の論理的な探究という点は科学者の立場と似ている》と説明している。吉満の先の助言は、遠藤にはそうした科学者のような真理の論理的な探究は向いておらず、芸術をめざす方が向いていると考えての言葉であったろう。吉満は、遠藤にそうした助言を与えた後、一九四五年一月から入院し、十月には帰天する。その時、遠藤は堀から《君たちには吉満君の亡くなったことは大きな損失だろうが、あの人の立派な精神が死後も君たちの上に働きかけることを望んでやまない》との励ましの書簡を受け取っている。吉満の入院中に寮も閉鎖となって父の家に戻り、同年四月に仏文科に進んだ遠藤は、吉満の幅広い執筆活動のうち、文学に関して吉満の遺志を受け継ぐかのように、吉満から学んだジャック・マリタンを中心とする現代のカトリック思想を基にした文芸評論に力を注ぎ、卒業論文ではジャック・マリタンとライサ・マリタンの詩論に基づく「ネオ・トミズムにおける詩論」を書き上げる。遠藤の初期の評論に吉満から学んだトミズムの影響が随所に見られる点は、武田友寿が「処女評論以来の批評作品はことごとくトマスの『存在の秩序』・『存在の類比』を機軸にして思考がすすめられている」(『遠藤周作の世界』)と指摘する通りである。

四　吉満を超えて——日本人とキリスト教

最後に、吉満から与えられた刺激として遠藤が「日本人と基督教ということを私に考えさせる切っ掛けをくださったこと」を挙げている点に注目したい。遠藤は、吉満が「神を失った人間の近代の悲惨さ」を解明し、「中世的ヒューマニズム、神と人間をもったヒューマニズム」を回復しなければならないと主張するのを聞くと、「おれは日本人だ」という気持ちが心に生じ、仏文科に入ってマリタンを原書で読むようになって、吉満の思想の根底にはマリタンの影響がかなり残っていることが分かって、次のように考える。

《マリタンはフランス人であり、ヨーロッパ人だから、西洋中世ということを基底として、そこから神を失ったルネッサンス、さらに堕落して十七、八世紀になって近代に至り、そして人間中心主義文化の悲劇となった、ということを言うんだけど、おれたちのシチュエイションでこの理論があてはまるかな、どうかな、ということを僕は日本人として考えざるをえないというふうになまいきにも学生時代に考えちゃったんです。だからこのことを、白い人に対して黄色い人とか、東洋の、日本の汎神論に対して西洋のキリスト教とかという考え方でやってますね。あれはまあ、非常に率直にいうと恩師の一人である吉満先生に対するアンチテーゼだったんです。吉満先生に対する考え方を超えよう、という気持が心の中のどこかにありまして。まあ、超えようというより、吉満先生のあたりのゼネレーションにおけるキリスト教というのはこの考えでいい。しかし、おれたちの時代におけるキリスト教というのは彼からバトンタッチを受けて、今度は日本的な中で考えなくちゃいかんのだという気持が、吉満先生のおかげで僕のなかに出来ていると思うんです。だから、師匠の考え方を土台として次の考えをもつ、ということも影響というならば、吉満先生が僕に影響を与えた。やっぱり先生がいなかったならばああいうことは考えなかったかもしれない。》（月報）

実際に吉満は「日本」という観点をほとんど問題にしていない。この点について加藤周一は、十五年戦争を通じて強められた日本主義の大合唱という状況の中で《歴史の意味は、「東洋」と「西洋」とで異なるものではないということを、強調し（中略）人間の歴史とそこに内在する価値の普遍性について、公然と書くことやめなかったのは、吉満義彦である》と指摘し、そのことが戦時中の青年たちをひきつけたと語っている（『吉満義彦全集』第五巻「解説」）。遠藤が「吉満先生のあたりのゼネレーションにおけるキリスト教というのはこの考えでいい」とはそうした状況を踏まえてのことであろう。しかし、戦後、日本が急転換して皮相的に欧米化に向かう中で、吉満のいう西洋的中世をもたない日本人がどのようにキリスト教を捉えていくかは次世代を生きる遠藤の大きな問題となったといえよう。そうした問題意識に目覚めた遠藤は吉満に紹介された堀辰雄を頻繁に訪ね、西洋の文学世界の深い影響下に作品を書きながら日本的感性の世界に帰郷する堀の姿を目の当たりにすることで、西洋と日本との距離感という問題意識を深め、「堀辰雄覚書」を書く。遠藤はその執筆が吉満の影響である点について、吉満によって考えさせられた汎神論とか唯神論とか実存とかのテーマを《堀辰雄の上に強引にかぶせて》《吉満さんの心でもがいていた気持を、堀さんという、吉満さんから紹介された小説の上の師匠の上にガーッとかぶせてね。やっぱりその問題が当時の自分としてはいちばん悩んでいたものですから。その悩ましてくれた、ということ、そこはやっぱり師匠ですね、影響を与えてくれたということですね》(月報)と告白している。

「堀辰雄覚書」は、「神々と神と」のテーマを一人の日本人作家の作品を土台に詳しく論じた作品である。「神々と神と」は、遠藤と同じ、吉満を信仰上の師とし、堀を文学上の師とする先輩詩人野村英夫宛の書簡形式の評論で、そうした形で評論を書くこと自体にも、吉満の影響が窺える。遠藤は「神々と神と」と「堀辰雄覚書」を自らの処女作と捉え、《一人の作家の処女作は彼のその後に書くべきすべての作品を決定する》との言葉を挙げて、《私の場合も同じことが言える》(「限定版あとがき」『堀辰雄論』)と述べているように、ここに遠藤の文学的原点があることを思うと、冒頭にあげた遠藤の「吉満先生がいなければ今の俺たちだってないんだ」という言葉にも大きく頷けよう。この吉満体験によって呼び起こされた日本人とキリスト教というテーマは、その距離感を凝視し、問題提起するという方向でその後の作家活動において深められ、『海と毒薬』にまで至る。その後、このテーマに対する遠藤の姿勢は方向転換する。その契機は、渡仏の四等船客で偶然出会い、七年半におよぶ西欧の修道院での修行と勉学を経て帰国した井上洋治の訪問であった。井上は、滞欧体験の中で日本人として西欧キリスト教に強烈に距離感を意識し、日本人とキリスト教との距離をうめるという課題に生涯を賭ける覚悟で帰国し、遠藤と再会してその思いを訴える。遠藤は自分も同じ課題を背負っていると井上に共感し、自分たちの力で先人なき道を開拓し、次世代の踏石になろうとの決意を語る(井上洋治『余白の旅』)。そして遠藤は実際にこの時から最後に倒れるまでの四十年近く、作家として使命感をもってこの課題を井上と共に追究し続けた。それは『沈黙』にはじまり『深い河』に至るまでの作品に結実する。

おわりに

以上のように二十歳から二十一歳の予科生の遠藤にとって、これから自分の進むべき道を模索する中で、当時のカトリック思想界を代表する哲学者であり、人格者であった吉満義彦の薫陶を直に受けたという吉満義彦体験のもつ意味の重要さはいくら強調してもし過ぎることはなかろう。吉満は青年遠藤に、哲学より文学が向いていると助言し、カトリック文学への関心を呼び起こし、堀辰雄という作家と出会わせ、さらに日本人とキリスト教という問題意識を起こさせ、その直後に倒れる。遠藤はそのバトンを受け取る形で卒論「ネオ・トミズムにおける詩論」、処女評論「神々と神と」と「堀辰雄論覚書」を書きあげるところから文学的出発をとげ、『海と毒薬』まで日本人とキリスト教の距離感を問題にし、井上の帰国以降は、井上と共にその距離をうめる開拓者となって進み、岩下・吉満が岩波アカデミズムに代表される知識階級にカトリシズムを認知させるために貢献したのに続き、遠藤・井上は戦後の日本の一般の人々の間に日本人にも実感できるキリスト教を広めることに尽力した。そうした遠藤の文学的生涯を俯瞰するとき、吉満体験がその出発点にあったがゆえに、現代日本文学において「霊性の文学」といえる独自な光芒を放つ遠藤の文学的道程のあることの意義を確認できるのである。

〔山根道公〕

＊吉満義彦の著作の引用は、『吉満義彦全集』全五巻（一九八四・八五年、講談社）に拠った。

堀辰雄体験——遠藤周作の受動《パッシヴ》と能動《アクティヴ》と

——勝呂は人生のなかで無意味なものは何ひとつないと彼の小説を通して考えてきた。

『スキャンダル』

小説家の誕生

一人の小説家はどのようにして誕生するのであろうか。この問いに遠藤周作ほど興味深いヒントを用意してくれるケースはない。

遠藤のデビューには堀辰雄という師が介在した。遠藤の堀辰雄体験は作家の出発点の問題と切り離して考えることはできない。

「出世作のころ」というエッセイには、デビュー当時を語るいくつかのエピソードが綴られるが、それによると遠藤のデビュー作は二篇あり、「神々と神と」と「堀辰雄覚書」である。遠藤はまず評論家としてスタートを切ったのだ。

このことは遠藤文学を考える上で重要である。遠藤の作品は日本の自然主義文学や私小説の伝統にはなく、その根幹にはヨーロッパ思想、なかんずくキリスト教が横たわっていることはよく知られる。遠藤は作家である以前に思想家であり、評論家であった。慶応でフランス文学を学び、サドとモーリアックがその関心の中心を占める（卒論の題目は、「神々と神と」や「堀辰雄覚書」、「ランボーの沈黙をめぐって」などと深い関連を持つ「ネオ・トミズムにおける詩論」）。

遠藤の堀辰雄体験と、それに連動するデビューを考えるに際しては、評論家として出発した彼がなぜ小説を書くにいたったか、ということが同時に問われなければならない。

デビュー当時について「出世作のころ」にはさらに興味深い記述がみられる。一九四七年、二十四歳の遠藤は、角川書店顧問の神西清が有望な新人をさがしていると伝え聞き、二十枚ほどのエッセイ「神々と神と」を読んでもらった。原稿は「四季」に掲載され、これが遠藤の実質的なデビューとなる。「後に私の小説でも中心のテーマとなったものの最初の石であった」と遠藤は「出世作のころ」で回想する。

ここには遠藤の小説の萌芽となる思想がうかがえる。評論家のデビューに伴走する小説家のデビューをみることができる。遠藤はこのエッセイで評論家と小説家、二人のランナーを走りださせたのだ。

遠藤はこのエッセイ（「神々と神と」と「堀辰雄覚書」）にふれて、「一人の作家の処女作は彼のその後に書くべきすべての作品を決定する」という言葉を引くが、これは処女作「神々と神と」の場合、とりわけそのまま当てはまる、――まるで僅々二十枚の作品が遠藤の小説家としての一生を決定してしまったかのように。ここには遠藤における能動《アクティヴ》と受動《パッシヴ》のパラドクスが顕在する。「出世作のころ」はさらに、――

「『四季』はクォータリーだったから、発表が決定したあとも、しばらくの間、雑誌が出るまで時間がかかった。神西先生はもっと長いものを書いてみなさいとS〔遠藤を神西に紹介した慶応の友人〕を通して指示され、私は『堀辰雄論（ママ）覚書』という二百枚ほどのエッセイを書きはじめた。堀辰雄を論ずるというより、自分の『神々と神と』のテーマを一人の日本人作家の作品を土台にして、もっと詳しく発表してみたいと考えたのである」。

すなわち「堀辰雄覚書」においては、堀辰雄を論じることが必ずしも目的ではなく、むしろ「神々と神と」で論じたりなかった部分を展開したいと考えたのである。

その意味で小林秀雄が評論とは作家をダシにして自分を語ることだ、といったことに近く、遠藤も堀をダシにして自分を語ったといえる。むろん小林と遠藤では類似するところより相違するところのほうが大きい。小林の評論が審美的であるのに対して、遠藤のそれは倫理的だ。遠藤にはよりさしせまった現実の衝迫があって、この倫理的な衝迫が遠藤をして小説家への道を歩ませたのだと、とりあえず言うことができる。

カトリック作家の問題

遠藤における倫理的課題とは、いうまでもなく「カトリック作家の問題」だった。

とりわけ遠藤の場合、カトリックに改宗したり、カトリックを選んだりしたのではなく、物心ついたときにカトリックである自分を発見した、というところに、一種ユーモラスといってよいカトリック信者としての自己の存在の条件の居心地の悪さがあった。「私は十歳のころ」と、彼は「初心忘るべからず」と題したエッセイに書いている、「カトリックの洗礼をうけた。熱心なカトリック信者だった伯母がいて私は彼女からなにもわからず教会につれていかれたのである。教会では子供の集まりというのがあり、そこでは大学生が宿題をみてくれたり、修道女がお菓子をくれたりした。三位一体だの、復活だのという言葉の内容が十歳の子供にわかるはずはなかったが、私は公教要理を神父さんの教えるままに丸暗記して一年後に洗礼をうけさせられてしまった。だから私はいわゆる外国で言うボーン・カトリックという人たちに近い」。

遠藤の口調には、このカトリックの受洗をいささか迷惑に思っているところがうかがえる。自分を——小説の登場人物のように——滑稽な人物に仕立てている。「青年時代になって」と遠藤はつづける、「私は幾度、この自分の体に甲羅のように覆わされたカトリックを捨てようと思ったか。私にはこの甲羅さえ捨ててしまえば、もっと自由にものを考えられ、もっと自分に忠実にありうるような気がしたからである」。

遠藤にあって「カトリックであること」の受容には、それと背中あわせになって「日本人であること」の受容が貼りついている。ともに（とりわけ後者は。人は皮膚の色を選ぶことができない）、一方的な受け身の受容である。

そこに遠藤の「カトリック作家の問題」が発生する。このカトリック作家はただの作家ではなく、日本人（「黄色い人」）の作家だったのだ。一夜目ざめて毒虫に変身したことに気づくグレゴール・ザムザのように、遠藤はあるとき、日本人でありカトリックである、という奇妙に矛盾した者に変えられている自分を見出したのだ。

日本人であることとカトリックであることをこれほどまでに矛盾と感じるには、遠藤の文学者としてのデリケイトな感受性が作用している。彼はこの問題を一生背負うことになる。「私にはカトリックの教義で納得のいかぬ点もあったし、その上、これは少し場ちがいな話になるが現在の西欧カトリック神学の大きな背景の一つになっている聖トマスの思想と日本人の考えかたに距離感をいつも抱きつづけてきた。／しかし幼年時代にかぶせられた甲羅のうち部分的なものは長年のあいだに私の皮膚になったものがあったにちがいない。私はカトリックから離れようとするたびに、この皮膚になった部分を剥ぐことはできなかった。その剥ぐことのできない部分でやはり私は人生などというものを考えたりしてきたのである」。

この「剥ぐことのできない部分で」遠藤は小説を書くことになった、とパラフレーズしてもよいだろう。遠藤において小説の問題は人生の問題とむすびついている。解きがたい謎として人間が介入するとき、そこに遠藤の小説は生まれる。「神が心の底からほしいのは人間だけであって、黄金で建てられた神殿ではない」、あるいは、「わたしが一度、その人生を横切ったならば、その人はわたしを忘れないでしょう」――これら『死海のほとり』のイエスの述懐は、小説家・遠藤の述懐でもあったろう。

「聖トマスの思想と日本人の考えかた」の距離感とは、まさに遠藤をして「人生などというものを考えたり」させた当のものであり、彼に小説を書かせた原動力であったにちがいない。なぜならカトリックは遠藤において、彼が「横切った」人生のように、もはや「剥ぐことのできない」ものになって、カトリックの思想と日本人の考えかたの「距離感」は、評論やエッセイや哲学によっては解消されえない、小説というヌエのような媒体によってしか思考できない厄介な現実問題と化していたからだ。

無意志的な体験

換言すれば、それは答えのない問題であり、小説とはそうした答えのない問題にぶつかったときにのみ成立する表現形式なのである。評論は答え、小説は問う、と言うことができよう。評論は答えなければならないが、小説は答える必要がない。あるいは評論は答えることで使命をまっとうするが、小説にはそのような解決は与えられない。答えのない問いを発することが小説本来の使命である。安易な解答を求めて小説を読むことはできない。人生と同じように小説には結論というものがない。矛盾は矛盾のまま生き、矛盾のまま書くしかない。そこに人の生と同じ小説の深さが測られる。遠藤の最高作といわれる最後の長篇『深い河《ディープ・リバー》』で、死んだ妻の輪廻転生の跡をたずねてインドのヴァーラナスィーまでやってきた男が、ガンジス河の流れを前に、「お前」と呼びかけ、「どこに行った」と問う。この答えのない問いは、小説（と人生）においてしか発しえない（評論では発しえない）

問いなのだ。

「甲羅が皮膚の一部になった部分で」、と「初心忘るべからず」は述べる、「私はこの人間のやることで無意味なものはないだろうと考え、その意味をさぐるのが小説家だと思い甲羅と肉体とのあわない部分でカミサマに反抗しつづけた」。

遠藤がカトリシスム体験をつねに受動的なものとして記述している点に注意したい、――「教会につれていかれたのである」、「自分の体に甲羅のように覆わされたカトリック」、「洗礼をうけさせられてしまった」等々。と同時に、この受動《パッシヴ》を裏打ちするように、「カミサマに反抗しつづけた」と能動《アクティヴ》の振舞いが記されていること、受動《パッシヴ》と能動《アクティヴ》が背中あわせになっていることも忘れないようにしよう。ここにはカトリックの受洗という受け身の行為も関係していよう。そしてイエスの受難 passion ということも。『死海のほとり』で遠藤はゴルゴタの丘におけるイエスの姿をもっぱら受動 passive において描きだしている。「今、この男は自分の弱さを醜いまでにさらけ出しているのであり、……」、ただ「もっとも、みじめな、もっとも苦しい死を……」と祈るばかりである。初期評論の「サド伝」でも遠藤は、サドのサディスム（アクティヴ）にマゾシスム（パッシヴ）がひそむことを指摘する。

遠藤のカトリックに関しては、主体の意志の関与するところはあたう限りすくない。いうならば彼は「無意志的」にカトリックになったのである。ここではしかし、カトリックを選ぶことと、「洗礼をうけさせられてしまうことについていえば、後者（受動）のほうが前者（能動）より体験として深い、という場合がありうることを考慮に入れなければならない。

「堀辰雄覚書」には、堀辰雄がリルケとプルーストの愛読者であることが指摘され、プルーストの「無意志的記憶」にふれて、「堀辰雄がプルーストの影響を受けたのは周知の事実である。……リルケのマルテと幼年時代との関係をプルーストの無意識的記憶から解釈する批評家がいる」とある。ここには選ぶことと選ばないこと、意志と無意志、能動《アクティヴ》と受動《パッシヴ》をめぐる、「神々と神と」と「堀辰雄覚書」で論点となる、もっとも肝要な問題の系列があらわれている。

「神々と神と」では、リルケと堀辰雄（「あの方」と呼ばれる）が対照され、「マルテ・ラウリヅ・ブリッゲを貫いたリルケが、マルテを通して彼を粉砕しようとした人間の実存的悲劇を『貫いて』こそ『再び《レエ》』地上に『然り《ヤー》！』と言えたのであり、この「然り」はそれ故能動的肯定《Oui》activeであると思うのです」と、リルケにおける能動的Ouiが言及され、ついで「リルケの能動的姿勢があの方を通して受身的に屈折された故に、あの方はリルケの英雄の世界ではなく神々の世界におはいりになりました」と述べる。

「リルケの英雄の世界」とは闘争の世界であり、一神論の、すなわちカトリシスムの世界である。遠藤によれば、「一神的な世界の西欧では神に対して常に戦っていたのだ。この自己と神との前に厳としてある存在の超絶に人間が抵抗し反逆したのは、この一神論の構造によるのだ」（「堀辰雄覚書」）。

先に引いた「カミサマに反抗しつづけた」というのも、カトリシスムに内在する一神論の論理のしからしむところによって、遠藤に「カミサマに反抗しつづけ」る当為が生じたのである。

それに反して、「あの方」が「おはいりに」なった「神々の世界」とは、「堀辰雄覚書」によれば、「神的なものに如何なる反逆も抵抗もなく従順に吸収される」東洋の汎神世界であって、そこでは「抵抗も、反逆も、戦いも——悉くのヒロイズムが充たされるべきものがない。人は容易に直接的に、反逆も抵抗もなく神に一致する」（同）とされる。

「堀辰雄はもはや、何の抵抗もなく［東洋的な汎神の象徴である］百済観音を受け入れる。彼は最早百済観音の持つあの流浪の寂しい諦めの美に何の反撥も拒否もしない。彼はその諦めの美を素直に受け入れる」

（同）。

小説のテーマの最初の石

ここで注意すべきは、「神々と神と」でも、その展開として執筆された「堀辰雄覚書」でも、遠藤は堀のカトリシスムの一神的な世界から東洋の「受動的」汎神の世界への「屈折」を批判しているのではない、ということである。

遠藤が堀の植物的受動性といわれるもの、その汎神的な日本的感性への回帰を「批判」したとすれば、われわれは「神々と神と」や「堀辰雄覚書」になんら遠藤の「小説でも中心のテーマとなったものの最初の石」（「出世作のころ」）を認めることはできなかっただろう。これらの評論が遠藤の小説のテーマの「最初の石」となりえたのは、彼が堀をあたかも小説の主人公の人生における「屈折」のように、その「受動的な屈折」を描いてみせたからにほかならない。

評論とは結論をだすこと、黒白の決着をつけることである。遠藤は同工異曲の二篇の評論において堀の「屈折」に黒白の決着をつけていない。その屈折をみずからの――日本人でありながらカトリックであるという――屈折にかさねながら、忠実にたどることによって、いわば「脱構築」している。この脱構築の振舞いに、われわれは遠藤のデビュー作である二篇の評論に小説のテーマの「最初の石」を発見する。遠藤はデビュー作の評論を書きながら――「無意志的」に――小説のテーマの「最初の石」を置いてしまったのだ。その経緯を検証しよう。

それは「神々と神と」で論の対象の堀を「あの方」と呼ぶ小説的な語り口にすでに明らかだ。遠藤はここで堀を評論仕立ての文のなかにひっとらえ、「あの方」という小説の主人公に仕立てている。ここに遠藤の小説家への筋道をみる。「あの方が目覚めさせて下さったあの血液、あの神々の世界への郷愁《ハイムヴェー》があれほど魅力があり誘惑的であったのは僕たち東洋人が神の子でなく神々の子である故ではないでしょうか」というふうに。

同じ「神々の世界への郷愁《ハイムヴェー》」は「堀辰雄覚書」では、「あの方」は「堀氏」と置き換えられ、「堀氏は何処に去ったのか」と小説的筆致はさらに顕著になる、——「堀氏に受けつがれたリルケの積極的地上の『然り《ウィ》』の叫びは、堀氏の中に受身的な『然り《ウィ》』として屈折されたのである。リルケの『能動的然り《ウィ》』が英雄の世界に通じたのに対し、堀氏の『然り《ウィ》』は受身的なものであるが故に、それは神々の世界に通じて行くのである」。

ついで同書は、この神々の汎神の世界において堀が法華寺村の海龍王寺の「廃墟《ルイン》の魅力に敗れようとする」場面に言いおよぶ。神々の汎神の世界が廃墟の美に求められたのである。「この廃墟の美を肯定することは」と「堀辰雄覚書」はつづける、「都築明〔『菜穂子』の主人公〕のあの生の諦念を受け入れることである」。ここで遠藤は堀と、堀が創造した人物である都築明を切り離す、——きわめて小説的な手つきによって。「堀辰雄はこの美を肯定してはならない。何故ならこの美を肯定することは、彼が都築明と一致するからだ。詩人はそれを知っている」。

ここには後年の遠藤の小説のテーマとその人物たちが、「最初の石」としてほとんど出揃っている。ここには「神々の汎神の世界」に屈折し、その世界を肯定する都築明がいて、その屈折のドラマに「英雄」的に立ち向かい、「能動的然り《ウィ》」に身を持する堀辰雄がいて、さらにこの二者とトライアングルをなす第三の人物、ここでは「詩人」と名ざされる、ドラマを冷徹に見る作家の眼の持ち主がいる（「詩人はそれを知っている」）。

第一と第二の人物についていえば、『深い河《ディープ・リバー》』の大津にその具現化を見出すことができる。大津は、「神々」（汎神）と「神」（一神）のあいだで分裂する遠藤型のヒーロー——それはヒーロー（英雄、あるいは主人公）という呼称が値しないほど意志薄弱なヒーローであるが、——そうした分裂を背負ったカトリックである。彼も遠藤のように、「あなた、信者？」と聞かれると、「ええ、家庭がそうですから、子供の時からです」と答えるような、「ボーン・カトリック」に近い人物だ。ヒロインの美津子に誘惑され、棄てられて、フランスでカトリックの神父になる。「あなたから棄てられたからこそ――、ぼくは……人間から棄てられたあの人の苦しみが……少しはわかったんです」というのが、すぐさま美津子によって「そんな綺麗ごとを言わないで」と一蹴されるが、大津が美津子に告白する神父になった動機である。

その大津が「神々の汎神の世界」への「屈折」を美津子に語る、――フランスに住んで三年になり、「三年間、ここに住んで、ぼくはここの国の考え方に疲れました。彼等が手でこね、彼らの心に合うように作った考え方が……東洋人のぼくには重いんです。溶けこめないんです。それで……毎日、困っています」。ここに「堀辰雄覚書」で語る「汎神的であり受身的な生の姿」、「カトリック作家の問題」で語る「東洋的な神々の世界のもつ、あの優しい受身の世界」への「屈折」が、大津の上におとずれたことが理解される。

しかし『深い河《ディープ・リバー》』の大津は、堀辰雄の『菜穂子』の都築明のようには「この美を肯定」することはしない。彼は「諦念を受け入れ」ない。この「屈折」のドラマに立ち向かい、「能動的然り《ウィ》」に身を持する。「甲羅と肉体とのあわない部分でカミサマに反抗しつづけ」る（「初心忘るべからず」）。すなわち、インドの「深い河《ディープ・リバー》」の流れるヴァーラナスィーの修道院に入る、という道を選ぶのだ――日本へ帰る、というのではなく、インドという「東洋」に帰るという、遠藤的な、あまりに遠藤的な、優柔不断、かつ中途半端なかたちで。

日本人でありカトリックである大津の「屈折」と「反抗」の歩みをここまでたどるなら、彼が、「神々と神と」と「堀辰雄覚書」に置かれた小説のテーマの「最初の石」の、まさに具象化であることが理解されよう。

つめたく光る眼

さて、最後の人物、第三の人物についていえば、それは一九五二年の遠藤の滞仏日記にあらわれる、「ああ、それにしても決して、そうしたものに酔えないぼく、如何に女が熱し、陶酔していても、そしてぼくの肉体だけがそれに応ずるような身振をとっていても、ぼくの眼がさめている事を感ずる。この女の心理のうごきをジッと凝視しようとする。この宿業の眼、眼、眼!」(『ルーアンの丘』)と、観察する非情な眼の業を訴える留学生であり、「サド伝」でサドにマゾシスムを指摘しながら、リベルタン・サドは「自己の自由と主体性を決して失わない」「人間の非情な観察者である」と言い、「彼はこうした[マゾシスムの]忘我の境地、自己陶酔の快感に自分を失っていなかったのだ。これは彼がマリエットに箒で打たれるというマゾシスムの行為をやっている時、暖炉の壁に自分の受けた打撃の数を冷静に小刀で書きしるした行為でも明瞭である。彼の眼はつめたく光っていた」と言われる、「つめたく」光る眼を持つサドであり、また、遠藤にとってはカトリックの受洗体験や堀辰雄体験とならぶ、あるいはそれ以上の重要性を有するフランスの留学体験を小説にした長篇『留学』において、サドを研究するためにパリに留学する大学講師の田中が写した記録のなかで、「女に体を鞭うたせながら、しかも暖炉の棚に受けた打撃の数を冷静に小刀で記録した行為は、どんな時でもじっと光る彼の眼を示している」と言われるサドの「光る」眼であり、それ以上に、サドの眼をみずからに転移させ、それを自分から切り離す、という二重の操作をおこなう田中が、「だが今、彼はこれらのエッセイの内容と自分との間に縮めることのできぬ距離が存在するのを感じる」と言う、その「距離」を体現する一人の主人公の眼のうちにこそ、具現化されているといえよう。

遠藤が評論から小説へわたる過程において、次々と小説に繰りこんでゆく人物の系譜がある。そのたびごとに受動《パッシヴ》から能動《アクティヴ》へ、「屈折」から「反抗」へ、あるいはその逆に切りかわる、作者であり登場人物である者の「眼」がある。カトリシスム的な一神論の原理にあっては、「屈折」と「反抗」、受動《パッシヴ》と能動《アクティヴ》が同時に——あるいは「脱構築」的に——進行するほかない。そのことが「神々と神と」と「堀辰雄覚書」という二篇のデビュー作における、小説のテーマの「最初の石」を検証する過程を通じてすでに認められたのである。

〔鈴村和成〕

遠藤周作とその文学圏——『三田文学』と〈第三の新人〉を中心に——

1　はじめに

遠藤周作は、昭和十八年四月慶応義塾大学文学部予科に入学し、信濃町のカトリック学生寮に入寮する。寮の舎監でカトリック哲学者吉満義彦を知り、彼を通じて亀井勝一郎、堀辰雄を紹介される。昭和二十年四月、慶大仏文科に進学するが、きっかけは同大仏文科講師佐藤朔の著書『フランス文学素描』（昭15・11、青光社）に影響を受けた結果であったという。八月終戦を迎え、大学に戻り、一学年上の安岡章太郎を知る。十一月、堀の紹介で病気療養中の佐藤朔の自宅で講義を受けることになり、フランスの現代カトリック文学への関心を深めていく。昭和二十二年十二月、神西清に認められ「神々と神と」を『四季』に、また佐藤朔の推挙により「カトリック作家の問題」を『三田文学』にそれぞれ発表し評論家としてのスタートを切る。昭和二十三年大学卒業後同誌の同人として、「三田文学の会」に参加し多くの先輩を知ることになった。その後二年半のフランス留学を終えて帰国後、安岡の紹介で「構想の会」に入り、いわゆる〈第三の新人〉と称される吉行淳之介、庄野潤三、三浦朱門、小島信夫等を知り、親交を深めていく。そして昭和二十九年十一月、「アデンまで」を『三田文学』に発表し作家としてのデビューを飾ることになる。

このように「年譜」(1)的に遠藤の足跡を辿ってみると、初期の彼の文学的活動の拠点、いわば芸術共同体はさしあたって『三田文学』のグループ、及び〈第三の新人〉の人々との関わりに特定されようが、彼らとの交流がその後の遠藤の文学にどのような影響を与えたのか、また彼の描いた「弱者」とはどういう性質のものであったのかを検討してみたい。

2　遠藤周作と『三田文学』

ここでまず、遠藤と『三田文学』の関わりを中心に同誌の戦後の状況を概観しておく。

遠藤は平成八年九月二十九日七十三歳で亡くなったが、終生『三田文学』との関わりは深かった。まず『三田文学』の終戦直後の第一期は、久保田万太郎、勝本清一郎、丸岡明等四人の協議で、昭和二十一年一月から復刊(～昭25・6)する。この期は加藤道夫「なよたけ」、原民喜「夏の花」等の収穫があった期で、遠藤は前述のように昭和二十二年末から評論活動を開始する。第二期は昭和二十六年五月からの復刊(～昭27・10)で、安岡章太郎「ガラスの靴」、松本清張「或る『小倉日記』伝」のほか、吉行、佐藤朔等も寄稿、遠藤「フランス通信」も見られる。第三期は昭和二十八年三月復刊(～昭29・5)、遠藤「原民喜と夢の少女」が掲載されている。続く第四期は昭和二十九年十月、改組の上復刊(～昭32・6)する。この期が最も若手の活躍した時代で委員に佐藤朔、戸板康二、村野四郎等、編集担当に山川方夫、田久保英夫、桂芳久の三人、後に江藤淳、坂上弘が加わった。塾外からも小島信夫、三浦朱門、奥野健男、服部達、村松剛等も寄稿した。遠藤の小説家としてのデビュー作「アデンまで」はこの期の作品である。第五期は昭和三十三年七月に復刊(～昭37・2、3合併号)し、委員に堀田善衛、遠藤、安岡、白井浩司等が加わった。第六期は昭和四十一年八月復刊（～昭51・10）、会長石坂洋次郎、理事長佐藤朔、遠藤は江藤淳、北原武夫等とともに編集委員を務めた。そして四十三年から一年に限って編集長を引き受け、加藤宗哉等の若手を育成した。(2)

こうして戦後の『三田文学』を見てくると、その執筆陣に、〈第三の新人〉の作家たちも少なからず名前を連ねていたことが分明になり、『三田文学』と〈第三の新人〉の作風にいくばくかの共通点があると想定されるが、ここでは深入りしない。

以下、紙幅の都合上、同誌の関係者として佐藤朔と原民喜に絞って言及してみたい。

さて遠藤は、前述のように、慶大仏文科に進学した経緯について次のように述べている。

慶応の仏文科には佐藤朔という先生がいる。その先生について勉強したいと思ったからである。佐藤先生の名を知ったのは偶然だった。（中略）私は下北沢の白樺書店という古本屋でたまたま一冊の本をみつけた。……その一冊の本が偶然あったということが私のそれからに大きな影響を与えるとは、その時は夢にも考えなかったのである。／『フランス文学素描』という本をぱらぱらとめくり、そして、その著者紹介の小さな活字を見てやがて進学する三田の講師の著作だと知ると、私はすぐそれを買い求めた。その夜、一気に読了し、私は仏文科に進もうとした。それほどその本は面白く、充実していたのである。（中略）／当時――つまり、戦争直後は仏蘭西の原書が輸入できるはずはなく、古本屋をさがしても手に入らぬ頃だったから、私は先生の御書斎から原書をお借りするより仕方がなかった。読んだ本の印象を先生に申しあげ、先生から次の本を拝借する、先生のお宅が私の大学になった。

（「わが師・佐藤朔先生」昭54・3）

また、佐藤から、二十世紀のカトリック文学の勉強を奨められたことや、シャルル・デュ・ボスの『フランソワ・モーリヤック、カトリック作家』やジャック・マリタンの『芸術論』等の原書を借りたことも記されている。前述の佐藤著『フランス文学素描』（前掲）の「潮流」という章は、「戦後文学の展望」「新カトリック文学運動」「カトリック文学の位置」「戦争とフランス文学」「モンテエニュの周囲」で構成されている。おそらく自らの無自覚な幼児受洗へのこだわりが、フランソワ・モーリヤックやジョルジュ・ベルナノス等フランスの現代カトリック文学の研究に駆り立てたものと思われる。

こうした佐藤との出会いと研究成果から、遠藤は昭和二十二年十二月、評論「神々と神と」「カトリック作家の問題」をはじめ、『三田文学』を中心に昭和二十三年六月「死と僕等」、八月「二十歳代の課題」、十月「此の二者のうち」、十二月「シャルル・ペギイの場合」、昭和二十四年五月「神西清」、十二月「ランボオの沈黙をめぐって――ネオ・トミスムの詩論」等を次々と発表している。

例えば「カトリック作家の問題」の「序にかえて」の中で、モーリヤックやベルナノス等のカトリック作家の作品に触れて、西欧の青年と日本の青年とは同じ無神論者であっても、「神を拒否した」者と「神があろうがなかろうが、どうでもいい」者との間には心理的な差違があり、この距離感をもって彼らの文学を摂取する必要があると説く。そして、我々の先輩たちは、我々と最も隔たったカトリシスムを敬遠し、抵抗すらしなかったことが「日本文学が西欧文学を根なし草のまま摂取した悲劇の一原因がひそんでいる」と指摘する。

また改稿された「神々と神と」で、カトリック者は自己、罪、死に導く悪魔、神に対して、たえず闘わなければならないと言い、カトリック文学を読む時、我々が本能的に持っている汎神論的血液をたえずカトリック文学の一神論的血液に反抗させ、闘わせることが必要だとも述べている。こうした問題意識はカトリック文学の摂取の場合に止まるものではなく、思想や文化等あらゆる領域において〈一神論対汎神論〉〈西洋対日本〉といった図式として敷衍され、「白い人」「黄色い人」「青い小さな葡萄」「海と毒薬」「沈黙」等その後の小説のテーマが既に潜在していて、遠藤文学の根幹を形成することになる。

次に遠藤と『三田文学』の関係者で、看過できないのが原民喜の存在である。「原民喜」（昭39・7）では、原との出会いが印象的に語られている。遠藤が『三田文学』同人になり、昭和二十三年の六月中旬、丸岡明の仮宅であった能楽書林の同誌編集室を訪れると、その奥が丸岡の弟の家になっており、原はその一室を丸岡家の好意で借りて住んでいたという。

原は昭和十九年妻貞恵を亡くした上に、広島市の実家に帰省中、被爆している。その後原は昭和二十一年四月に再び上京し、十月から『三田文学』の編集に携わっているが、翌年の六月、同誌に「夏の花」を発表し、水上滝太郎賞を受賞していた。遠藤はこうした原の印象について次のように回顧している。

……暗い部屋の壁にうつるその原さんの影を眺めながら私は、妻も失い、故郷も住む家もないこの人に、痛々しい気持をおぼえると共に、こんな無垢で素直な人を苛めたものに憤激に似た気持を感じた。原さんはまるで幼児のように生活にたいして不器用きわまる人である。（中略）／……今日でも原さんを思い浮べる時、私に必ず蘇ってくるのは彼の眼である。あの人の眼には時々、怯えたような光が走った。雨上りのみどりの樹木を、机に頬杖をついて見ていた時になにか哀しみに貫かれたような眼になった。（中略）今日、あの広島の地獄絵を書いた『夏の花』を読みかえしても私は原さんの眼を思いだす。……彼は叫びもせず、手もあげず、ただじっとこの地獄絵を直視している。

（「原民喜」前掲）

この両者の関係に論及したのが、竹原陽子「イエスのような人」(3)である。原と遠藤に少年期の心象風景に父の喪失という共通項を辿り、原は内向的に、遠藤は「おどけやいたずら」によって内向性を隠すようになったと推測する。「遠藤の青春の一時期を横切った民喜は、遠藤に消すことのできない痕跡を残した。遠藤は人生を通して、民喜との出会いによって開けられた風穴から神の息吹を感じていたのである。（中略）そしてその弱々しくありながら人々の苦しみをともにしていくイエス像とは、全存在をかけて人々の嘆きに貫かれて生きた民喜から、遠藤がうけとったバトンであったといえる」として、民喜が遠藤のイエス像の一つの原点にあると結論付けている。

その後、遠藤は留学中のリヨンで、昭和二十六年三月、大久保房男から原自殺の知らせと遠藤宛の遺書を受け取る。二人の交流は三年ばかりであったものの、遠藤にとっての原は、例えば「もし…」（昭42・7）の中の「一人の人間が他人の人生を横切る。もし横切らなければその人の人生の方向は別だったかもしれぬ」と思わしめる存在、或いは「影法師」（昭43・1）において、「僕」の孤独な少年時代の唯一の慰めは雑種犬であったことを回想し、「今日でも、犬のうるんだ悲しげな眼をみると、僕はなぜか基督の眼を思いうかべます。（中略）人々に踏まれながらその足の下からじっと人間をみつめている疲れ果てた踏絵の基督です。」とイメージされるような存在であった。つまり竹原が指摘した如く、原は遠藤のイエス像の原点にあるとして記憶される存在であったように考えられる。

3　遠藤と〈第三の新人〉

次に、遠藤と〈第三の新人〉の作家たちとの関わりについて考えてみたい。

〈第三の新人〉と言えば、まず服部達が「新世代の作家たち」（昭29・1）や「劣等生・小不具者・そして市民」（昭30・9）で指摘した概念規定から出発するのが通例のようである。服部は前者で、彼らの共通項として「ビーダーマイヤー的様式の優勢」「戦後派作家との対立」「素朴実在的リアリティへの依存」「私小説的伝統への接近」「批評性の衰弱」「政治的関心の欠如」を挙げ、それを生み出した要因は「一、戦争の影響。二、既成作家への反撥。三、現在の社会情勢。」にあると捉えている。また後者では、〈第三の新人〉の原型は安岡章太郎であり、彼が発見した「卑小なる自我という観念、ならびに心理主義的な作風」に対して、その後の〈第三の新人〉たちは少なからず影響を受けたとする。服部は「前者の点（卑小なる自我という観念・引用者注）で見れば、安岡が劣等生を自称するのに対して、吉行淳之介は「不良上り」なることをさかんに宣伝し、小島信夫は「小不具者の文学」を標榜」した結果、そうした彼らの姿勢が心理主義的な作風に没入させたというが、その時期に遠藤はまだ〈第三の新人〉として数えられてはいない。

ところで、遅れてきた〈第三の新人〉と見做される遠藤自身は、彼らとの間にどのような接点を持ちえたのか。それを直接語ったものに三好行雄との対談「文学――弱者の論理」(4)がある。

三好　「第三の新人」というふうにいいますと、すぐこれまで一般的な通説としては、「戦後文学」からのある距離と、その距離のもち方というのが私小説的な方法への接近――「相対安定期の作家」というふうな批評もありますけれども。

遠藤　……ぼくが「第三の新人」から受けた影響というのは二つあると思います。ひとつはなんといっても「第三の新人」の文学――といっても全部が全部ではないですが、彼らのなかに共感を見出したのは、強者の立場から書かないということです。弱者、もしくは劣等者の立場から書くということですね。（中略）／それからもうひとつ、（中略）「第三の新人」というのは、「なじむ小説」ですね、あるいは「なじむ小説の問題」ということを戦後派のものに対して、考えていた。「なじむ」というその技法的にも、日常生活ということを無視できない。日常生活ということを、どういうふうに自分の小説のなかへ……日常生活はキリスト教という……、信仰というのは、日本の「日常生活」ということから、かけ離れているというわけですからね。

と遠藤は述べ、私小説という方法を逆利用し、「日常生活を書きながら、メタフィジックなものを出すにはどうしたらいいか」ということに腐心したと振り返っている。

また、「日常生活のなかからメタフィジックなものに転化する場合」に、「犬の眼」（「私のもの」）、「九官鳥」（「四十歳の男」）などのイメージでメタフィジックの世界を広げてゆくというやり方を、少しずつ考えた」という。これに対して、三好は「主題そのものが非常に――メタフィジックということがさっきでましたが、思想的なものがありましてね、それと日常性との関係――思想が「ことばの世界」に転化されて、ひとつの具体的なものに対象化されていく」として、遠藤文学の特質を指摘している。

また、山田博光は「遠藤周作と第三の新人」[5]の中で、服部の「劣等生・不良上がり・小不具者を描くのを「第三の新人」の特徴」とした点を踏まえ、それに遠藤周作の「弱者」を加えている。山田は「遠藤周作の「弱者」は社会との関係より神とか絶対との関係から生ずるものである。もっとはっきり言えば、彼の「弱者」とはおおむね「神なき人間」である」として他の〈第三の新人〉作家との違いを指摘する。その一方で、「日常性の重視、したがって私小説への接近は、確かに「第三の新人」の影響と見られる」とも言い、その結果「おバカさん」（昭34・3～8）、「どっこいショ」（昭41・6～42・5）等の中間小説の系列、また短編集『哀歌』（昭40・10）収録の私小説系列の作品が生まれた所以だと指摘する。

こうした山田の指摘を踏まえ、鳥居邦朗「『第三の新人』の中の遠藤周作」[6]は、遠藤の文学を〈第三の新人〉の文学として位置付けることの困難は「仮に前述の服部達の評が当時の「第三の新人」の姿を言い当てていたにしても、その後の三十年の彼らの文学活動を考慮に入れずにものを言うわけにはいかない」と異議を唱え、時間軸を昭和二十八年三月、安岡、吉行らの「一二会」（一年後に「構想の会」と改称）が始まり、昭和三十四年頃まで、もう少し概括化すれば「朝鮮戦争から六十年安保まで、特需景気による戦後復興から本格的な高度成長がはじまり小市民社会が現出するまでの時期」までを視野に入れて性格付けようとしている。

鳥居の言う次の困難は、遠藤がカトリック作家であり、「アデンまで」「白い人」「黄色い人」「海と毒薬」等を読む時、カトリック教徒遠藤周作という視点を抜くことが出来ず、これと〈第三の新人〉遠藤という視点とがどう関わるかという点だという。そして服部、遠藤等の「メタフィジック批評」について、「第一次戦後派や『近代文学』派への抵抗を柱にしていた」という服部の証言を踏まえ、この考えは第一次戦後派に対抗した〈第三の新人〉とも共通するものとして、「実生活と、テーマ、つまり左翼理論だけで作品が割り切れるものでないという考えは、その後の遠藤の小説にも通ずる」と指摘している。

以上のような遠藤の発言や、服部、山田、鳥居等の考察を踏まえて、〈第三の新人〉との交流を通じて彼の獲得したものは一体何であったのかを考えてみたい。服部自身「『近代文学』的公式の崩壊」(昭30・12)で述べているように、「メタフィジック批評の旗の下に」を書いたものの、「メタフィジック」の定義自体、当初から服部、遠藤、村松剛の間で三人三様であったこと、「信者でない村松と私は、遠藤のようにメタフィジック即カトリシズムとは考えることができなかった」と告白している。とすれば、鳥居が指摘するように「カトリック教徒遠藤周作」がまず前提化され、遅れてきた〈第三の新人〉遠藤は、三好との「対談」で語ったように、「弱者、もしくは劣等者の立場から書く」こと、及び〈第三の新人〉の特徴である「なじむ小説」を書くために「私小説的伝統への接近」という方法を採用したことになる。そして、日常生活を書きながら、メタフィジックな問題を提起することで、遠藤文学の独自性を樹立したことになる。これは、遠藤自身たびたび語っていることだが、無自覚な幼児洗礼への後ろめたさが終生彼を苦しめていたこと、そして、その痛みを繰り返し問い直すことで「メタフィジック即カトリシズム」という一貫したモチーフのもとに、先鋭的な批評活動となってまずは表現され、次に創作活動となって持続的に展開されることになったのではなかろうか。

4　弱者の論理をめぐって

ところで、遠藤と井上ひさしは「ユーモア文学の本質」について、対談「神とユーモア」(7)の中で次のように語っている。

井上　自分がダメな人間だなと思ったときに出てくるような感じですね。自分は偉いとかたいしたものだとか、そういう場合はユーモアは出てこない。ダメだなと思ったときに、ダメさ加減をあったためたり、いじくったりしているとき出てくる。

遠藤　ユーモアというのは、高見から見るんじゃなくて、劣等者の視点からものを見た場合に成立するでしょう。

井上　ええ、高いところにあるものを低みに引きずりおろしてくるとか、あるいは低いところに眼を据えてずーっと貫き通していくと、対位法みたいに、こっちのバカなところも出るけど、えらい人のバカなところも出てくるみたいな気がするんです。（以下略）

このように両者には、「ダメな人間」という認識、或いは「弱者」「劣等者」の視点を獲得してはじめて「ユーモア」が生じるという共通点が見られる。しかし、遠藤の文学にあっては、前述の「おバカさん」「どっこいショ」等のユーモア文学や中間小説系と、「白い人」「黄色い人」「沈黙」等の純文学系との間にジャンルや作風といった違いはあっても、追求される基本的な主題には変わりはないと思われる。高堂要のことばを借りれば「「弱者」対「強者」という相対的関係の次元を越えて、人間存在が究極的な意味で「弱者」でしかありえないという地平においてはじめて、それにもかかわらず「弱者」が「強者」に変えられるという「逆説」がある」(8)ということを意味する。つまり、ユーモア文学や中間小説においても「ユーモア」や「笑い」は「弱者」の強力な武器になり、「強者」に変えられるという「逆説」が成り立つのである。そしてそうした意味においてこそ初期から一貫する遠藤文学における「弱者の論理」は成立するのである。

［注］

（1）山根道公著『遠藤周作』（2005・3、朝文社）所収の「遠藤周作年譜」等を参照した。
（2）『三田文学総目次』（昭51・7、講談社）、『日本近代文学大事典』第五巻（昭52・11、講談社）の「三田文学」（庄野誠一執筆）等を参照した。
（3）『三田文学』No.87、秋季号（2006・11、特集「没後十年　遠藤周作　響きあう文学」）
（4）初出は『国文学』（昭48・2）。引用は『遠藤周作の研究』（昭54・6、実業之日本社）による。
（5）『解釈と鑑賞』（昭50・6）による。
（6）『解釈と鑑賞』（昭61・10）による。
（7）初出は『文学界』（昭49・10）。引用は『遠藤周作の研究』（前掲）による。
（8）「遠藤周作における弱者の論理」（『解釈と鑑賞』昭50・6）による。

〔中村三代司〕

第二章　テレーズを求めて——モーリアック体験・文学体験

テレーズの造型——誘惑と母性

心の底の「黝い魂」

フランソワ・モーリヤックのヒロイン、テレーズ・デスケルーから想を得て遠藤周作の創出した作中人物は数多いが[1]、その原初の姿として、処女小説『アデンまで』に登場する船艙に横になったままの黒人女性の存在を指摘できるように思われる。白人の「婚約者」マギイと別れて日本へと帰る船に乗った「俺」が、四等客室へと通じる「ほとんど垂直」な階段を「真暗」な中へと降りていって出会う、木箱の下に横たわった「太った黒人の女」のことである。この「右手を顔にあてて死んだように身じろがぬ」黒人女性は、文字通りに「横たわったまま」、「このままでいい」と繰り返すばかりで、全く能動的に行動することがない。彼女がテレーズ・デスケルーと結び付くのも、この「横たわったまま」の姿勢を通してである。

そのことを理解するためには、『テレーズ・デスケルー』を論じる遠藤が、テレーズの内にある「寝そべる快楽」を次第に重視するようになっていったことを思い出してみれば十分であろう。フランス留学前に執筆されたエッセー『フランソワ・モーリヤック』の中ではこの「快楽」に触れていない遠藤が、留学中に書かれた『テレーズの影をおって』では、ジャン・プレボーに依拠して「モーリヤックの感性は常にねそべる快楽をふくんでいる」と強調するようになり、さらにそこからおよそ三十年を経て書かれた『私の愛した小説』の中では、アルジュルーズに軟禁されて寝たきりになったテレーズの中に「泥沼のように底のない否」、「ひたすら沈み、果てしない眠りのなかに自分を失おうとする否」、つまりは「X［神］など求める気持はどこにもない根本的否定」と自身の定義する「悪」を見るに至るのである。この「悪」を遠藤はさらに、「だがアルジュルーズでの彼女の『寝そべる快楽』には罪とはちがった悪の匂いが既に漂っている。この奥には上昇や救いやバイオフィリア的傾向のほとんどない下降の傾向、死へのひそかな願い、湿りけやよごれへの愛着がかくれている」と解説している。「下降の傾向」、「死への願い」、「湿りけやよごれへの愛着」が、『アデンまで』の湿った汚れた船艙に横になったまま治癒を望まずに死んでいく黒人女性にも適用可能であることは明らかだ。『私の愛した小説』から振り返ることで、『アデンまで』の黒人女性の中に、アルジュルーズに横たわるテレーズの姿の胚胎していることが見えてくるのである。

果たして、『アデンまで』の黒人の女性の体現する「寝そべる快楽」に込められているのも、「ひたすら沈み、果てしない眠りのなかに自分を失おうとする否」と形容するに足る「俺」の暗い欲望である。簡単に「俺」とマギイの関係を振り返っておこう。大切なのは、肉体関係の成就する直前に、「真白な葩にしがみついた黄土色の地虫」に自分が外ならぬことを「俺」が明確に意識している点である。つまり、その翌日に「俺」が抱く、「今日から―もし、この女を愛し続けるならば―俺はこの曖昧な、鈍く衰弱した光沢をおびている顔をいつまでも背おって生きていかねばならな」いという認識の生じたのは、肉体関係の結ばれる前なのであり、もし本当に黄色い顔を背負って生きていくことが嫌ならば、「俺」には肉体関係を思い留まることができたはずなのだ。

ところが、実際には「俺」は「この女を愛し続ける」不可能を予感しながら、思い留まるでもなく、またその不調和を直視するわけでもなく、「卑怯にも」「部屋の灯を消して闇のなかに自分の肉体を失おうと」して、女との肉体関係を成就する。ぼんやりとした「自分を失おうとする否」が、マギイとの関係に踏み切る「俺」の中に胎動している。そのことが、翌日からの「俺」の態度にも明確に映し出される。マギイが公道で「俺」に対して何の躊躇いもなく愛情に満ちた仕草を示し、幼友達の前でも「俺」のことを「婚約者」と公言して憚らないのに対し、「俺」の方は関係が公になることを恥じる自分の「心の底になにか黝い塊がある」ことを認めざるを得ない。肉欲を充足させるために、「俺」が必要とした「闇」が、翌日には「黝い塊」となって「俺」の心の中に現れ、さらに女を捨てて船艙に一人になった「俺」の眼前に、横たわった黒人の女性として正対を迫ってくると考えられるのである。女性と男性の態度の違いが、必ずしも肌の色の違いを前提としている訳ではなくて、たとえば、先に取り上げた渡仏前に書かれたエッセー『フランソワ・モーリヤック』の中で、遠藤が既に「愛慾の世界では恋人たちの愛が相つり合うような幸福な遭遇はない。結合のみを求める女性と結合と分離とを同時に求める男性との差異と二つのエゴイズムとが同じ力もて、傷つけ合い、くるしめ合う」と考えていることも思い起こしておいてよいだろう。

この「黝い塊」、そして黒人の女性は、裏切る予感を抱きながら関係を結び、女に「婚約」を信じ込ませる卑劣な「俺」の欲望の具象である。「裏切り」を意識した「俺」は、マギイが「結婚」を願う所に、ひたすら「一方が主人であり他方が奴隷でなければなりたたぬ」「愛慾」の関係を築き上げ、マギイを「性の悦び」へと導くことに専心する。マギイは遂には「貴方は私の奴れいよ」「奴れいになって」と言いながら「俺」の首を絞めるまでになって、「黝い塊」から出た芽が、いずれ『スキャンダル』や『悪霊の午後』においてテレーズ的作中人物の誘い出す首を絞める仕草の中に開花するであろうことを鮮やかに予知している。

晩年の遠藤は、「テレーズの影」を追ったフランス留学中のランド旅行のことを振り返って、「人間の心の奥へずうっと入っていくような感じでした」(『風の十字路』)と記している。つまり、遠藤に対してテレーズは、「人間の心の奥」へと彼を導く役割を果たしていた。「心の奥」は「黝い塊」の巣食う場所でもあり、テレーズに導かれた結果、遠藤は「黝い塊」と正対することも余儀なくされたはずだ。『アデンまで』の「俺」が黒人の女性と出会うために、暗い船艙に降りていく事も、心の中に降りて行く運動と合致する。こうした「心の奥」への誘導こそがまた、遠藤の小説世界でテレーズ的な作中人物に託された任務に外ならないのである。

誘惑と母性

それでは、具体的にいくつかの作品の中で、テレーズ的作中人物がどのように現れるのかを見ていくことにしよう。初期の『黄色い人』では、テレーズ的な「寝そべる快楽」から、裏切りに満ちた肉体関係が導き出されている。最初に「寝そべる姿勢」を取るのは、ブロウ神父に宛てて手記を記す「ぼく」である。「ぼく」は先ず、「そのほかの日は教会にも行かず、貴方にも会わず、家具のなくなったうつろな塵だらけの家の一室をあけて、そこにじっと寝ていました」と「寝そべる姿勢」を明確にする。それからそれに続けて、「時々、糸子だけがたずねてきます。糸子は御存知のようにぼくの従妹でした。二年前この村に帰ってきた時、はじめて糸子の体をだきました」と記述し、糸子との関係を開示するのである。「ぼく」が男であるとはいえ、この「寝そべる姿勢」によって作中に導入される肉体関係に罪の刻印の押されている事情に変わりはない。糸子は「子供の頃、貴方のミサで侍者を勤めさせられた仲間」だった「佐伯君の婚約者」であり、二人の関係は紛れもない「不倫な行い」なのである。しかも婚約者が一緒に「ミサ」で侍者を勤めた「仲間」であったことは、この「不倫な行い」が信仰のあった子供時代に対する裏切りとさえなることを含意している。アルジュルーズに寝そべるテレーズを垣間見させる

「寝そべる姿勢」は二重の裏切りへと通じているのである。

この不倫の相手に「糸子」という「従妹」と同音の名前を与えることで、遠藤が近い親戚との肉体関係であることを強調していることも恐らく偶然ではない。糸子が、「眉と眉との間に、かすかに、くるしげな影をよせて」いることを思い出してみなければならない。言うまでもなく、この表情は『母なるもの』で想起される、「眉と眉との間に、苦しそうな影がまだ残っていた」母親の死に顔を連想させるものであり、さらにそれは『母なるもの』の語り手が友人にこっそり見せてもらった「男の暗い体と女の白い体とが重なりあっている」写真の中の女の「眉をよせ苦しそうだった」顔に通じている。つまり、強調されている「近親」の場所は、母親的な作中人物のイブ的な部分によっても占められ得る場所なのであり、さらにそこから母親の死の余儀なくされることさえ「くるしげな影」の共有によって予告されているのである。じじつ、「従妹」としての糸子の役割は、『海と毒薬』の戸田の「従姉」へと受け継がれ、夫のある身でありながら戸田を誘惑し、「ながい間、好奇心をもって考えていた情慾が、こんなに索漠とした空虚なものとは知らなかった」という新婚旅行時のテレーズと共通の発見を戸田に強いて、佐野ミツに対して戸田の施す胎児の掻爬の伏線を敷くのである。

『黄色い人』では、もう一人の誘惑者キミコの中に、より直接的にテレーズ・デスケルーが息衝いている。デュラン司祭を肉体関係へと誘う時のキミコの姿は、「その時キミコは布団を首のところまでずり上げ、細い長い眼で私をじっと見詰めた……」と描写されている。そこに、「からだを縮こませ、目まで毛布をひきあげて、瞼と額に氷のような風を感じながら、じっと動かずに横たわっていた」（遠藤訳、以下同じ）アルジュルーズのテレーズの姿のあることは明白である。遠藤は後年、角川文庫版『テレーズ・デスケルー』のこの部分に傍線を引いており、この箇所が、後のことであるとはいえ、少なくとも遠藤の注意を引く部分であったことは長崎の遠藤周作文学館所蔵の遠藤の蔵書から確かめることができる。『黄色い人』執筆の時点において既に、アルジュルーズに

「寝そべる」テレーズは、司祭を躓かせるほどの「悪」の誘惑を秘めていたのだ。

司祭と関係を持つ時点でキミコが妊娠していたことも、意味のない細部ではない。デュランとの関係の後、キミコの胎児は消滅する。少なくとも、夫婦として暮らす二人の間に子供の姿はない。司祭の誘惑に成功したキミコは、母親としては死なななければならないのだ。つまり、キミコと糸子との双方に母親の死が重ね合わされていることになるのであり、そこからは、遠藤がテレーズに託した女性のイブ的な誘惑が、彼にとって母性とは相容れないものであることが確認されるのである。

この点は『青い小さな葡萄』において、いっそう明確になる。この小説では、伊原が「小さな法廷」に見かけた「黒い洋服を着た中年の女」の姿を借りて、テレーズ・デスケルーが姿を現す。「中年の女」は、「人々の頭に遮られて、伊原にはよく見えなかったが、色の浅黒い、顴骨のとび出た女だった。広い、光った額だけが眼についた。検事の論告をききながら、伊原はこの女が子殺しの罪を犯したのだと知った。寡婦となったあと、男ができたので七歳になる娘が邪魔になった」と描写されている。この箇所は、『テレーズ・デスケルー』の序文でモーリヤックがテレーズのモデルの一人であるカナビー夫人のことを想起する、「あなたは裁判所の息苦しい法廷で、弁護士たちに自分の運命をゆだねていた」という一節を連想させずにはいない。肉体的特徴においても、「とび出た頬骨」「広いみごとな額」を持つテレーズと、「顴骨のとび出た女」であり、「広い、光った額」を持つ「中年の女」は明らかに類似しており、ここで遠藤がテレーズを意識していることは間違いない。ただ罪状だけは、「夫殺し」から「子殺し」へと変貌しなければならなかった。遠藤はテレーズの中にあった「まだ自分の胎内についているこの未知の生命が陽の目をみないようにする神があるならば、そんな神を知りたいと思ったのである」という気持ちを拡張し、殺意にまで高める選択をしたのだ。母性の欠如こそが、誘惑と共に遠藤がテレーズ的作中人物に託す本質となるのである。

遠藤がテレーズの内に拡張したこの「子殺し」の願望は、やはり「テレーズ・デスケルウのごとく額が広い、頬骨のとび出た女」(『海と毒薬』ノート」)として構想されていた『海と毒薬』の上田ノブの中にも生きている。創作ノートには、さらに「結婚によって彼女が失ったのは母性である」と記され、『青い小さな葡萄』に通じる「情夫の愛をえるために子を殺した母親」のエピソードも何らかの形で生かされる予定だったことが窺われる。結局、完成した小説の中では「子殺し」は流産という形を取り、母となることを禁じられた上田ノブは、アパートで「何もするわけでもなく敷きっぱなしにした寝床で寝そべって」過ごす、「寝そべる快楽」の時間から、生体解剖という「悪」へと沈み込んでいく。ここでも、テレーズ的女性は母性を奪われた上で、「寝そべる快楽」に否応なく流されていくのである。

「母親」の顔に収まらないもう一つの女性の顔を本質とするテレーズ的女性は、平凡な家庭生活に満足しない女性として、遠藤の小説世界の様々な場所に姿を見せる。『火山』の咲子、『結婚』の田中恵子、『彼の生きかた』の藤沢朋子、『わが恋う人は』の最上純子、『協奏曲』の那智淑子などに、テレーズとベルナールの夫婦生活を踏まえたと思われる表現の見出せることは、注1に掲げた拙稿で既に述べた。ここで取り上げてみたいのは、一九八〇年代に『スキャンダル』に前後して書かれた『真昼の悪魔』、『悪霊の午後』、『妖女のごとく』という三つの長篇に描かれた、家庭の外に生きる女性からテレーズの「魅力」の漂ってくることである。

『真昼の悪魔』の大河内葉子に関しては、既に尾崎秀樹氏が新潮文庫の「解説」の中で、「遠藤周作もこの女医を創造する際に、心のどこかでテレーズを意識していた」と指摘している。ベッドに誘った大塚に対して「あなたがあんまり自信ありげな顔をしていらっしゃるからよ。あなたのその眼に怯えを見たいからよ」と語る大河内に、「おそらくあなたの目の中に不安と好奇心の色をみたかったのかもしれないわ」と夫に犯罪の動機を語るテレーズの宿っていることは既に指摘したことがあるが、何よりも大切なのは、テレーズ・デスケルーの抱えていた表の顔と裏の顔という二面性を遠藤が大河内において強く意識するようになっている点である。表の顔は、女医として人命の救助に奉仕する顔であり、その顔は、「そして彼女は微笑した。笑くぼのみえるあの可愛い顔で……」という、テレーズが「本能的に」浮かべる「微笑」を連想させる形で、繰り返し無邪気な笑顔、えくぼに覆われている。裏の顔を表すのは、小林トシという年老いた入院患者に新薬の「人体実験」をすることさえ躊躇わない冷酷さ、『海と毒薬』の戸田を思わせる「白けた空虚感」である。新薬の実験を大胆だと驚く医師に対して大河内葉子が、「大胆なんじゃありません。わたくしは女の本性をそのまま見せたのですわ」と説明しているように、冷酷さは明確に「女の本性」に結び付けられている。そして、彼女が「これら幼き者の一人を躓かせる者は、大いなる臼にかけられ、海に投げこまれるがましなり」という聖書の言葉に挑み、「この子たちを……躓かせれば」と考えて知恵遅れの子に「子殺し」を示唆しているように、彼女の言う「女の本性」もまた、母性とはかけ離れたものとなっているのだ。

大河内葉子の「不安を呼び覚ます」使命は、『悪霊の午後』の南条英子の中で、「他の人たちが心のなかにかくしもっている悪への欲望をめざめさせる」というより強い誘惑の力へと発展する。南条英子がテレーズと重なり合うのもまた、表の顔と裏の顔という二面性においてであり、「しかし彼女が美しいか醜いかはわからない。ただなんともいえぬ魅力がある」と言われたテレーズ同様に、南条もまた「特に美しいというわけではない。可愛いというわけではない。平凡などこにでもいる女だ。〔中略〕なぜか彼自身も、この女と話してみたい欲望にかられてくる」という、抗し難い魅力を持っている。さらに、ほぼ同時期に出版された『私の愛した小説』で遠藤がテレーズの「寝そべる快楽」に見出すに至った「死への本能」、「子宮の暗闇への退行」の願望を周囲の男性の中に呼び覚ます役割を担っている点でも、南条はこの時期の遠藤のテレーズ観を体現した作中人物になっていると言えるだろう。

妻の愛から母なる河へ

南条英子の誘惑が『スキャンダル』の成瀬万里子の誘惑と同じように、誘惑に対抗する過程で、小説家の夫婦に連帯をもたらしていることも見落としてはならない。遠藤を思わせる小説家の藤綱（明らかに「不実な」と同音の苗字となっている）は、「もう充分に不倖せになった妻にこれ以上の不幸を与えたくない」と思いながらも南条に魅かれ、死への欲望を呼び覚まされるのだが、作中のヤッセン神父の言葉を借りるなら、「屋上まであの体で這っていった奥さんの愛」によって、呪縛から解放されるのである。南条の誘惑は、「でもいくらその南条という女の人があなたに暗示をかけても、わたくしとあなたとの間を引き裂くことは出来ないという確信はありましたわ」と語る妻を遠藤の作品に誕生させる。だがその一方で、「眉と眉との間にくるしげな影」を浮かべる遠藤的女性の一人である南条の方は放置されたままなのである。

『妖女のごとく』の大河内葉子もまた、「病院でたくさんの患者を助けている女医」としての表の顔と、「少女殺害」を犯す裏の顔とを持つ。ここでは、大河内の誘惑を受けた語り手辰野に、「この人に何もしないで。この人になにかするくらいなら、このわたしをそのメスで刺して」と語る「純情な仲田君子」という伴侶の与えられているばかりでなく、遠藤は大河内に関しても「葉子がどんな女かを知って、あんたに何の役にたつんです。放っておいてください。そっとしておいてやれませんか」という声を明瞭に響かせている。

『妖女のごとく』はそこで終了するが、遠藤は女性の裏の顔を引き受けたテレーズ的女性を放っておくことはできなかった。テレーズの舞台を訪ねる旅を敢行する点で紛うことなくテレーズと合致する成瀬美津子が、『深い河』の最後でかつて誘惑した大津に導かれて、「人間の河」へと到達する。モーリヤックの『テレーズ・デスケルー』の結末で「テレーズは人間の河をじっと眺めた」と書かれていた「人間の河」が、「人間の河。人間の深い河の悲しみ。そのなかにわたくしもまじっています」と祈るように語る成瀬を通して、『深い河』に湧出するのである。

遠藤は『テレーズ・デスケルー』を翻訳した際に、序文に関して、テレーズの「ひろい美しいお前の額」（杉捷夫訳）を「あなたの孤独で広い額」と改変した上で、「今後もあなたにキリストが付いていかれることをぼくは願っている」という原文にはない救済を書き加えた。(2) 遠藤にとって、テレーズは何よりも先ず孤独な女性であらねばならず、その上で彼女を孤独から救うことが、遠藤の生涯の課題となったのである。『深い河』に表れる「人間の河」には、『青い小さな葡萄』を領していた「人間の河の中に青い葡萄を求めることの空しさ」はもはや存在しない。いったんはテレーズ的女性の誘惑に屈した大津が、誘惑を母から貰った信仰の内に再生する契機へと転ずるばかりでなく、テレーズ的誘惑者を「母なる河」という母性へと回帰させ、「それぞれの人が、それぞれの辛さを背負って、深い河で祈っている」祈りの輪に加わらせることで、遂に孤独から救済するのである。

〔福田耕介〕

〔注〕

（1） 同じテーマを扱った次の拙論を参照のこと。本稿では、そこで取り上げなかった点を中心に論じた。「遠藤周作とフランソワ・モーリヤック　テレーズ的主人公の救済」、『三田文學』第八十四号、二〇〇六年、一六〇－一七二頁。

（2） 遠藤周作の『テレーズ・デスケルー』翻訳の問題に関しては、次の拙論を参照のこと。「翻訳者としての遠藤周作―『テレーズ・デスケルー』訳をめぐって―」、『言語・文学研究論集』第四号、白百合女子大学言語・文学研究センター、二〇〇四年、二七－四一頁。

モイラとセアラ——遠藤周作と二人のグリーン

「地獄を信じたからこそ、天国を信じた」

遠藤周作がモウリャックと並んで多大な影響を受けたカトリック作家グレアム・グリーンが『掟なき道』で述べたこの言葉は、〈天国と地獄〉〈光と闇〉〈善と悪〉〈精神と肉体〉といった単純な二項対立的図式に収まらない、実相を見据える眼差しに支えられている。闇の中から浮かび上がる光、肉体を通して見えてくる精神、悪の側から照射する善があること等の動的志向性の表出がこの言葉の放つメッセージであることを、長年グリーンの作品に親しんでいた遠藤ならば、理解していたに違いない。

その遠藤がグリーンの人物の造形について、「男性を悪に誘うエバ的な女性と、逆に男性の悪を鎮め、その弱さ卑劣さを、転じて崇高なものへと導く聖母マリア的女性」（『カトリック作家の問題』）という二つのタイプの女性が描かれていることを指摘し、やがて、遠藤自身もまた二つのタイプの女性を描くようになることに注目したい。それは、若き日の遠藤がほぼ同じ頃に熱心に読んでいた二人のグリーンの作品中の女性たち、ジュリアン・グリーンの『モイラ』の〈モイラ的女性〉と、グレアム・グリーンの『情事の終り』の〈セアラ的女性〉とであると言ってよいかも知れないが、グリーン文学の真髄を知る遠藤であるならば、このような異なるタイプの女性の表象にも、単なるカテゴライズに終止しないものがあると思われる。またそれは汎神的土壌に生きるカトリック作家としての遠藤の西洋という他者の受容の在り方と、いかに関わってくるのであろうか。モイラやセアラのような女性が、遠藤の織りなす世界ではどのように形象化されているのかを辿りながら、検証してみたい。

一

若き日より遠藤はキリスト教文化圏の文学作品との「距離感」にこだわり、それを敢えて意識し、我々の「汎神的血液をたえずカトリック文学の一神的血液に反抗させ、たたかわせる」(『カトリック作家の問題』)ことの重要性を説いた。リヨンの街で出会ったジュリアン・グリーンの『モイラ』を、下宿で夢中になって読んだ時も、遠藤は異郷から出てきた大学生ジョセフ・デイに、留学中の自分自身を重ね合わせる一方で、「この男の烈しい性格は日本人の私には縁が遠いもの」という「距離感」を感じずにはいられなかった。「にもかかわらず」と遠藤は以下のように続ける。

にもかかわらず、あの真夏のリヨンの下宿の屋根裏で汗まみれになってこの小説を読み終った自分の姿を今でも忘れることができません。……このジョセフ・デイの頭から離れぬ執念は、私を次第に悪夢のような世界に引きずり込んでいったからです。(「キリスト教は肉欲を否定するか―「モイラ」をめぐって―」)

『モイラ』を読んでいる時の「自分の姿」が、悪夢を伴って遠藤の中に鮮明に刻み込まれ、最初感じた「距離感」を凌駕している。遠藤を悪夢の世界に誘ったジョセフ・デイの執念、その先にあるのが、モイラという女性の存在であった。ジョセフの妄念や苦悩、そしてそれを引き起こす悪の象徴としてのモイラ像は、遠藤に西洋との距離を一気に超えさせるほどの吸引力を持っていたと言うことになる。

ピュリタニズムの支配する厳格な共同体の中で育ち「肉体はキリスト教徒の敵」であると信じ、自分の身体を見ないために、暗闇の中で着替えをするジョセフにとって、彼の肉欲を挑発し、故に彼の信じる純潔を汚す女性は恐怖の対象であり、憎悪すべき罪の根源でもあった。若い同朋たちの猥談には耳を塞ぎ、優雅に煙草を銜える下宿の女主人の仕草には顔を赧らめるジョセフ。自分の欲望を直視できないその弱さが、彼に女性を畏怖させ、遂にジョセフはモイラを暴力で犯し、殺してしまう。

ジョセフの眼に映ったモイラのように、男性を悪の世界へと誘う、エバ的要素をもつ女性は、遠藤の作品の中にも少なからず存在する。例えば『海と毒薬』の看護婦上田ノブは、遠藤が「悪の意志にひきこまれる（エバ）としての女」を描く最初の試みとして設定した女性である。（『『海と毒薬』ノート』）。戦時中の大学病院で、ノブは捕虜の生体解剖という悪魔的行為に手を貸すのであるが、彼女はジョセフを狂気の世界に追いつめたモイラほどの悪女の精彩を放ってはない。それは一つに、敗戦色が濃くなり死が日常的であった時代背景や、子供の産めない身体になったという事情が、ノブに「どうでもいい」という投げやりな感情を抱かせていたこと、また二つめに、施療患者の下着を洗うという「慈善」を行う教授夫人のドイツ人ヒルダに対して、ノブが「幸福な妻、幸せな母親にもつ口惜しさ」を感じていること等により、遠藤はノブに時代の波に翻弄される不幸な女のイメージを付与し、その悪女性を弱めている。ヒルダが「母親であり聖女ならば、女の生理を根こそぎえぐり取られた自分は「淫売になってもかまわない」と思うノブのエバ的要素は、「神様の罰を信じないのですか」と激しく机を叩く白人女性の「母親」「聖女」という聖性を自らの存在根拠としていると言えよう。

男性を悪の深淵に誘い陥れるエバやモイラのような本格的悪女は、『スキャンダル』の成瀬夫人を経て、やがて『深い河』の美津子の登場により成し遂げられる。『『深い河』創作日記』に「三月一九日、やっと彼女が彼と接触する場面を書き始めた。ジュリアン・グリーンの『モイラ』の一場面が参考になる」とあるように、美津子の造形には当初からモイラのイメージが遠藤の中にあった。

「彼女が彼と接触する場面」とは、美津子が同じ大学でクリスチャンの大学生、大津に出会う場面であるが、美津子はモイラがそうであったと同じように、学友達の悪ふざけにのり大津を誘惑する。しかしここで興味深いのは、美津子や彼女をけしかけた近藤たち学友が仏文科の学生でありグリーンの『モイラ』を授業で読んでいて、「モイラ」を意識し、「モイラがジョセフを誘惑したように」教会に通う大津の誘惑を企てているということである。『深い河』では、言わば反復される先行テクストが明示されているのである。それだけではない。

「わたくしが」美津子は誘うように大津を見つめた。「棄てさせてあげるわ」

近藤たちのうちの誰かが「いよいよモイラか」と呟く声が聞こえた。彼女はその時、思い出した。モイラとともにイブのことを。アダムを誘って人間を楽園から永遠に追放させた女のことを。(『深い河』)

大津を誘惑し、大津に神を棄てさせる。この大胆不敵な行為に及んだ美津子に、遠藤は鏡を差し出し、そこにモイラだけでなく聖書の中のイブの姿を鏡像として見つめさせている。読者の中に流れる〈汎神的血液〉にぶつけるかのように、聖書からのアリュージョンであることを提示している。さらに美津子は大津が跪いていた教会の祭壇の痩せた醜い男、キリストに向かって嘯く。「あなたは無力よ、わたくしの勝ちよ。彼はあなたを棄てたでしょう。棄ててわたしの部屋に来たわ」と神に挑むかのような美津子の姿は、モイラ像に倣ったものでありながら、ある意味で既にモイラを越えている。

二

遠藤は仏教、特に禅とキリスト教の宗教体験のイメージの伝え方の比較において、絶対者の存在を認めない前者が真の自己の覚醒、すなわち悟りの「状態」のイメージを語るのに対して、後者は人間の神に対する「関係」

のイメージを表そうとすることを指摘している。つまり、キリスト教では、人間と神との関わりを如何に比喩的に描くかが、問題となるのである。そして遠藤はこのような宗教的心理の相似形を、恋愛における様相の中に見出している。「無限と絶対を求める渇望」が宗教的人間と恋人同士が共通してもっている心理的特性であると述べ、遠藤はこの相似形を巧みに扱った例として、グレアム・グリーンの『情事の終り』を挙げている。

この小説は明らかに恋愛心理と宗教心理の相似を巧妙に利用して、グリーン特有のミステリー風に仕立てた作品である。男は女の手記から彼女の愛が別の男性に向けられていると誤解し苦しむのだが、その愛は恋愛の愛（エロス）ではなく、神への愛（アガペ）だったのだ。（『私の愛した小説』）

舞台は第二次世界大戦下のロンドン、男は兵役を免れた中年の作家ベンドリクス、女は凡庸な官吏を夫に持つセアラ。空襲の最中にも二人は人目を忍んで逢瀬を重ねていくのであるが、ある日を境に女は男のもとを去る。セアラの変心の原因ではないかとベンドリクスが疑う「別の男」、それは神であった。よもや恋敵が神であるとは思いもせず、ベンドリクスは嫉妬に苦しみ、理由も告げずに姿を消したセアラを憎みさえした。やがて彼女が去っていったのは、敵機の砲撃に倒れた自分の命を救うための、信じていなかった神との契約だったと知るが、ほどなく彼女は病のためにこの世を去る。相手や自分自身、あるいはその関係性の中に究極的なものや永遠なるものを求める心性、それが宗教と恋愛の両方において見出せることを使って、グリーンは神に嫉妬させるという仕掛けを作ったのだ。このような相似形の装置は遠藤の世界にも時々見られる（例えば『女の一生』のキクはマリア像に嫉妬している）が、遠藤も認めているように、グリーンの巧みさはこの相似形をさらに「ミステリー風に仕立て」ることで際立たせる。人妻と恋人、夫というありふれた三角関係の他にもうひとつ、謎の男の存在を匂わせ新たな三角形を設定し、その「第三の男、ぼくがまだ知らないで存在を信じてもいず憎んでいた男」すなわち神が徐々に姿を現し、いつの間にか語り手の心を静かに浸食していることが読み取れるようになっているのである。

さらにセアラ亡き後の語り手ベンドリクスによる言説が、セアラと出会った頃やセアラとの突然の別れという物語を包み込むことにより、額縁構造を持つテクストになっていることにも注意を喚起したい。〈額縁〉として機能する語りの部分で、まずこれから語る物語が「幸いにしてまだその存在を信じていなかった」男への「憎しみの物語である」ことが告げられ、そして最後の章で語り手は、セアラを奪った神に「神よ、まるであなたが存在するかのようにぼくはあなたを憎んでいる」と語りかける。この憎しみの中に神がすでに存在し始めていることを、ここまで読んできた読者が十分に感知できるという仕組みができているのである。

このような、それとは明示されていないが確かに感じられる語り手内部への神の侵入という手法の変奏を、物語構造の類似によって、またセアラと同様に男性への愛をより普遍的な愛へと高めていった女性が登場するものとして、我々は遠藤作品の中から『私が・棄てた・女』を挙げることができる。

物語は不器用なまでに純朴な女、森田ミツの心を弄び、「犬ころのように棄ててしまった」男、吉岡の手記から始まる。

ぼくはあの時、神さまなぞは信じていなかったが、もし、神というものがあるならば、その神はこうしたつまらぬ、ありきたりの日常の偶然によって、彼が存在することを、人間に見せたのかも知れない。理想の女というものが現代にあるとは誰も信じないが、ぼくは今あの女を聖女だと思っている。(『私が・棄てた・女』)

この後に、語り手吉岡による、ミツと出会った頃を振り返っての回想が続く。途中で全知の語りによる章が挟まれ、最後に再び吉岡の語りに戻って閉じられるという、変則的な額縁構造のテクストとなっている。複雑ではあるが、この引用部分がミツとの回想の前に語られることで、読者は語り手「ぼく」の変容を知ることになる。「あの時」は、「信じていなかった」と思われる「神さまなぞ」について、語っている現在の今は、「もし」という仮定の上ではあるものの、「ありきたりの日常の偶然」の中に、その存在の可能性が仄めかされている。そして、ぼくにそのような変化の契機をもたらした人物として、「あの女」のことがこれから語られようとしている。語っている「今」のぼくにとって「聖女」であり、おそらくもうこの世にいないらしい女性についての物語なのである。つまり、「ぼく」が棄てた女が、どのように「聖女」となっていくかが語られようとしているのであり、その聖化のプロセスを読者に辿らせるような読みの方向が示されていることになる。そして回想の後に「ぼくらの人生をたった一度でも横切るものは、そこに消すことのできぬ痕跡を残す」ものであり、「神というものが本当にあるならば、神はそうした痕跡を通して、ぼくらに話しかけるものなのか」という、ミツを棄てた吉岡の言説が暗示しているもの、それが何であるかはもはや述べるまでもないであろう。

三

二人のグリーンの作品は、晩年まで遠藤の世界に谺する。最後の長編『深い河』の創作に当たっては、ジュリアン・グリーンの『日記Ⅰ・Ⅱ』を紐解き「グリーンがどのようにして輪廻を克服したかを知りたい」と転生について考察のヒントを求めているし、またグレアム・グリーンの『情事の終り』に至っては、遠藤は自らの筆の進捗具合の指標としていた節さえ伺える。

三月十三日（木）

小説、遅々として進まず。イメージの硬化、たどたどしい文章。老齢のせいで活力が文章にない。救いをグリーンの小説を読むことに求めるが、『愛の終わり』でさえ私には面白くない。かつて感嘆したこの作品の小説技術は二人の恋愛場面（タマネギの出てくる場面）以外には感じられず、他は無理矢理、作中人物を動かしているように思える。（傍点筆者）（『「深い河」創作日記』）

このように、二十代の頃より何度も読み返したであろうこの作品でさえ面白いと思えなくなった自分のエネルギーの枯渇を嘆いている遠藤を、今なお感嘆させる玉葱の出てくる恋愛場面、およびその小説技術とはどのようなものなのであろうか。

それは、語り手によって回想されるセアラとベンドリクスの初めてのデートの場面である。二人はレストランで料理が運ばれてくるまで、つい今し方見てきたばかりの映画について語っていた。実はその映画の原作はベンドリクス本人であり、自分の小説が映画化されたものを観た（つまり劇中劇である）わけであるが、彼等が話題にしていた映画の場面とは、ある人妻が恋人との食事の席で、夫がそのにおいを嫌っている玉葱を食べることを躊躇するというシーンであった。恋人であるその男は、人妻のためらいの背後に帰宅後の夫との抱擁があることを見抜き、傷つく。セアラたちがその印象的なシーンについて語り合っていた、まさにその時に、彼ら二人の前にも玉葱の皿が運ばれて来た。ベンドリクスは思わずセアラの夫であるヘンリーは玉葱が好きかと尋ねる。「ええ、大嫌いよ」とセアラは答え、しかし映画の中の女性とは違って、セアラは躊躇することなく二人の皿に玉葱を取った。その率直さがベンドリクスの胸を不意打ちにし、「個性のある一人の女性、というあの突然の感覚」が湧き起こってきて、彼は次のように語る。

玉葱の皿の前で恋におちいることは不可能だろうか。ありそうもないことのようだが、ぼくは恋におちたのはその瞬間だったと断言できる。

おそらく遠藤の言う、玉葱の出てくる恋愛の場面とはこの部分であり、玉葱のために恋に陥ったベンドリクスと同様に、遠藤も玉葱ゆえにこの作品に魅せられたのかもしれない。しかし、ここでさらに興味を引くのは、語り手ベンドリクスが〈小説家〉というものを書く人間であるということと、「熱情の感覚を、ありふれた単純な挿話によって、言葉や行動のレトリックなしに伝達したい」と考えて作品を書いていたということである。その彼が作家としての信条と同じように、この語りにおいても「言葉や行動のレトリックなしに」レストランでの「単純な挿話によって」自らの中に湧き出る感覚を読者に語っていることに注目するなら、テクストは〈語ることについて語る〉というメタフィクションの様相を呈してくる。リヨンで読み耽って以来、半世紀近くの間、この作品が遠藤を惹きつけてやまなかった理由は、セアラの率直さや一途さ（それは永遠性の前に自己を投げ出すというセアラの「自己放擲」（"abandonment"）にもつながるであろう）に加えて、グリーン作品のこのようなテクストの重層性にあると思われる。

さらにこの「玉葱」は、二人の間で交わされる手紙の中で、熱情を意味する暗号として使われるようになっていた。「愛は『玉葱』だったし、愛の行為そのものもさえ『玉葱』だった」と、玉葱が二人の親密さを表す記号となっていたことを、セアラと分かれた後、ベンドリクスは、セアラの夫ではない「もう一人のあの男」（すなわち神）への嫉妬とともに回顧している。遠藤の指摘する〈恋愛と信仰の相似形〉が、玉葱のエピソードを使ってさりげなく示されているのだ。

ここで、想起されるのは遠藤の『深い河』の中の「玉葱」という神の別名であろう。「玉葱」は大津と美津子だけの間で交わされる記号であり、彼らのみが知り得る暗号でもある。「あなたにとって、玉葱って何?」「玉葱は愛の働く塊りなんです」と、それは神という名を美津子が嫌うために付けた便宜上の呼び名であったが、美津子はまだ気付いていない。別の言葉に置き換えることによって神が既に二人の間で特別な位置を占めつつあることに、そしてその実体がより本質的なものとして浮かび上がって来つつあることに。

二人のグリーンが描いた女性モイラとセアラは、紛れもなく遠藤文学に深く浸透していたが、それは単なる人物造型のモデルとしてあるというものではなく、彼女たちのいる空間そのものが遠藤の世界に反映されていた。モイラやセアラの物語が、先行テクストとして遠藤作品に組み入れられたり、あるいは恋愛と宗教の相似性というテーマ構造の規範となって、遠藤の文学を一層厚みのあるものにもしていた。それは何より遠藤自身が二人のグリーンの描く世界の熱心な読者であったことと無関係ではない。遠藤の読むという行為、それは「汎神的血液」を「一神的血液に」抵抗させるという仕方での、「距離感」との相克における、再構築なのである。冒頭の二項対立的図式のダイナミズムに戻るなら、我々は〈汎神的風土〉に生きることの自覚なしに〈キリスト教的世界〉を知ることはできないのであり、また〈エバ的女性〉の存在そのものの中に〈マリア的女性〉への契機が既に胚胎しているものであることを、遠藤の描く世界が如実に示していると言えるであろう。

〔阿部曜子〕

〔参考・引用文献〕

遠藤周作のテクストは本文中に記載した。

Graham Greene, *The Lawless Roads* (Longman, 1939)

Graham Greene, *The End of the Affair* (William Heinemann, 1951)　和訳は氷川玲二訳を参考にした。

ジュリアン・グリーン『モイラ』（福永武彦訳、人文書院）

なお、遠藤文学における二項対立的図式については、小野功生「『女の一生』―そのテーマ構造」（『遠藤周作―その文学世界』所収）に、また遠藤文学の女性の類型については、笛木美佳「遠藤文学における女性（一）―その概観（『学苑』第七九五号、昭和女子大学）に詳細で深い洞察による論考がある。

同伴者なきリベルタン・サド

一　書くことの快楽

遠藤周作はおそらく、二〇世紀においてサドに本気で取り組んだ最初の日本人であったろう。サド裁判が始まる以前に、まだ無名の日本人としてジルベール・レリーやクロソフスキーに会いに行き、日本から最も遠い文学者であったと思われる作家サドの生きた軌跡を探ろうとしたさまを、『留学』と合わせて読むと、半世紀前の外国文学研究者の苦労と熱意に頭が下がる。しかし、二〇世紀の終わりに膨大な資料を駆使したルヴェールの詳細な伝記が書かれ、ドゥロンの監修によりプレイヤード版『著作集』も出揃った今日、サドに関する情報の量は遠藤の時代と比較にならないほど増え、専らレリーらの情報に基づいて書かれた遠藤の『サド伝』は資料として読むなら訂正せざるを得ない点がいくつかある。

遠藤はボーヴォワール同様、「サドの女性憎悪、特に処女に対する憎悪」(1)（二四）の原因をサドの初恋の相手でアヴィニオンの貴族の娘ロール・ヴィクトワール・アドレーヌ・ド・ローリー嬢から「捨てられたという事実」（二三）にあるとしている。たしかにサドは彼女に捨てられた。けれども、ローリー嬢の拒絶の口実は、ルヴェールによれば、すでに決まりつつあるサドと後の妻ルネ・ペラジーとの縁談を壊したくない、というものであった。さらに、ローリー嬢が遠藤の言うとおり処女であったか、サドと肉体関係を結んでいなかったかというのは疑わしい。遠藤は、彼女から別離の手紙を受け取ったサドが「怒りと嫉妬」に駆られて書いた手紙を引用しているが（二二）、同じ手紙の後半については言及していない。引用部の先を読むとサドは、あろうことか彼女に性病をうつされた、という言いがかりをつけて脅している。実際、軍隊経験もあり、性病に罹っていた可能性があるのは彼の方であったはずだ。彼女宛のこの手紙を、彼は下男のカルトロンにコピーさせ、他の手紙と一緒に『サド氏作品集』に収録している。ルヴェールは、この手紙を実際に送られたものではなく、「文体の練習」のようなものだったのではないか、サドが事後的に恋愛事件として事実と出来事を混ぜ合わせてでっち上げたのではないか、と示唆している。[2] いずれにしてもローリー嬢の処女性以前に、ジュスティーヌに対する攻撃を「処女憎悪」に結びつけ、サドの最初の失恋と関係づけるのは無理があろう。

類似したことが、やはり、遠藤が「かつてロオリイ嬢に苦い汁をのまされた様にこの女からもサドは棄てられねばならなかった」（三二）とする十八歳の女優コレットについても言える。彼女は南仏の古い貴族の令嬢と違い、何人もの男性から掛け持ちで囲われるような女性であるから、遠藤のロマンチスムを掻き立てる存在ではないが、サドはこの女優宛の手紙も同じように『作品集』に収録している。遠藤はサドが彼女に夢中であったとしながら、「烈しい愛を告白した手紙を彼女の所に送っている」（三〇）と書く。しかし、この「恋文」の次に書かれる手紙を具に読むと、ルヴェールも指摘していることであるが、仮に女優や高級娼婦を口説くためのコードが関与しているにせよ、[3] グロテスクなほどの馬鹿丁寧さ、見え透いたお世辞はむしろ相手を不快にさせるようなものである。「何よりも貞節と淑徳の誉れを一身に集めていらっしゃるあなたのことですから、世の人々のあなたへのすばらしい評判、あなたに実にふさわしい評判でしか存じあげないのも省みず、心を捧げようと決めたのです」[4]、という文章を受け取ったときの、辣腕で名高いこの女優の気持ちはどのようなものであっただろう。同様の手紙をサドが「オペラ座のおどり子」D嬢や「Mと呼ぶ女優」に書き送っていることは遠藤の書いているとおりである。サドの書き残した手紙を読むかぎり、相手が貴族の令嬢であっても、女優であっても一様に、誠実さが完璧に欠如していること、攻撃的なまでの毒々しさが横溢していることに気づかざるを得ない。もちろん、彼を「捨てた」ローリー嬢に対する怒りは本物であろう。しかし、その怒りを「処女憎悪」の原因として特定することは難しい。注目すべきは、どの手紙にも共通して漲っている「書く喜び」である。これだけが手紙を書くサドの真実であろう。

遠藤はサドの人生をヴァンセンヌ牢獄で執筆を始める一七七八年を分水嶺として、前半を「実践的リベルタンの生活だった」（七〇）と述べている。遠藤によれば、少なくとも女優相手の色恋沙汰、さらに投獄の原因となったアルクイユ事件、マルセイユ事件も、「外見は他の多くの十八世紀リベルタンとそれほどちがわなかった」（七〇―七一）。しかし、女優相手のみならず貴族の令嬢相手の色恋沙汰で、相手と書いている自分をも嘲笑するような手紙を愉しげに書いたリベルタンは他にいただろうか。「リベルタンは人間の非情な観察者」であり、「彼の意識はいかなる愛情や肉慾のなかでも陶酔するということがないのである」（七五）、と遠藤は喝破しているが、ヴァンセンヌからバスチイユ監獄での六年にわたる幽閉生活によって「文学者に鍛えあげ」（九七）られる以前から、サドは現実を書き換えることに喜びを見出していた。サドを「捨てた」由緒正しい貴族の娘ローリー嬢も強欲な女優たちも、彼女たちを愛しては「捨てられた」サド自身も皆等しく、手紙のなかで主語になったり目的語になったりして書かれることで、創りかえられ、書いているサドに「『愛慾の世界』にたいして自分の自由性《リベルテ》を明証し」（三二）、「主体性」（三三）を保証する輪舞《ロンド》を踊る。

ヴァンセンヌ以前のサドが書いていたのは、しかし手紙だけではない。一七七五年、三年前に起こしたマルセイユのボンボン事件のために追われる身でありながらラ・コスト城に戻ったサドは、そこで少女らを集めて放蕩事件を起こし、再びイタリアに逃亡する。翌一七七六年、二十六歳のサドはラ・コストで『イタリア紀行』を執筆する。サドがヴァンセンヌに投獄されるにはその翌年、母の死去に際してパリに赴き、封印状によってそこで逮捕されるのを待たなければならないが、「牢獄作家」となる以前のサドもすでに、この『イタリア紀行』でキリスト教を攻撃している。つまり、サドは獄中で鍛えられたにせよ、それ以前から文人志望があり、反キリスト教、反道徳、アンチユマニスムという性向をたしかに持っていた。獄中でサドが磨きあげたのはその思想というよりも、むしろ「書くという行為」に対する真摯さであろう。彼はそこで書くことの本当の意味を発見したのだ。

遠藤は、サドと同時期にヴァンセンヌに投獄されていたミラボーが「不安をまぎらわし、暇をつぶすために」書いているのと比べながら、「サドの書くという行為は現実では自分を粉砕した世界とは別のしかももっと真実な世界を創りあげ、この創造世界のなかで自分の自由を守るためのぬきさしならぬ行為であったのだ」（八八　傍点は論者）と指摘している。たしかに、サドにとって書くという行為は現実を書き換えることで自由を創出するものであった。書くことによってのみ、彼を拘束する現実が「別の」ものに異化されてゆく。

二　「わたし」を異化すること

『イエスの生涯』を書きながら、「聖書のなかで弟子たちがイエスを裏切ってしまう、あのうしろめたさは、いつも自分のこころのなかにあった」、「かくれ切支丹ものを書いていても、裏切りと母親の関係というものをとおして切支丹をみている」（『人生の同伴者』春秋社二七）、「世間には嘘をつき、本心は誰にも決して見せぬという二重の生き方を、一生の間、送らねばならなかったかくれの中に、私は時として自分の姿をそのまま感じることがある」

（同書二八　傍点は論者）という遠藤と、自分自身さえも書き換えてしまうサドとの差異がここにある。サドは自身に近いと思われるようなリベルタンを作中に少なからず登場させるが、「彼等は我々と同じ連中だったのだ」(5)（『イエスの生涯』新潮社一八九　傍点は論者）とは決して書かない。一八世紀において異物であり続けたサドは、他者のみならず、自らに対しても距離を保つ書き手である。自身をも含めて自らが書く対象に同一化することはない。

サドは自分の娘を描写する場合も父親という立場を離れる。「わたしは彼女をしげしげと観察した。（……）頭脳といい姿形といい、太った百姓娘そのものだ(6)」、と公証人ゴーフリディに書き送っている。文中の「わたし」は修道院に入っている娘と面会に来た父親のまなざしとは異なるまなざしで娘を「観察」する。これが遠藤の言う「人間の非情な観察者」（七五）リベルタンの目であろう。「伯爵はジュスティーヌを近くに呼び、いっさいの許可を求めることもなく、スカートを腰まで捲り上げると、つま先から頭のてっぺんまで観察した(7)」、というリベルタンの目である。先の自身の娘を描写する手紙文中の「わたし」は、実際のわたしの現実と異化される。サドは書くことによって、「いかなる愛情や肉欲のなかでも陶酔することがない」（七五）意識を持つリベルタンとしての自分を創出する。「わたし」は書かれることによって他者となり書き手と対峙する。

自身の作品に対しても同様である。サドは自らがすでに書いたことに対して、新たに他者としてこれに対峙する。極悪非道の罪を重ねた老練なリベルタンが「ここでやっていることなんか、本当にやりたいことの幻影に過ぎない。自然を冒瀆できぬこと、これが人間に科された最大の苦しみだ(8)」、と呻吟するが、作者にとっても彼が書くことのできた犯罪は本当に書きたいことの幻影に過ぎない。この怒りがサドをして、ジュスティーヌの三つの作品を書かせたことは言うまでもない。最後に刊行された『新ジュスティーヌ』に手を加えたものを携えたまま版元のマッセ書店で逮捕されることがなければ、さらに新たなジュスティーヌ作品も可能であったはずだ。すでに可能になったものは、否定し、乗り越えるべき新たな対象として彼に対峙する。これがサドにとっての創造であり、リベルタンとしての在り方である。

　書いている人物に自分と「同じ」ものを見出そうとする遠藤は、幼年期のサドを語る場合に、サドが味わったであろう「孤独」（一七）を強調し、「老父サド伯爵がむすこにたいして冷ややかであったごとく、サド侯爵も父にたいしてはほとんど愛情をかんじていなかった」（一二）と書きながら、おそらくは自身が少年期に味わった孤独を反芻しているものと思われる。もちろん、遠藤も引用しているように（一二―一三）、サドが『アリーヌとヴァルクール』において人物に自分を投影する部分がないわけではない。しかし、この投影は貴族の子弟としての人物の過去に実在感を与える以上のものではない。自身の投影というよりも、経験の利用と呼ぶべきものであろう。遠藤が自らの過去について語っている『遠藤周作による遠藤周作』や、『人生の同伴者』に見られるような種類の誠実さ、人の好さといったものが、サドには皆無である。あるいは遠藤が自らの作中人物に寄せる慈しみもサドに探すことはできない。たしかにリベルタンはサドの欲望の操作子として、テクストのなかで文の主体となり犯罪を実現するが、しかしサドと同一になることはない。「人間は誰でも孤立して生まれ、誰も互いに必要としあうことはない[9]」のであるから彼も、彼の登場人物も本当の意味で他者に結びつくことがない。リベルタンがジュスティーヌに対して発する「おまえとあの女のあいだにどんな共通点があるというのか[10]」、という問いは、サドが人と人、人と作中人物の間に設定する問いでもある。キチジローとも彼に裏切られるロドリゴともしなやかに寄り添うことのできるやさしい感受性はサドにはない。

　サドのこうした非情さが幽閉生活によって「鍛えあげ」（九五）られたとする遠藤の指摘に間違いはない。革命前の絶対王政、革命政府、執政政府から第一帝政、すべての牢獄を経験したサドにとって、あらゆる政体から拒絶されたという事実は、自らの異物性が普遍的なものであるという確信を得る契機となったはずだ。社会が彼に強いる「圧迫や苦境にもかかわらず、サドはかえって自分にかたい自信を抱きつづけ」（九〇）、その自信を作品に反映させたに違いない。小説を書き始める以前から、醜聞を起こし、悪口と誹謗、中傷を経験していたサドであり、自分をテーマにした人々のファンタスムを無駄にすることなく、作品に取り込んで読者のファンタスムをさらに刺激したサドである。[11] 読者のファンタスムはサドの書いたこと、行った（と思われている）ことが不道徳であればあるほど活性化する。道徳とは彼を断罪する「社会の既成道徳」である。サドは「この（……）既成道徳と、その既成道徳を支えている基督教とを憎んだ」（八二）。

　この憎しみの連鎖にあって、しかし、サドが生涯をかけて対峙したキリストは、踏み絵をする神父に「踏むがいい」（『沈黙』新潮社三二五）という眼で訴え、「一緒に苦しんで」（同三二五）くれるキリストではない。「自分の死後も永遠に（……）人間の同伴者でありたい」（『イエスの生涯』一六〇　傍点は遠藤）と願うキリストではない。そもそもサドにとって、「ごらん、わたしがそばにいる、わたしもあなたと同じように、いや、あなた以上に苦しんだのだ」（同書一六四　傍点は論者）と囁いてくれる「同伴者」が必要であったとは思われない。したがって、サドの無神論を「十八世紀の基督教の堕落」に抗するものと見做すことはできない。「信仰がもっとも俗的なものに覆われ、無力な形式と堕した時代に生まれなかったならば」（『サド伝』一五）、サドは「烈しい信仰者」（同書一六）となるどころか、人間の条件を強く律する宗教により厳しく対峙したはずである。サドが長く孤独な獄中生活で得たもの、それは同伴者なきリベルタンとしての揺るぎない自己確立であろう。

三　永遠のリベルタン

同伴者なきリベルタンとして、サドはいずれもそれぞれに酷い四つの政体を生き抜いた。王の獄中にあっては、投獄前にさんざん裏切り、獄中では手紙で「苛めることに悦びを感じていた」（八六）夫人ルネ・ペラジーよって、革命期からは最後まで連れ添った「情厚き」（一一一）ケネー未亡人によって、サドが不当なほど愛されたことを差し引いても、獄中生活の長さを考えれば、その人生が幸福であったとは誰も言うまい。いかに強靭で非情であれ、己の不幸に鈍感な人間はいない。[12]とはいえ、サドの生涯に、あるいはその死にみじめなところがあったと言えようか。死の七年前に完成した匿名系最後の大作『フロルベルの日々、あるいは暴かれた自然』の原稿が焼き捨てられたばかりか、「遺言のなかで死体を解剖にはせず墓穴の上に団栗の樹を植えることをあれほど希望していたのに、サドのこれらの希《ねが》いは何一つ守られ」（一三二）ず、「終生」、サドが「憎み、戦おうとした神と教会との方式どおりに葬式も行われてしま」（一三二―一三三）い、「解剖されたサドの頭蓋骨」を「医学生ラモン（シャラントンの精神病院でサドの死に立ち会った唯一の人物）が所有していたが、一八世紀の情欲と悪と人間と革命とを焼きつけた骨の塊はラモンから、別の医者にわたり、更にこの医者の不注意のためどこに消えたかわからない[13]」（一三三）、という不本意極まりない出来事の連続から、遠藤はサドの死を評して、「まことに文学者にふさわしいみじめな死にかたであった」（一三三）と評伝の最後を結ぶ。しかし、こうした一連の出来事が、同伴者なきリベルタン、「誰ひとりとして、監獄においてさえ、抑えつけることはできなかった[14]」サドにとって、長い獄中生活以上に不幸だった、「みじめ」であった、と言えようか。

もちろん、わたしたちは遠藤の「みじめ」という表現の意味が逆説的であることを知らないわけではない。イエスは「みじめであればあるほど、言いようのない魅力をユダに与え」（『イエスの生涯』一五四）、「永遠に人間の同伴者となるため、愛の神の存在証明をするために自分がもっとも惨めな形で死ななければならなかった」（同書一六四）。このイエスの「みじめ」さは「無力であること」と同一である。「なぜなら愛というものは地上的な意味では無力、無能だからである。（……）イエスはこの十字架で無力であることによって、愛のシンボル、愛そのものになっていったのだ」（同書一八〇—一八一）。イエスが「愛そのもの」として「もっとも惨めな形で」死ぬことによって、弟子たちは彼の死後も「イエスが自分たちのそばにまだいるかの如き感じがし」、「子供にとって失った母がその死後にいつも横にいる気持と同じような心理」（同書二〇一）状態になるのだ。この同伴者イエスに励まされ、「弱虫、卑怯者、駄目人間」の弟子たちが「強い信仰の人」（同書一二九）になるのだ。つまり、遠藤が「みじめ」、「無力」と書くとき、それはイエスをキリスト（救世主）として再生する強さへの転換というダイナミスムを前提としていることは言うまでもない。サドにおいて「みじめ」という場合、遠藤は何を意図していたのであろうか。

じつは晩年のサドは、自分の死がどんなものであれ、「みじめ」ではなく、それを転換させることができる自身の力を確信し、予告していた。彼の作品を嫌い、彼の死後、『フロルベルの日々あるいは暴かれた自然』の焼却を要請することになる次男に宛てて、生前のサドは書いていた、「おまえは自分の名前を永遠に残すことができないからといって悲しむことはない。わたしの作品がおまえの名を永遠不滅にしてくれる。おまえの美徳がわたしの作品よりも好ましいにせよ、そんなものは決して永遠には残るまい」[15]。サドはまさに、死後も「効果の永久に続く犯罪」[16]を残すことができた唯一の作家であった。

〔注〕
（1）遠藤周作『サド伝』講談社文芸文庫二〇〇八年、以下ページ数のみ記す。
（2）Maurice Lever, *Sade*, Fayard, 1991, p.113
（3）*Ibid.*, p.134
（4）*Ibid.*, p.135

（5）宮本陽子「十八世紀における饒舌な他者—サド」、松澤和宏、田中実編著『これからの文学研究と思想の地平』、右文書院　二〇〇五年

（6）Lever, *Ibid.*, p.435　傍点は論者

（7）Sade, *La Nouvelle Justine* (1801), Bibliothèque de la Pleiade, 1995, t. II, p.847（傍点は論者）

（8）Sade, *Ibid.*, p.625.

（9）Sade, *L'Histoire de Juliette* (1801), Bibliothèque de la Pleiade, 1998, t. II, p.335（傍点は論者）

（10）Sade, *La Nouvelle Justine* (1801), Bibliothèque de la Pleiade, 1995, t. II, p.887（傍点は論者）

（11）宮本陽子「他者の言葉」、『文学』第5巻・第4号岩波書店一九九四年秋《サドはどこにいるのか》

（12）プレイアード版『作品集』の監修者ミシェル・ドゥロンはサドの作品を二系列に分けている。一つは名前入りで出版され、表現を和らげた公的作品系、もう一つはラディカルでポルノグラフィックな匿名系である。

（13）彼の頭蓋骨は末裔チボー・ド・サド氏によって発見され、一九八九年にパリで行われたサドのエクスポジションを報道する新聞紙上において、チボー・ド・サド氏とともに写真に収められた。

（14）Philippe Sollers, *Sade dans le Temps, in Sade contre l'Etre Supreme,* Gallimard, 1996, p.19.（強調はソレルス）

（15）Lettre de Sade à son fils cadet, Claude Annand, publiée par Thibault de Sade dans *Libération* du vendredi 23 mai 1986, ciré par Lever, *ibid.*, p.428.

（16）Sade, *L'Histoire de Juliette,* p.650.

〔宮本陽子〕

遠藤周作の留学──ルーアン、リヨン、ボルドー

1　ルーアンまで

遠藤周作は、一九五〇年六月四日午後一〇時、フランス船マルセイエーズ号で横浜を出発した。この留学を『作家の日記』を手がかりに振り返ってみたい。

遠藤たちを乗せた船は、途中、香港、マニラ、サイゴン、シンガポール、コロンボ、ジブチ、スエズ、ポートサイドなどを経て、七月五日朝七時マルセイユに到着する。

遠藤は、四等船室ですごした短い旅のあいだに戦後のアジアとアラブの世界を経験する貴重な機会をえた。マルセイユに上陸した遠藤は、ネラン神父の出迎えをうけ、マルセイユとリヨンに一泊し、パリを垣間見て、七月八日午後三時ルーアンに到着、ロビンヌ夫人と子どもたちに迎えられる。

七月二二日の日記には「ロビンヌ一家の好意は今更感謝してもしきれぬ程大きい。細かな心づかい、やさしい愛情、かつてぼくはこれほど精神的な家庭をみた事はない」という記述が見られる。言葉を読むことはできても、話すことも聞くこともできない異国の地で、留学生がこのように幸運な一歩を踏み出すことは、かつても今も、

稀有のできごとである。

二ヶ月あまりのルーアン滞在のあいだをぬって、八月五日、遠藤はロビンヌ家の長男ギーとともに、国際カトリック学生キャンプに参加する。このキャンプは、シャルル・ペギーを偲ぶ、シャルトル大聖堂への巡礼から始まった。

厳しい戦争の痛手から回復したフランスのカトリック青年たちは、若々しい希望に満ちていたし、カトリック自身も、雑誌「エスプリ」や労働司祭たちの運動に見られるように、自らの再生を信じていた。ルーアンでジャンヌ・ダルク終焉の地を訪れ、ペギーを読んだ遠藤は、このキャンプで、新しいカトリックと青年たちの情熱を実感したにちがいない。

この時期の遠藤の読書は、ペギー、ダニエル・ロプス、ジッド、クローデル、ジュリアン・グリーンなどのキリスト教作家が中心だが、カミュについでシモーヌ・ド・ボーヴォワールの『第二の性』を読み始めている。遠藤は、ボーヴォワールを通じてサドへの理解を深めていくのである。

フランス到着早々、原稿の依頼も受け取る。「雄鶏通信」「婦人倶楽部」の原稿は、航空便でやりとりされる。船旅は一ヶ月かかったが、手紙や原稿は数日で届く、それは現在とあまり変わらない。そんな「滞仏文芸評論家・作家」生活がすでに始まっていたのである。

遠藤は、九月一一日午後二時半、ロビンヌ家の人々に見送られてルーアンを発ち、途中パリに一泊して、九月一二日の午後六時半、リヨンに到着する。通過したパリでの目的は、リルケの『マルテの手記』の跡を追うことだった。一九五二年の一〇月三日にパリ日本館に落ち着くまで、遠藤にとってパリはいつも心を惹きつけ、刺激する、通過地点だった。

2　リヨンの友と「フォンスの井戸」

リヨンに着くと、再びネラン神父の出迎えをうけ、しばらく神学校に滞在する。九月一六日には国際カトリックキャンプに参加した仲間から、さっそく招待される。一〇月四日に大学近くのクラリッジ館に引っ越す。部屋の整理の手伝いをしてくれたミシェル、アンドレなどの寮生と、親しくなる。

一〇月一三日に遠藤はラジオを買う。寮生たちは、ひんぱんに遠藤の部屋におしかけ、ラジオを聴いたり、酒を飲んだりする。一〇月六日の日記に見るように「兎に角、ここの学生はさっぱりしていて気持ちがいいもんだ」というのが遠藤の当初の印象であり、この時芽生えた友情は、リヨン滞在の二年間をとおして大きく変わることはなかった。

一一月一三日の日記に見られる研究計画には、①ジッドと闘った「大戦前のカトリック文学」のジッドの克服のしかたを、ジャック・リヴィエールとシャルル・デュ・ボスを中心に考えることと、②シモーヌ・ド・ボーヴォワールをさらに学んでサドの伝記を書き〈情欲論〉を深めること、の二つが記されている。

リヨンでの遠藤の読書には、雑誌「エスプリ」とともにカミュ、サルトルの作品が多く登場する。

そして一二月に入ってシャルリ・ギヨの『現代アメリカの作家』を読むことで大きな転機が訪れる。当時フランスで読まれ始めていたフォークナー、スタインベックなどアメリカ作家への傾倒が始まるのである。この傾倒に拍車をかけたのが、クロード・エドモンド・マニーの『アメリカ小説の年輪』であり、サルトルの『文学とは何か』や『シチュアシオン』におさめられたアメリカ小説論であった。

遠藤はマニーの「内面生活というものは存在せず、心理面にいかなる現実もなく、意識は重要でない」という指摘に大きな衝撃をうける。彼はこれによって、自分がやっと見つけた文学方法「罪の根元に遡る事」が必然的に無視されることになると考えたのだ。

しかし、その一方でこうも考える。

「今日の人間は分析の予断をゆるさぬものをもっている。意識のしきみの下に、分析不可能の深遠がある。」この深遠の存在は、マルキシズムも精神分析もともに認めるところである。この深遠（＝無意識）をつきつめようとしている所から「分析小説決別」が起こったのではないか。こうした文学理論の迷路の探求のさなかに起こったのが「フォンスの井戸」事件であった。

一九五一年三月二一日、復活祭前の休暇を利用して遠藤はクラリッジ館で出会った友人アンドレの故郷アルデッシュのヴァル＝レ＝バンを訪れる。この時、アンドレの兄が語ったレジスタンス運動の悲劇が、遠藤にはじめての小説を書かせることになった。

アンドレの兄によれば、マキと呼ばれたレジスタンスの武装勢力が、対独協力者ではないかと疑われた者たちを、裁判にもかけず、トラックに乗せて山奥の井戸まで連行し、虐殺したというのである。ファシズムへの抵抗とユマニスムの象徴であったはずのマキの蛮行は、遠藤に衝撃を与えた。

翌日、遠藤とアンドレは、事件をつげる新聞の切抜きをたよりに、自転車でフォンスまで出かけた。

「フォンスは山また山の寒村なのだ。梅や桑や葡萄の畠にかこまれた戸数十二戸位、ぼくたちがついた時は日が翳り、畠に一人の百姓が働いているきり村は死んだように静かだった。」遠藤とアンドレは、さらに一キロ以上のぼって井戸をみつける。

この井戸を見るためにこそ、私は此のアルデッシュまで来たのである。それは入口が二米の四辺形になって捨てられた井戸であった。松の樹は弾丸のあとが残り、松やにが痛々しくふいている。弾丸の残っている樹の数は六本、各樹には四つの弾痕が残っている。井戸の中に石をアンドレが投げると、六秒後に、何かはねかえる音がし、それから水のしぶきが聴こえた。その下に虐殺された数十人の死体があるのである。

三月二六日朝、リヨンのクラリッジ館にもどった遠藤を待っていたのは、原民喜の死を知らせる島崎通夫の手紙と原民喜の遺書だった。遺書には「これが最後の便りです。昨年の春は楽しかったね。ではお元気で……」と走り書きがあった。

翌二七日、スシイ神父と彼の故郷のブールジュにむかう。汽車の中で原民喜のことを、しきりに思う。ブールジュでは、神父の両親の歓迎をうけ、ブールジュの町や、周辺の散策をして、ベルナノスの墓に詣でたり、アラン・フルニエゆかりの城やノアンのジョルジュ・サンドの家を訪ねて、四月三日にリヨンに帰る。文学好きのスシイ神父に慰められた一週間だった。

そして四月一一日には、「フォンスの井戸」の草稿を終える。しかし、この小説は、なかなか手ごわくて、四月一三日にはこんな記述がある。

『フォンスの井戸』を読みかえして、どうも、やはり、平面的なのでここに一人の、ポーランド青年を入れる事にした。

1　イレーナとの遭遇場所を、ダンス場にする事
2　旅行は二人ではなく、三人で行った事にする事
3　フォンスの井戸の前で、青年はイレーナを犯す事

方法としては、フォークナーの技法をまねするより仕方あるまい。唯、この作品の難点は、ぼくの技術が、読者をどこまで瞞すかにある……。

こうした、試行錯誤は、さらに四月一六日にも現れる。

『フォンスの井戸』。こびと（＝ポーランド青年）、中国の青年を入れた結果、ずっと厚みがついたように思われる。
1　陳青年との邂逅を最初におく事
2　会話の調子をなおす事

さらに四月二九日には、

『フォンスの井戸』をかきつづける。午後、ナチの暴虐の展覧会を見に行ったが、それは恐怖すべきものだ。機械的な拷問の過程という事をこれだけ考えたということは……。幾百人の死体となると、もう、これは人間とは思われない。この印象を『フォンスの井戸』にどう生かすか……。

とある。

「フォンスの井戸」執筆に関する記述はこれで終わるので、遠藤がいつこの作品を書き上げたかは不明であるが、この記述を読むと、当時の遠藤が、小説というものをどう考えていたかがよくわかる。

「フォンスの井戸」は、後に「フランスにおける異国の学生たち」と改題されて雑誌「群像」の一九五一年九月号に発表され、さらに一九五三年七月に『フランスの大学生』のなかに四つのルポルタージュの一つとして収録されたが、決してルポルタージュと呼べるものではない。やがて、遠藤のはじめての長編小説『小さな青い葡萄』として、同じ主題が、きわめて不器用な形で展開されていくのを見ても明らかである。

3　ボルドーの夏

復活祭の休暇が終わると、再びアメリカ小説やマニーの評論、クロソフスキーの『わが隣人サド』を読み、マルローを読み、「田舎司祭の日記」のような映画を見る生活が始まる。しかし、そのなかで次第にはっきりとしてくるのは夏休みを利用したボルドー旅行とモーリアックの作品の跡を追う旅の計画である。

六月一三日には『テレーズ・デスケルー』と『夜の終わり』の再読にとりかかり、一二日に読了する。『テレーズ』には感動し、『夜の終わり』には失望する。そして七月二日に書く。

この夏の計画はきまった。ボルドオで、モーリアックの人生を考える事とウィリアム・フォークナーの作品を七月中に研究しはじめる事である。暑さは、かえって、ぼくの頭脳を刺激する。

そして七月中は、とにかく『八月の光』を読み続けD・H・ロレンスの『アメリカ古典文学論』を読んで、八月一日にボルドーに向けて出発する。途中、セートやカルカッソンヌを経て、八月二日夜にボルドー到着。ただちに宿舎チヴォリ学院にむかう。ここに八月二八日まで滞在し、夜汽車でリヨンに帰った。この間の記録は、一九五二年に「三田文学」一月号に発表された「テレーズの影をおって」と「群像」八月号の「ボルドオ」に詳しい。いずれも『フランスの大学生』に再録された。

まず「ボルドオ」だが、これは八月三日から一六日までの滞在日記の形式をとっている。奇妙なことだが、『作家の日記』と読み合わせてみると、日付が微妙にずれている。

遠藤が、ボルドーでエマニュエル・ベエルルの『ブルジョワジイとその愛』を買い、読み続け、ボルドーの町にモーリアック作品のなかでも『愛の砂漠』の主人公クレージュ医師と愛人マリア・クロスの跡をもとめたのは、彼の『日記』にもあるとおりだが、彼が実際に訪れたはずの作家モーリアックの足跡に関する記述は、ほとんど現れない。また、「ボルドオ」では、八月一五日に訪れたことになっているランド地方の「砂漠」は、『愛の砂漠』の象徴としてのみ表現される。実際の遠藤がランド地方をさまよったのは、『愛の砂漠』よりも『テレーズ』の影をおう目的であったはずである。

こうしてみると作家遠藤周作の企みは明白である。「ボルドオ」では、日記のスタイルをかりて、都市ボルドーとその息詰まるような閉鎖的なブルジョア社会をスケッチし、『愛の砂漠』に密着し、作品の細部を息をひそめて描きつくす。

遠藤は、八月七日の「ボルドオ日記」をこう始める。

　　だが、たしかにボルドオの暑熱の中には恐らくこの街の本質である臭い、疲弊した頑固な老人の体臭に似ているものがまじっている。

八月八日の書き出しは、「この街にはどこにも出口がない。この街に生きるものは、港にいく以外に出口がない。」ボルドーは海港ではないし、海までは砂漠のようなランド地方が広がっている。

こうして「ボルドオ」は、いささかステレオタイプであるにはしても、都市論となり、作品『愛の砂漠』の批評となり、旅日記となった。見事なエッセーだといえるだろう。

つぎに「三田文学」の「テレーズの影をおって」だが、これは、一九五一年という時点で戦後フランス文学を語った評論として、最良の作品となったと思う。文芸批評家としての遠藤周作が、一年のフランス滞在をとおして、何を読み、何を考えたかが、よく分かる。

「ボルドオ」は、作者から友人クロード・ルロンへの手紙、クロードからの返信、そしてボルドーを取り巻く砂漠、ランド地方の彷徨の記録という体裁をとっている。

遠藤が、まず友人に語るのは、宿命のうちにただ横たわるモーリアックへの共感であり、人間の意志を越えて働く神の恩寵の力である。

「率直に言えば文学にとって今日まで、ブルジョワ社会ほど最良の温床はなかった事をぼくはハッキリみとめます。人間条件のさまざまな角度を今日の衰退期のブルジョアほど発散した階級はないという確信がぼくにはあります。君は『まだ作家の裡に文学生活と社会生活とを分離するのか』とぼくを非難しました。しかし文学生活を狭義にとればぼくには、人間を凝視するというにつきます。この凝視の欲望が、もう一つのぼくの義務にさまたげられるとすれば！」というのである。

これに対してクロードは、サルトルを援用しながら、モーリアックの「凝視の欲望」を批判する。

「ねえ、君、ぼくは日本もそうだろうと思う。全く正義という事が失われた今日にぼく等が疑おうとしても疑えぬ悪が目の前にある。コミュニストであろうとカトリック者であろうとそういう主義の違いは別なのだ。ぼく等の周囲に無数の人間が、自由もなく人間的威厳も奪われて、存在しているということは、絶対に否定できない事実じゃないか。ぼく等は、彼等のため何かしなければいけないんじゃないか。」

「ぼくだって君と同じようにブルジョワ社会の文学的優越性を知っている。そして君と同じようにそれが供給する多くの人間的素材を凝視したい欲望があるのだ。しかしぼく等が彼等のために何かを犠牲にすべきだと思うなら、まずこの凝視の欲望を犠牲にしよう。そうでなければ、ぼく等はどうして一九五〇年の世代と自らを呼ぶことができよう。」「ぼく等はぼく等の世代が次の者のためのとび石であることを忘れたことはない。とび石である故にある事を忍び、自分の欲望を犠牲にせねばならぬのではないだろうか。」

この友人の批判は、一九五一年という時代をつきぬけて、おそらく一九六八年の五月革命までは有効であり、フランスと日本の若者の胸をうつ力をもっていた。

作品「テレーズの影をおって」の三つ目のパートには、ランド地方の砂漠をさまよいながらテレーズと対話する遠藤の苦闘が綴られる。

八月一六日にランドの旅を終えてボルドーにもどると、二五日まで「ボルドオ」と「テレーズの影をおって」

ヨンに帰る。

の執筆に集中する。そして八月二六日から二八日までカルメル会の修道院を訪ね、井上洋次に会い、二九日にリヨンに帰る。

4　エスプリ運動と病

リヨンにもどった遠藤は、留学中でもっとも充実した時期を迎える。彼の読書は、「エスプリ」の論考やムーニエの『人格主義とはなにか』に加えて、メルロー＝ポンティの『ヒューマニスムとテロル』、ジャン・ラクロワの『マルクス主義・実存主義・人格主義』、カミュの『反抗的人間』『正義の人々』、サルトルの『唯物論と革命』など、目の前の政治的現実と格闘するアクティヴな論考に集中する。ボルドーへの旅で『テレーズ』と正面から向き合い「テレーズの影をおって」を書き上げ、その核心を体で理解した遠藤は、今度はクロードの提起した批判に、体をはって答えようと考え始めたのだ。

この時期の遠藤は、読書の人から行動の人に変貌する。

彼は、まず一〇月二四日に、島崎通夫に「帰国後のことにつき」手紙を書く。これは日本で雑誌「エスプリ」を翻訳し、エスプリの運動を展開する行動計画を伝えるものである。そして一二月一日には、ジャン・ラクロワの主催するリヨンの人格主義の会に出席し、行動を開始する。一二月一四日にはパリにむかい、一週間滞在して「エスプリ」編集部を訪れ、編集部のドムナックやアルベール・ベガンに会い、日本におけるエスプリ運動の紹介計画の打ち合わせをしている。

しかし、魂の高揚とは裏腹に、体力は衰え、一二月三日には血痰をはく。そしてパリ滞在の疲れのでた二一日にも、再び血痰がでる。皮肉なことだ。

わってゆく。

その後の遠藤は、一九五二年春までは、「エスプリ」に希望を託すことをあきらめず、激しい読書と行動を続けるが、復活祭の休みに療養をかねてアルプスの小さな村に滞在したあたりから、はっきりと読書の傾向がかわってゆく。

リヨンに帰った遠藤は、四月二一日の『日記』に書く。

体の衰弱、死の恐怖が、それ以外の他の問題をもう考えさせない。一日中、ぼくは自分の衰弱、息ぐるしさしか、考えていない。たとえば『ルモンド』紙を開いても、『現代』誌を読み始めても、現実、社会、プロレタリア、戦争――それは、もうぼくの心を摑まない。摑むのは、体の不安である。

同じ年の三月二二日に「主よ、ぼくに勇気をお与え下さい。淡い、あだ花のような言葉を少なくともここに書かせて下さいますな。一日一日が進歩であり、人格の拡充であるように、ぼくの人生を導いて下さい」と祈っていた遠藤の急速な気力の衰退がそこにみえる。

遠藤は、五月一日からリヨン郊外のコロンジュにあるネラン神父の実家で休息した後、六月一九日にリヨンをたち、アルプスの麓コンブルーにある国際学生療養所に九月中旬まで滞在し、再びリヨンを経て、一〇月三日にパリ日本館に居を定めた。

これ以降の留学生活は、短編「ジュルダン病院」、エッセイ「帰国まで」、死後に公表された「滞仏日記」などに詳しい。

一九五〇年七月五日にマルセイユに着き、一九五三年一月一二日にマルセイユを離れた遠藤周作の留学は、その病をも含めて実り多く、幸せなものであった。

〔樋口　淳〕

テレーズの心の闇は救われるか——遠藤に期待された高橋たか子——

「スキャンダル」の背景

遠藤周作が「スキャンダル」(一九八六)の問題に向かったのは、神無き風土、キリスト教の伝統を持たない日本でのカトリック信仰は、という長年の難問を解決してからのことであった。「沈黙」(一九六六)において、遠藤自身を含めた日本人が違和感なく受け入れられる画期的イエス像、同伴者イエスを打ち出した。その賛否両論の中、「侍」(一九八〇)あたりまでかけて、人間の弱さを見通し、凡人弱者の悩み苦しみを一緒に苦しんでくれるキリスト像をより確かなものに創りあげていった。その後にである、「スキャンダル」が書かれたのは。神から授かった人のいのちを他殺自殺に係わらず快感を覚えながら人間が破壊していく罪悪、—それは特別の人間だけが持つとは言えない罪悪なのだが—、その悪さえ救済されるのだろうか、という問いがここで提出された。戦時の無差別殺戮の衝動と無関係とは言えない、どんな人間にもある安楽死願望やマゾヒズム的性向、それにも救いはあるのかといったむつかしい問題である。もちろん、この問題は、「スキャンダル」ではじめて思いつかれたものではない。その起源は小説家になる前のエッセイ「フランソワ・モーリアック」(一九五〇)で「肉の問題」

として採り上げられていたものである。「貴方（モーリアック）が闘ったもの、人間の裡にもっとも凝視したもの、そして貴方の信仰を最も脅かしたもの」、けれども、究明し尽くされないで、遠藤が引き継いだものだった。「スキャンダル」を読むと、作家は出発期のモチーフに向かって成熟していくとか、信仰が深まれば深まるほど人間の罪悪への自覚も鋭敏になる、といった言葉が自然に想い出される。遠藤自身、『人生の同伴者』（一九九一）で「どんなものに対しても、神につながる道になるという信頼感が」「できあがって」いて、それをたよりに、「人間の堕ちていく深さ」や「悪というものと救済の可能性」を問うたと発言している。老いなければ露顕してこない人間の醜悪なものや無意識下の罪悪をこの小説で見据えたとも語っている。しかし、あえて私小説風を装いドッペルゲンガーを手法として、自身の直面している苦痛を暴くというやり方は、読者には惨いとも感じられる。「海と毒薬」の人体実験どころではなく、麻酔も掛けずに老いた人間の心臓を取り出すというふうに見える。実際、信仰と作家の執念が揃わなければ、人生の最期近くでキリスト者が生に執着し死を恐れることの中に罪悪はあるのかを過酷に問うこと、終末期の「肉の問題」は小説化できなかっただろう。

「スキャンダル」の問題とテレーズ

カトリック作家遠藤を思わせる勝呂が成瀬夫人に誘い込まれて体験する背信的妄想夢、終末の「肉の問題」は、二通りに描かれている。「死の近い者が生命のみちた者にたいする妬み」から可愛がっていた少女森田ミツを陵辱し殺害する妄想、そして、天国に迎えられる至福感に化けた、密かな安楽死への夢。特に二つめの妄夢は、「上昇を否定して、ひたすら堕ちていきたいという欲望、子宮や闇や静寂や無感動に還りたい」「ネクロフェリア」的欲望で、絞め殺される快感に溺れるマゾヒスト素子の性向と繋がり深いものとして描かれている。「今まで築いた世界にしがみつこうとする自分をゆさぶり、引き離そうとする手がある。その手が俺を考えもしなかった悪夢のような世界に放り込もうとしている。髪を蝋でよごし、半開きにした口のなかで舌を動かしている女の世界に連れていこうとしている。」と解説されている。

しかし、普通、人生の終盤の死んだ方が増しかと思われるような時期に、取り返しようも無い若さを羨んで少女陵辱の夢を見たり、天国での至福を先取りするような妄想に襲われることが、それほど糾弾されなければならない悪だろうか。たとえその妄想の底にナチの大量虐殺や集団自殺に通じるようなものがあるとしても、死の恐怖から逃避しないような人間はまずいない。人生最期の誰の手にも負えない難関だから、終末医療現場や死刑囚の拘置所でも死の恐怖への緩和ケアは行われている。いや、むしろ、日本の近代文学は、老いの孤独な修羅場を奔放に解き放って、多くの名作を生んだのではなかったか。谷崎の「瘋癲老人日記」、川端康成の「眠れる美女」、円地文子の「彩霧」や「菊慈童」、澁澤龍彦の「高丘親王航海記」などなど。それなのに、なぜ、遠藤は「皮剥ぎの苦痛」をみずから背負い込み、老いの「肉の問題」の悪を暴き裁こうとしたのだろう。

谷崎や川端のおいしい果実の背後に、東洋的な「善悪不二」の考えがあったことを知らなかったわけではない。「自分の着せられたダブダブの洋服を自分の体にあった和服に」仕立て直すように、遠藤は日本人の心性にあうキリスト教を小説で求め続けてきた。しかし、谷崎や川端などの「神のいない神秘主義」(1)に靡くことはなかった。つまるところ、遠藤には、キリスト教の神(倫理と愛の絶対者)への揺るぎない信仰があり、その神の愛と正義が何をしでかすか知れない人間の罪悪にどう係わるかが、専らの関心事であったということである。小説家の遠藤が深層の未犯の罪を奥深くえぐるのは、その神の正義と愛を積極的に自分の内部へ呼び込もうとしてのことなのである。「罪の中に救いの可能性が含まれている」という「スキャンダル」の勝呂の信仰の言葉も、神の関わりを前提としていなければ、犯罪をそそのかす危険な言葉になりかねない。そして、勝呂や遠藤が「心の奥底に神が祝福したまわぬものがあってもやはりそれに手を入れねばならぬ」のが「小説家」だと言うとき、彼らは自分の手に神の恩寵の手が添えられていることを確信している。人間のすべての罪を見透かし許し受け入れている愛の手の重なりを疑っていないということである。『私の愛した小説』（一九八五）の十一章でもこう言われている。

……時代や環境と共にかわる社会的道徳と本当の倫理とは次元も本質も違うということである。……戦中派の私はあの戦争が終った時から（いや戦争中から）いわゆる社会道徳や群衆道徳などは当てにならぬものだと思ってきた。……略……かつてフロイトが、いやキリスト教作家の多くが罪の母胎として、悪の温床として描いた心の影の領域が逆にそのXをもとめているのだ。道徳や人間社会や規範などを更に越え、我々の存在を充足させてくれる大きな、深いXを……。

だが、そのような立場に立って、人間の深層の罪悪を暴こうとするなら、「スキャンダル」には勝呂以上に暴かれ描かれていい人物が他にいる。「恍惚の極致に達するためには人は聖者になるか、犯罪者になるかしかない」という欲望の赴くまま、性欲の深みにはまり、他人の命や人格を破壊して憚らない二重人格者の成瀬夫人。病院でのボランティアを献身的に行う一方、マゾヒストの糸井素子を自殺に駆り立て自殺者の恍惚を密かに貪る。カトリック作家勝呂の人間の罪への関心を利用して、彼の老いの恐怖の中から肉欲の罪、神への反逆者の罪状を次々に引き出し信仰を破壊しようとする。ミイラとり気質の小説家をミイラにしてしまう誘惑者、悪魔。遠藤が『私の愛した小説』で「我々の無意識のなかに醜の美、下降の倒錯的悦び、自己破滅の快感本能というものがひそんでいる……この本能の虜になると、我々はなかなか、X（神）に向うことはできにくい。」といった「死の本能」に取り憑かれているふうな成瀬夫人。遠藤が「スキャンダル」で本当に挑戦してみたかったのは、この人物の救いについてではなかったのか。彼女の堕ちる歓びにも神の救いは訪れるのか、悪魔と聖女の顔を持つ二重人格者の回心とはどんなものなのかを問い、その答えに少しでもにじり寄ることが「スキャンダル」に籠められた願いではなかったのだろうか。そうだから、果たせなかった夢に七年後の「深い河」(一九九三)で再び挑戦した。途中、もくろみは大きく変更されるが、当初、成瀬夫人を主人公に、「悪の問題を真正面から一人の女主人公に取り組ませるという構想」(2)で書き始められた。モーリヤックは「肉の問題」を背負わせた主人公の救いを求めて、四冊の「テレーズ・デスケルー」シリーズを書いたが、遠藤もそれに負けないほどの「愛着」を成瀬夫人に持っていた。成瀬夫人は、いわば遠藤のテレーズなのだ。そして、「死の本能」に取り憑かれたふうな成瀬夫人と正面切って格闘できなかった「スキャンダル」での不甲斐なさを次のように嘆いている。

……高橋(たか子)さんは烈しい方で、小説家としての世界をまったく捨てて修道女になられるような方です。あの人でなければ〈悪〉は書けないかもしれません。『スキャンダル』なんか書きながら、もっとサタニックな世界は自分には書けないんじゃないかなあということを感じていました。……つまり聖者になるほどの信仰がないということは、逆に下へ堕ちていくときの想像力の欠如にもつながりますから。

(『人生の同伴者』)

とは言っても、成瀬夫人は遠藤が描いた最大級の怪物であるには違いがない。一九五三年頃、リヨンでナチの拷問の跡を見て驚愕した遠藤は、動機不明の夫殺し「テレーズ・デスケルー」の無意識領域には、無差別大量虐殺者の悪も棲んでいるのではと、疑い始めたと言う。それ以来、人間の悪の深さがどれほどのものかを探って、成瀬夫人に到達したのである。「フランスの大学生」、「サド伝」、「海と毒薬」、「私の愛した小説」などは、その探究過程の産物である。むろん、「カトリック的良心と作家的良心の二律背反」(「カトリック作家の問題」)の問題を越え、「悪を犯さぬものに神を信じられるはずがない」(「火山」)との思いを強めての挑戦だった。「スキャンダル」の勝呂は、「人間の罪は当人の再生の欲望をあらわしている」とまで言っている。そうなら、成瀬夫人のグロテスクな肉欲への惑溺もマゾヒスト素子の自殺も、世間体や通俗モラルを敵にまわしての、泥まみれの自分探しに他ならなかっただろう。当人たちがそれをどれだけ自覚していたかは別として、作家は彼らが存在の奥底から、自分は何者か、偽りのない自分とは、を問う声を聞きたいと願っていたはずである。

ところが、作家のこの強い信念は貫かれなかった。遠藤は成瀬夫人や素子の味方であり続けることをどこかで放棄し、夫人の「肉の問題」に同伴することができなかった。教養ある夫人がなぜ人間の仮面をつけた「肉食獣」になり、「心の奥底の秘密」をどう探ったか、それを女性の体と心の複雑な絡みとして描くことはできなかった。恐らく、「少年時代から受けた基督教の影響で健全な性と不健全な性とを区別けする何か」（「スキャンダル」）が克服できなかったからだろう。また、精神の優位性を信じ、精神は善で肉体は悪だというデカルトの二元論にも引きずられていたのだろう。彼女の魂の救いに向けて垂らされた釣り糸は、「自分が不気味に思えます。でもそうでない時もあります」という反応を得るのがやっとのことだった。

そこで、期待されたのが高橋たか子である。彼女であれば成瀬夫人の正体は描けるだろうし、救われるだろうと。「空の果てまで」（一九七三）や「誘惑者」（一九七六）、「怒りの子」（一九八五）で女性の抱える悪を存在論的に痛切に暴き、小説家を止めて観想修道者に、サド的地獄からアヴィラの聖テレサの天国に一気に駆け昇った高橋なら、「肉食獣」の罪の救いは描けるのではと期待されたのである。確かに、宗教体験を経て、神に救われない悪はないと知る高橋は、夫人が自作のヒロイン達の同胞と知れば、悪に汚れる自分の手を切り落としてでも救っただろう。ちょうど彼女は、「君の中の見知らぬ女」「きれいな人」（二〇〇三）への道筋で、浄化されきっていく肉欲を遠藤とは別の方法で描いていたところだから。一九九四年には、悪人ばかりを描く作家から観想修道者へ転身した回心の記録を『高橋たか子自選小説集』四巻本のあとがき（「オリジナルエッセイ」）に収めている。また、残虐な戦争体験の後に修道院に入る回心者を、「亡命者」（一九九五）のマリ・リュスの兄、「きれいな人」のミッシェルとしても描いている。

高橋たか子のテレーズ

実は、高橋たか子も遠藤に劣らず、モーリヤックから大きな影響を受けた作家である。キリスト教がまだよく理解できなかった二十代に、「拡大された虚構における〝ありうべき〟自分の告白」[3]が小説だということ、また、自分でも気づかない「無意識のなかの罪」を抱えているのが人間だということ、その罪の苦悩に神が係わるということを、教え込まれたのである。

しかし、その「無意識のなかの罪」という考え方は「それ以前から私の抱いていた人間観を強く裏づけ」[4]、確信を与えてくれものとして受容されたと言う。「知的にではなく、実感的に」[5]、この人間観をモーリヤックを知る以前から生きていたと言う。一九七三年の「『空の果てまで』をめぐっての中村真一郎との対談」でも、こう言っている。

サディズムです。人間だれの中にも潜んでいる加虐性、ある人にはそれが非常に強く、ある人にはきわ立たない形であるけれども、しかし、万人の潜在意識の中に加虐性があるという考え方を私は持っているのです。この理屈抜きの自分の内的体験に裏づけられた人間罪人観について、加賀乙彦はこのように評している。
そこは、高橋さん、とても強いと思うんだな。要するに、普通の文学者は、戦争体験だとか、戦争のためにですね、なにか悪を見たっていう外的な状況から自分の内部を見つめていくという作家が多い。まあ社会派といわれる作家もそうですし、それから、内向の世代もそういう傾向が強いと思うんです。そうじゃなくて、もっと自分自身の中から、そういうものを見て、戦争なんて、つまり多くの犯罪の一つにしかすぎないんであって……

（「対談『誘惑者』について」一九七六）

そういう資質の小説家志望の高橋が、モーリヤックの「テレーズ・デスケルー」に何を見たか、それは歴然としているだろう。内的サディズムを抱え苦しむ自分の存在のすべてをテレーズの中に見たのである。また、夫殺しの犯罪者となってまで自分の内部の悪と直面したがる「自己満足を持っていない」「絶望者」(6)に共鳴したのである。内部の悪を日の目に曝し、夫殺しを犯しても自分探しを止めない正直な冒険者に共感したと言ってもいい。しかし、小説とは所詮、自分探しの巧妙な装置である。テレーズはモーリヤックにだけでなく、高橋にとっても、とてもピッタリの自己告白システムであると確信しただろう。テレーズは自作のヒロインのお手本だと気づいたはずである。

こういうモーリヤック受容の後で高橋がどんな小説を書いていったか――。他人ごとではない、自分の内部の悪が掘り起こされていった。内部に閉じ籠められたさまざまな怪物を取り出し、それを飼うしかない自分は何処へ行けばいいのか、怪物に食い荒らされて自滅するしかないのかを、問いつめた。外に出せば他人を害し、内に押し込めれば自分を傷つける内部の悪に振り回される荒涼とした人間の孤独を、痛切に描いていった。「残酷なことを他人にする人は、鈍感なのではなくて、他人がそれによって受ける感覚を、自分も同時に感じうる人なのだ」(「没落風景」)と言うように。「それがあるために私の生は重たく、それが私と人との間に立ちはだかって私を黙らせる。それは閉ざされた円環をなしていて、人と分けもつわけにはいかない。」(「小説家と魔性の眼」)とも言っている。

そして、その執筆半ばで洗礼を受けたというあの「誘惑者」は、そういう小説が行き着いた先のものであった。自殺幇助と嘱託殺人を働くヒロインの鳥居哲代はこう言う。

「存在するものは悪魔であり、存在しないものは神なのだわ。……ここにあるものの不可解さを、仮に悪魔と名づけるものの領域とするなら、ここにないものへの渇きを、仮に神と名づけるものに結びつけているのよ。ここにあるものだけがある。ここにあるものとは、自分のわからなさ、不可解さ、どうしても釈明できないもの、何をしでかすかわからないもの、あらゆる制止を越えて、何でも出来るというもの——」

観想修道者になった後で、高橋はこの転機を、「未知の自分である」「犯罪者としての鳥居哲代」を「描き終わることで」「私は、そんな自分を解脱した。」[7]と振り返っている。モーリヤックから教わったことで最も解りづらかったこと、「スキャンダル」の勝呂がいう「罪の中の救いの可能性」を、彼女は身を以て体得したのである。一〇年間パリで観想修道生活を送った後、一九九四年からはジュリアン・グリーンに倣って、修道者でもある小説家として、高橋は作家活動を再開している。修道体験が「かつて小説を書くために私が入っていった深い域（無意識の罪の域）」を「神に出会う」魂の場に変容したが、それはやはり、「同じ内在の場である」[8]と覚ったからだと言う。小説と信仰にまたがる熱烈な自分探しをしたことのない私に、高橋の言う深い境地は理解しにくい。しかし、加賀乙彦の『ある死刑囚との対話』のM（カトリックに帰依したメッカ殺人事件の死刑囚、正田昭）も、似たような魂の体験を告白している。殺人に走った「狂気の源が、愛や信頼の母胎と同じらしい」と。また、『T・S・エリオット』の寺田建比古が「神の闇は、人間的に全的に空無であるが故にこそ、逆に最も根源的な存在了解の能力が最も根源的に働く場所であるのに対して、内面の闇は一切の存在了解の能力が文字通り無に帰してしまう一種の病的な精神の痴呆状態である」というのは重要だが、「内面の闇（殺人の狂気と絶望）」と「神の闇（神の救い、注賜的観想）」は、カオスのように思えると告白している。

〔注〕

（1） 佐伯彰一『日本の私を索めて』（河出書房新社　一九七四）

（2） 遠藤周作「対談　最新作『深い河』」（『国文学』学燈社　一九九三）

（3）高橋たか子「モーリアック頌」（『魂の犬』講談社　一九七五）
（4）（3）に同じ
（5）高橋たか子「『背徳』覚書」（『魂の犬』講談社　一九七五）
（6）高橋和子「モーリヤック論2」（『FRANCIA』京大仏文研　一九五九）
（7）高橋たか子「『暗夜』を通って」（『高橋たか子自選小説集四』講談社　一九九四）
（8）（7）に同じ

〔須浪敏子〕

第三章　神と神々——宗教との戦い

芥川龍之介「神神の微笑」——〈この国〉に潜む暴力的な力

「神神の微笑」[1]の第三節、オルガンティノの前に〈この国の霊の一人〉と名乗る老人が現れ、〈泥烏須もこの国へ来ては、きつと最後には負けてしまひますよ〉と告げる。〈我我の力と云ふのは、破壊する力ではありません。造り変へる力なのです〉。〈支那や印度〉が変わったように〈西洋も変らなければなりません〉。いくら〈天主教〉が弘まったとしても、それで泥烏須が勝ったことにはなりません。〈事によると泥烏須自身も、此の国の土人に変るでせう〉。

遠藤周作が〈偶然の、幸福な一致[2]〉と述べるように、老人の言葉は「沈黙」[3]の中でフェレイラがロドリゴに向かって述べることと、大変よく似ている。

デウスと大日と混同した日本人はその時から我々の神を彼等流に屈折させ変化させ、そして別のものを作りあげはじめたのだ。（中略）布教がもっとも華やかな時でさえも日本人たちは基督教の神ではなく、彼等が屈折させたものを信じていたのだ。

それまで必ずしも高い評価を与えられていなかった「神神の微笑」に光が当てられるようになったのも、この類似性によってだと言える。

ただ、両者を引き較べてみると、重要な一点で相違があることに気づかされる。何を基準にしてキリストの神か否かを判定するのかということに関してである。この点について「沈黙」は自覚的であり、明快である。〈屈折させ変化させ〉られていたとしても、〈それもやはり我々のデウスではありませんか〉と反論するロドリゴに向かってフェレイラは、〈違う〉と断言する。〈日本人は人間とは全く断絶した神を考える能力をもっていない〉。〈日本人は人間を美化したり拡張したものを神とよぶ。人間と同じ存在をもつものを神とよぶ。だがそれは教会の神ではない〉。

周知のように遠藤周作は日本の神々（＝汎神論）と西洋の神（＝一神論）とを峻別するところから、文学活動を開始した。「堀辰雄論覚書」(4)の中で彼は〈神的なものが自然的なものを土台としてその拡大、或いは延長であり、自然的なものは神的なるものの、同一存在条件に於ける部分である——この意識的無意識的肯定は一切汎神的である。一神論ではかかる神的なものと人間的なもの、超自然的なものと自然的なものとの存在条件的な同一性を認めない。前者は常に後者に対して存在条件的に超絶（transcendance）である〉と述べている。フェレイラが語っているのも同じ認識であるが、「沈黙」にあっては、〈神としての実体〉の如何を基準として、キリスト教か否かが判断される。

これに対して「神神の微笑」では、何をもって泥烏須とし、何をもって大日孁貴とするかの基準はきわめて曖昧であり、判断基準に対する関心自体が、希薄である。たとえば〈本地垂跡の教〉に触れて、老人は次のように言う。

仮りに現在この国の土人に、大日孁貴は知らないにしても、大日如来は知つてゐるものが、大勢あるとして御覧なさい。それでも彼等の夢に見える、大日如来の姿の中には、印度仏の面影よりも、大日孁貴が窺はれはしないでせうか？　私は親鸞や日蓮と一しよに、沙羅双樹の花の陰も歩いてゐます。彼等が随喜渇仰した仏は、円光のある黒人ではありません。優しい威厳に充ち満ちた上宮太子などの兄弟です。

上宮太子が、仏教を信じ、積極的に日本に導入した人物であることに注意したい。なるほど、親鸞や日蓮が思い浮かべていた仏は、インド人ではなく日本人の姿であったかもしれない。しかし、それはあくまでも仏教という枠の中でのことであり、彼等が〈随喜渇仰した仏〉が〈上宮太子などの兄弟〉であったとしても、それは仏教が他の何かに変質したことを何ら証し立てしないはずである。にもかかわらず老人は、そのことに頓着しない。事情は泥烏須についても変わらない。〈事によると泥烏須自身も、此の国の土人に変るでせう〉と老人が言うとき、そこにはフェレイラが語っている、神と人との絶対的な区別を超えてということは、意識されてはいない。老人が言っているのは、泥烏須の外貌や名前が日本人風になるだろうという以上のことではない。

このように、何をもって仏陀の教え、泥烏須の教えと見なすのかについての基準に対する関心が希薄であることは、「神神の微笑」の仕組みそのものに関わり合っている。作品は第四節で、それまで語られてきた物語が、〈一双の屏風〉に描かれた〈南蛮船入津の図〉に触発された想像であったことを明かす。南蛮船入津図は、桃山時代の風俗図の一種であり、多く狩野派の絵師たちによって描かれたそれは、異国の人物・事物を描いているにしても、絵画としては日本画に属する。語り手が目にしている屏風において、オルガンティノとよばれる人物はすでに日本の絵の構成要素の一つとしてその中に取り込まれている。だから、オルガンティノに関してだけ言えば、大日孁貴が勝つか、泥烏須が勝つかは、現象の上で決着がついており、改めて判断基準を問題とする必要はないのである。

では、そのように日本化されたオルガンティノの姿を前に、語り手はどのような物語を想像していたのであろうか。宣教師であったオルガンティノが、日本化した経緯、原因に他なるまい。ただそれを〈造り変へる力〉と即断してはならないであろう。作品にはそれとは対照的な力もまた描かれているからである。

万力のような力

作品は〈或春の夕、Padre Organtino はたつた一人、長いアビト（法衣）の裾を引きながら、南蛮寺の庭を歩いてゐた〉という一文から始まる。安藤公美も指摘するように[5]、ここでは〈Padre Organtino〉と〈アビト（法衣）〉という二様の表記法が用いられている。また、作品は〈さやうなら。パアドレ・オルガンテイノ！ さやうなら。南蛮寺のウルガン伴天連！〉と〈パアドレ・オルガンテイノ〉を〈ウルガン伴天連〉と呼び替えて終わる。このことは、作品の語り手が表記法も含めて、キリスト教に関わる事柄をどのように呼ぶかについて意識的であることを示していよう。それだけに〈南蛮寺〉という言葉が使われていることには注意を払うべきである。〈南蛮寺〉という言葉は、キリシタン教会堂一般を指して用いられると同時に、京都に建てられた教会堂の名前としても用いられる。オルガンティノが歩いている南蛮寺は〈首府〉にあるとされているから、ここでは京都のそれを指していると考えられるが、いずれにせよこの言葉は、キリシタン信徒以外が用いる俗称である。信徒たちはラテン語あるいはポルトガル語の音を用いてエケレジアあるいはイグレシャと呼んでいたようである[6]。もっともキリシタン教会堂は〈仏寺をそのまま使用したり、新築の場合も大部分が仏寺風の建物〉であり、オルガンティノが設計に関わった京都の教会堂も〈全く和風の建築〉だったのであるから、信徒以外の人々が、それを寺の一種と見なして〈南蛮寺〉と呼ぶのは自然なことであったろう。問題なのはそうした見方をオルガンティノもまた受け入れていることである。

> 信徒も近頃では、何万かを数へる程になつた。現にこの首府のまん中にも、かう云ふ寺院が聳えてゐる。

オルガンティノは、意識して自分たちの教会堂を〈寺院〉と呼んでいるわけではあるまい。それは無意識のうちのことであろうが、無意識のうちにそのように呼んでしまうことと、彼が由来のわからない〈憂鬱〉を感ずることとは、連動している。

薔薇や、橄欖、月桂などの〈西洋の植物が植ゑ〉られ、ことに薔薇の花の〈薄甘い匂〉が〈何か日本とは思はれない、不可思議な魅力を添へ〉ている庭を歩きながら、オルガンティノは〈羅馬の大本山、リスボアの港、羅面琴の音〉等々を思い起こし、〈懐郷の悲しみ〉を覚える。言うまでもないことであるが、〈懐郷の悲しみ〉は、現在身を置いている場所と故郷との落差を背景として生ずる。たとえ〈日本とは思はれない、不可思議な魅力〉を有していても、あるいは信者の数が数万に及ぼうとも、ここは羅馬やリスボアとは違っている。海老沢有道は京都に建てられた教会堂は〈被昇天の聖母に献じ御名を其称と〉したことを明らかにしているが、御上天の聖母に献げる聖堂と〈寺院〉の分だけ両者は違っているのである。だが、無意識のうちに〈寺院〉と呼んでしまうオルガンティノには、その落差は自覚されていない。だから彼には、自分をとらえている〈憂鬱〉がどこからやってくるかがわからないのである。ことが教会だけに限らないのは言うまでもない。その夜の祈禱の冒頭で、オルガンティノは〈南無大慈大悲の泥烏須如来!〉と呼びかける。〈何故か彼を不安にする〉〈無気味〉な〈日本〉は祈禱の中にも入り込んでいるのである。

その〈日本〉はまた、オルガンティノの前に奇怪な幻としても現れてくる。笠井秋生は、《《祈禱》の途中、《オルガンティノ》が見る》〈幻〉によって、彼を《《憂鬱》にさせる《この国の》《不思議な力》とは何か》が明らかになると述べる[7]。ともすれば作品第三節の陰に隠れて看過されがちな、第二節の〈幻〉の意味に注目するものとして、傾聴すべき指摘である。だがそれを〈日本の古代の《神神》への〈根強い信仰〉と見なすとき、笠井は〈幻〉が立ち現れる場に働いている強力な力を見過ごしてはいないか。

〈内陣の中に〉〈無数の鶏が充満してゐる〉のを見たとき、オルガンティノは〈御主、守らせ給へ〉と〈十字を切らうと〉する。しかし〈彼の手は不思議にも、万力か何かに挟まれたやうに、一寸とは自由に動かなかつた〉。桶の上で踊り狂う女の〈情慾そのものとしか思はれな〉い〈二つの乳房〉から〈一心に顔をそむけようと〉するときも〈やはり彼の体は、どう云ふ神秘な呪の力か、身動きさへ楽には出来なかつた〉。さらに〈岩屋の戸〉の裂け目から〈言句に絶した万道の霞光が、洪水のやうに漲り出した〉とき、

オルガンテイノは叫ばうとした。が、舌は動かなかつた。オルガンテイノは逃げようとした。が、足も動かなかつた。彼は唯大光明の為に、烈しい眩暈が起るのを感じた。

オルガンティノは眼前に現れる光景を拒否し、目を背け、逃げ出そうとする。だが〈万力〉のように強い力が、それを許さない。最後に〈大日孁貴！　大日孁貴！　大日孁貴！〉という声が〈湧き上がる中〉、〈冷汗になつたオルガンテイノは、何か苦しさうに叫んだきりたうとう其処へ倒れて〉しまう。オルガンティノの〈冷汗〉は彼が必死になってこの光景を拒絶しようとしたことを物語るであろう。そうしてかろうじて彼は叫び声を上げることができた。しかしそれと同時に拒絶しようとする気力を使い果たし、失神してしまうのである。そこに〈どんな意味があるか〉〈のみこめな〉い〈幻〉を前にオルガンティノが体験したのは、彼をその中にとどまらせようとする〈万力〉のごとき力なのである。

であればこそ、〈やつと意識を恢復した〉オルガンティノは、〈この国の霊と戦ふのは、思つたよりもつと困難らしい〉とつぶやく。〈幻〉が現れる直前、彼は〈あなたは昔紅海の底に、埃及の軍勢を御沈めになりました。この国の霊の力強い事は、埃及の軍勢に劣りますまい。どうか古の予言者のやうに、私もこの霊との戦に〉と祈っていた。〈思つたより困難〉とは、従って〈埃及の軍勢〉と戦うよりも困難だということである。オルガンティノを憂鬱にさせていた、〈この国の〉〈不思議な力〉とは、天の岩戸伝説を再現する幻から逃げ出すことを許さない、〈埃及の軍勢〉をも凌ぐ強力な力なのである。

我我の黒船の石火矢

作品第三節に登場する老人の物腰からはしかし、そうした暴力性は消えている。オルガンティノが〈十字を切つ〉ても彼は〈私は悪魔ではないのです〉〈さあ、もう呪文なぞを唱へるのはおやめなさい〉と言葉による説得で応じる。〈天主教を弘め〉ることについても〈それも悪い事ではないかも知れません〉と、いったんはオルガンティノの立場を受け入れ、最後には、まるでオルガンティノのためを思ってでもいるかのように〈御気をつけなさい。御気をつけなさい〉と言う。これまで「神神の微笑」は、主として老人が語る〈この国〉の〈造り変へる力〉に焦点を当てて論じられてきた。しかし、彼の語る日本論は、早くに吉田精一が指摘し近年では佐藤泉がその性質も含めて検証しているように[8]、むしろ〈月並み〉なものである。そもそも老人の話の大部分は〈この国の歴史に疎い〉オルガンティノには〈半分はわからずにしまつた〉のである。〈この国の霊の一人〉と名乗る老人の特質は、彼が語る事よりも、その物腰の穏やかさにある。しかしながら、第二節で描かれた強力な力が、全く消え去ったわけではない。老人は次のように言う。

この国の土人に尋ねて御覧なさい。彼等は皆孟子の著書は、我我の怒に触れ易い為に、それを積んだ船があれば、必覆ると信じてゐます。科戸の神はまだ一度も、そんな悪戯はしてゐません。が、さう云ふ信仰の中にも、この国に住んでゐる我我の力は、朧げながら感じられる筈です。

孟子を積んだ船は転覆するということは、明の謝肇淛が著した「五雑組」に見える話で、桂川中良「桂林漫録」にも〈孟子はいみじき書なれども。日本の神の御意に合はず。唐土より。載来る船有ば。必覆へると云事。古きより云伝へたる所なり〉と記されている。もちろん史実には反し、それ故老人も〈科戸の神はまだ一度も、そんな悪戯はしてゐません〉と言うのだが、しかし彼は、転覆させること自体は何ら否定していない。〈孟子の著書〉を〈積んだ船があれば、必覆る〉という〈信仰の中に〉〈感じられる力〉とは、〈造り変へる力〉ではない。〈日本の神の御意に合は〉ないものを、排除し、〈破壊する力〉である。それが前夜、オルガンティノをして大日孁貴を讃える場から逃れることを許そうとしなかった力と表裏一体のものであることは見やすいだろう。

柄谷行人は〈キリシタンを滅ぼしたのは、「造り変える力」などではない〉。〈破壊的な弾圧〉という〈まさに「破壊する力」であった〉。〈そんな自明の理を〉芥川は〈無視して〉いると述べる。[9]だが、作品は決して無視などしていない。〈この国の〉気候と同じように〈温和〉な態度で、月並みな日本論を語る老人の背後に――〈神神の微笑〉の背後に潜む暴力的な力をこそ描いているはずである。

だから、〈パアドレ・オルガンテイノ〉に別れを告げた語り手は、〈我我の黒船の石火矢〉を思う。

君はその過去の海辺から、静かに我我を見てゐ給へ。たとひ君は（中略）忘却の眠に沈んでゐても、新たに水平へ現れた、我我の黒船の石火矢の音は、必古めかしい君等の夢を破る時があるに違いない。

三好行雄が指摘するように[10]〈我我〉は日本の外からやってくる。だがだからといって〈我我〉＝西洋ではない。語り手は日本語によってこの物語を語っているのである。日本語話者でありながら、〈日本〉の外に立ち、〈日本〉の中に封じ込めようとする暴力的な力に、〈石火矢〉をもって対抗しようとするのである。

日本語を用いて日本と対峙する

第一節末尾に、オルガンティノの目に、一本の枝垂れ桜が一瞬、〈彼を不安にする、日本そのもののやうに〉見えたことが語られていた。興味深いのは「神神の微笑」の四ヶ月前に発表された「上海游記」[11]の中でも、日本の象徴としての桜が語られていることである。第十九節「日本人」である。中国在住の日本人が桜を喜ぶことを紹介したあと〈私〉は、〈日本人はどう云ふ人種か、それは私の知る所ぢやない。が、兎に角海外に出ると、その八重たると一重たるとを問はず、桜の花さへ見る事が出来れば、忽幸福になる人種である〉と揶揄する。ところが、〈私〉もまた麦畑の向こうに翻る鯉幟を見て、〈支那にゐるのぢやない。日本にゐるのだと云ふ気に〉なり、〈桜の事なぞは笑へないかも知れない〉と思い返す。普通の日本人とは一線を画し、彼等を揶揄していた自分もまた日本人であることを思い知らされるのである。とはいえ〈私〉が日本人という立場に安住できるわけではない。〈私〉の感慨には芥川のそれが投射されているとみてよいが、秦剛は〈西洋列強に植民地支配をされた《支那》の縮図としての「西湖」が芥川の旅行記には鮮やかに立ち現れてくる〉が、その〈図の中で「日本」及び「日本人」は決して無関係な立場に置かれ〉てはいないと指摘している。[12]『支那游記』の巻尾「雑信一束」では〈丁度日の暮の停車場に日本人が四五十人歩いてゐるのを見た時、僕はもう少しで黄禍論に賛成してしまふ所だつた〉（十九　奉天）とも語られるのである。一方で日本に対して批判的な眼差しを向けながらも、しかし自分もまた日本人である。「神神の微笑」は、こうした自覚の上に立って、自らの内部に浸透する「日本」を対象化し、それと対決しようとする姿勢が生み出した作品だったと考えられる。

とはいえ現行の「神神の微笑」では、そうした姿勢は必ずしも鮮明ではない。よく知られているように初出では、老人と出会った夜、内陣の壁画が変貌し、ペテロの顔が〈さつきの老人〉に変わるシーンが描かれていた。〈冷汗〉が〈流れ出〉る体験が反復され、昨晩の出来事と老人とが結びつけられていた。ところが、『春服』に収録する際に、二日目の夜の出来事が削除された結果、老人と〈万力〉のような力との結びつきは希薄化され、作品の最後で語り手が〈我我の黒船の石火矢〉を持ち出す脈絡が見えにくくなっているのである。〈我我の黒船の石火矢〉とは何かをめぐって諸説が提唱され、さらには芥川は「日本」を肯定しているのか否定しているのかという議論が起きる所以でもあるが、初出から定稿へのこうした変更は、日本語を用いて日本と対峙することをめぐるアポリアとして、本稿とは別に論じられるべきであろう。

ただ、このように見てくると「沈黙」との新たな共通性が見えてくる。ロドリゴは〈銅板のあの人〉の声に背を押されて、踏み絵を踏む。神と人との絶対的な断絶という考えに照らすとき、彼が〈人〉の声に従ったことの意味は無視できないだろう。[13]〈この世で最も美しいもの、最も高貴なもの〉、つまりは〈自然的なものを土台としてその拡大、或いは延長〉されたものの促しに従ったとき、ロドリゴもまた〈切支丹の教えを、この日本と申す泥沼の中でいつしか曲げて〉いたと言いうる。だが、彼に向かって語りかけたのが〈あの人〉であったということは、神は沈黙を守ったということである。人間を〈存在条件的に超絶〉しているが故に神は、人間たちの中の出来事に対して直接には語らない。むしろ〈沈黙〉の中にこそ神はいる。作品は、ロドリゴの転向の背後に、沈黙する神を浮かび上がらせるのである。〈この国の霊〉の温和な姿を描きつつ、その背後に潜む暴力的な力に対峙しようとする「神神の微笑」と、日本の内部に取り込まれる司祭を描きつつ、それを媒介としてキリスト教の神を浮かび上がらせようとする「沈黙」と、両者は、日本語話者として日本をくぐり抜けながら、しかし日本に対峙しようとする姿勢において共通するのである。

〔注〕

（1）『新小説』一九二二・一。後第三節の一部を削除して『春服』（一九二三・五、春陽堂）に収録。初出時のタイトルは「神々の微笑」。

（2）「『神々の微笑』の意味」（『日本近代文学大系　月報4』一九七〇・二）。

（3）一九六六・三、新潮社。

（4）『高原』一九四八・三、七、一〇。引用箇所は「花あしび論（汎神の世界）」。
（5）「芥川龍之介『神神の微笑』」（『芥川龍之介研究年誌　2』二〇〇八・三）。
（6）南蛮寺に関する記述は、『日本キリスト教歴史大事典』、『岡田章雄著作集Ⅰ　キリシタン信仰と習俗』（一九八三・三、思文閣）、海老沢有道『切支丹史の研究』（一九四二・九、畝傍書房）によった。なお「奉教人の死」（一九一八・九）の語り手は、教会を〈えけれしや〉と呼んでいる。
（7）「『神神の微笑』について」（『信州白樺　芥川龍之介特集号』一九八二・二）。
（8）吉田精一『芥川龍之介』（一九四二・一二、三省堂）、佐藤泉「芥川龍之介　一九二二・一」（『青山学院女子短期大学紀要』一九九九・一二）。
（9）『日本精神分析』二〇〇二・七、文藝春秋社。
（10）「仮構の生——『大川の水』をめぐって」、『三好行雄著作集3　芥川龍之介論』（一九九三・三、筑摩書房）所収。
（11）一九二一・八・一七〜九・一二、『大阪毎日新聞』。後『支那游記』（一九二五・一〇、改造社）に収録。
（12）「芥川龍之介と谷崎潤一郎の中国表象」（『国語と国文学』二〇〇六・一一）。
（13）念のために言い添えれば、ここで問題としているのは、作品が踏絵のなかのイエスを〈あの人〉と呼んでいるという、作品内の呼称に関する事柄である。

〈髙橋博史〉

新約聖書学の衝撃

近代聖書学とイエス研究の進展

はじめに、近代聖書学とイエス研究の展開について最低限の確認をしておくこととしたい。近代のイエス研究は、十八世紀ドイツの神学者ラーマイルスに始まる。イギリス理神論の影響を受けた彼の中には、歴史的イエスと原始キリスト教の不連続性といった考え方がすでに見られるのである。十九世紀半ば以降、教会の権威による教義にとらわれず、聖書を科学的、実証主義的に研究しようとする動きが高まる。この背景には、厳密な正文批判により、当時ようやく信頼に価する聖書テキストが確定されつつあったという事情もある。はじめに四福音書に書かれたイエスに関する「事実」を比較検討することにより、歴史的実在としてのイエスを復元することが企てられた。しかしこれは多くの解決不可能な矛盾に直面した結果、科学的確定が不可能との結論に至った。次に各福音書の背後に多くの断片的な伝承群があると想定し、これらを類型として捉える方法が考え出された。一九二〇年前後にドイツで始まった様式史研究がそれであり、プロテスタント神学者ルドルフ・ブルトマンが有名である。様式史研究は、伝承類型の史的変遷を研究するが、各福音書記者がいかなる神学的傾向を持って伝承を叙述しているかという点に注意が払われない憾みがあった。そのため、一九五〇年代から、そうした弱点を克服する試みとして、福音書記者を編集者として捉える編集史的方法が提唱され、以後、聖書の歴史批評的研究方法の主流となった。

カトリック教会は近代聖書学の進展に深刻な脅威を覚え、一九〇七年に回勅を発布して教会内での批判的聖書研究に歯止めをかける。一九四三年の回勅で方向転換するまで、事実上近代的聖書研究は行われていない。カトリックの世界で様式史研究が採用され、プロテスタントの学者と同水準の研究が行われ始めたのは一九五〇年代に入ってからである。

日本においては、一九三〇年代から一九六〇年代終わりまで、内村鑑三に始まる無教会派の聖書学者が聖書の批判的研究を主導したとされる。塚本虎二など無教会派の学者が行う近代聖書学を用いたカトリック教会批判に対しては、司祭岩下壮一が教義学の立場から鋭い反論を行うが、日米戦争が始まる前に岩下は病没してしまう。そして、戦後は、ブルトマンらの業績が続々と本邦に紹介され、一九六〇年代には聖書学者による本格的なイエス研究が行われるようになる。一九七〇年代以降は、編集史的研究を用いた聖書学者により、世界的水準の聖書研究がなされるようになったのである（以上の記述は、主に、大貫隆・佐藤研編『イエス研究史』第三章から第十章、加藤隆『新約聖書はなぜギリシア語で書かれたか』第二部第十章、田川建三『書物としての新約聖書』第四章による）。

新約聖書学が与えた衝撃

遠藤周作が聖書学者の書物を本格的に読み始めたのは、四十代前半で『沈黙』（一九六六）を書き終えた後からである。作家として一区切りつけた自覚のあった彼は、今後の針路を探るなかで、聖書の理解をより一層深めようと思い立ち、聖書学者の書物を手にした。具体的には、翻訳を通してブルトマンをはじめとする西欧の学者の書物を読んだのである。その結果、彼は聖書に関する理解を深めるどころか、自分の存在根拠が脅かされるような衝撃に襲われることとなった。何が起きたのか。遠藤周作自身の言葉を引こう。

聖書学者たちによれば、イエスの死後、かなりの歳月の後に書かれた聖書はもはや現在には消滅したイエス語録を取り入れながらそこに原始基督教団の信仰から生れた創作をまじえて執筆されたと言ってよいのである。したがってイエスの本当の生涯は必ずしも聖書にそのまま記述されているのではなく、そこにイエス信仰から生まれたさまざまの創作場面が付加されている。／したがってこれらの学者の代表者の一人、ブルトマンによれば史的イエス（事実のイエス）はさぐればさぐるほど困難になってくるとも言えるのだ。つまり現在のイスラエルには真のイエスの足跡が地中深く埋められて、地上には伝承や裏づけのない巡礼地だけが散在しているように、聖書のなかにさえも、正確なイエスの生涯は原始基督教団の信仰から創られた付加物に覆われてしまっていると考えてもいいのである。／聖書学者たちがそれぞれの研究成果に基づいて書いたイエスの生涯を私は今日までかなり読んできた。悲しいことにはそれらの一つ一つはたがいに食い違う。この聖書に記述されている場面はたしかに本当のことだとある学者が言っているが他の学者はそれは後世の創作だと否定する。聖書学者ではない我々はその是非を判定する能力はないから、ただ戸惑うより仕方がないのである。

（「私の『イエスの生涯』」『遠藤周作による遠藤周作』一〇二頁）

要するに、聖書をキリスト・イエスについて調和的に書かれた書物として読むことができなくなったのである。「戸惑うより仕方がない」と穏やかな表現をしているが、実際には深刻な衝撃を受けていた。遠藤周作は、少年時代からのカトリック信徒であり、聖書について、全体としては一つの統一的世界を構築しているものと捉えていたからである。聖書学が内包する爆弾のような衝撃力については、聖書学者自身が、大学院で研究者として聖書を読み始めたときに「私の単純な信仰が少なくともそのままの形では学問研究の成果に耐ええないことを次第に思い知らされていった。」と述懐していることからも明らかであろう（荒井献『イエス・キリスト』一二頁）。

もっとも、遠藤周作がカトリック教会の教義に全幅の信頼を抱いていたならば、問題はそれほど深刻ではなかったと考えられる。岩下壮一の教義学よりする近代聖書学批判には、並々ならぬ説得力があるからである（岩下壮一『カトリックの信仰』第八章及び第九章参照）。しかし「私にはカトリックの教義で納得のいかぬ点もあったし、（中略）現在の西欧のカトリック神学の大きな背景の一つになっている聖トマスの思想と日本人の考えかたの距離感をいつも抱きつづけてきた。」（「初心忘るべからず」『遠藤周作による遠藤周作』一三一頁）と記すように、遠藤周作はカトリックの聖書解釈にも受け入れがたいものを感じていた。具体的には、処女降誕、奇跡行為、復活といった事柄を事実と見なすことと思われる。このような人間が、近代聖書学の緻密な論理に接したとき、大地が割れるような驚きを感じたとしても不思議はない。

椎名麟三に洗礼を授けたことでも知られるプロテスタント牧師赤岩栄は、カール・バルト神学から出発した人だが、やはりブルトマンの書物を読んだ結果、聖書の記述を従来のように調和的に読むことが不可能となり、その後の人生を大きく方向転換させた。彼は、自分の教会から日曜学校を廃止し、賛美歌を廃止し、祭壇を取り去る。そして最後に『キリスト教脱出記』（一九六四）を書くに至るのである。頭脳明晰な人であっただけに、西欧的な論理的思考の呪縛から脱却すること、もしくはそれを相対化することが不可能であったと思われる。ブルトマンを評して「講釈師見てきたような嘘を言い」と怒ったという椎名麟三は、赤岩栄の教会を去っていった（この言葉は後に引用する遠藤周作日記中にある）。遠藤周作は赤岩栄と聖書学との関係に言及しつつ、「あの時期、私もそれに多少似た危機を自分のなかに感じはじめましたので、もう一度自分もじっくり聖書というものを読み返して再検討しようという考えになっていたんです。それで『イエスの生涯』を書きながら小説の『死海のほとり』をいつか心の中で準備したんじゃなかったかなとおもいます。」と回想している（佐藤泰正との対談集『人生の同伴者』文庫版一六六頁）。

新約聖書学者への心理的反撥

生前に公開された一九六九年から翌年にかけての日記（全集第十五巻所収）を読むと、ホーダン、エレミアス、ブラーテン、シュタウファー、ボルンカムといった学者が登場する。遠藤周作は、個々の書物の内容以上に、彼らの学問的努力それ自体に強い心理的抵抗を覚えている。「哀しいことだが、こうした様式批評の学者たちの書物をひもとくたびに私は自分の確信を強めるどころか、卑俗な好奇心を――聖書の内容を破壊しようとする現代人の卑俗な好奇心を満足させるだけである。」（一九七〇年一月二〇日）、「彼等は自分たちの学問的追求が最も崇高だったものを卑俗化し、最も超自然だったものを日常的なものにし、最も劇的だったものを屑のような台本にしてしまうのだ。」「小説家としてこういう神学者の本を読む時、自分は彼等がこれらの本を書き終わって自分の裡の最も大切であった部分を失い、空虚感にぼんやりしている姿を想像してしまう。」（同年一月二二日）、「様式歴史派の神学者は自分の尾を呑んでいく蛇に似ている。あるいは自分の足を食べる章魚に似ている。」（同年二月一四日）といった批判的言葉を書き付けているのである。

様式史研究が福音書研究に新局面を切り開いたのは事実だが、学者ごとに個別の分析結果が相異なるのもまた事実である。また「様式史の研究者によってこのように分析されてみると、福音書記者は、ばらばらの伝承を集めて、たいして深く考えることなくそれをつぎはぎ細工しただけであって、福音書はいたるところに「論理的飛躍」がある惨憺たる文書だというイメージが浮かび上がってくる。」（加藤隆、前掲書一八三頁）と指摘されるように、福音書全体としての統一的世界像が毀損されてしまうというところも問題だ。

近代聖書学には反教権的意識が濃厚にあるが、その裏返しとして人間知性に対する信仰的といって良いほどの信頼――すなわち精緻な分析を重ねれば真理に到達するという確信がある。そこから慎ましさに欠けた権威主義が顔を出す場合がある。それも「教会の外に救いなし」とした第二ヴァチカン公会議以前のカトリック教会の権威主義と等しく、遠藤周作に強い反撥を感じさせたことだろう。面白いことに、言語論理による徹底した明晰さの追求は、スコラ神学にも近代聖書学にも共通する。両者はともに、西欧文明の落とし子なのである。

聖書学者の仕事に強い反撥を感じてはいたのは事実だが、それを椎名麟三のごとく大胆に拒絶することが遠藤周作にはできなかった。「彼等の研究や労作は、私のように聖書をひもとく日本の小説家にも教えてくれることが余りにも大きいことを承知して」いたからである（『キリストの誕生』第二章、全集第十一巻二一七頁）。

独自のイエス像を求めて

聖書と聖書学の書物を熟読するうちに、日本人に実感をもって理解されるイエス像を書かねばならないという思いが次第に強くなっていく。こうした使命感は、他のカトリック作家には見られないものだ。遠藤周作自身が何よりもそれを必要としていたのであろう。彼は教義上のイエスにも聖書学上のイエスにも心底からの納得がいかなかったから、自分自身の手でイエス像を構築するしかなかったのである。特に、新約聖書学の圧倒的な研究成果は、牧師赤岩栄を呑み込んだように、作家遠藤周作を呑み込んでしまうエネルギーがあったと想像される。

遠藤周作は、取材のためにイスラエルにも何回か足を運んでいるが、そこでも聖書学者の書物から受けたような打撃を受けている。

エルサレムの旧市街の汚水と家畜の糞でよごれた狭い路には「ここで十字架を背負ったイエスが倒れ給うた」と書いた、いわゆる十字架の道ゆきの一つ一つの銅版が壁にはめこまれているが、これなどは全く嘘である。イエス時代のエルサレムはその後、徹底的に破壊され、その残骸は現在の市の五十メートルほど下に埋もれているからだ。／最初、それを教えられた時は言いようもない失望感と幻滅とを感じた。私は小説家としても、イエスが歩かれた路、イエスが坐られた場所をこの眼で見、この手で触れたかったからである。

（「私の『イエスの生涯』」『遠藤周作による遠藤周作』二〇一頁）

言いようもない失望感と幻滅――この言葉から、遠藤周作が大人になってからも少年のような純朴さを持っていたことがうかがわれよう。この文章の後に、最初に引用した聖書学者に関する件りが繋がるのだが、それに続けて「イスラエルをたびたび訪れた私はエルサレムの陽光きびしい街角で、あるいはガリラヤ湖の岸辺で、もう、そろそろ、その戸惑いから脱却せねばと思った。一体、本当のイエスの生涯はどんなものだったのか。それを私は私なりに摑んでみたいと思った。」と記している。この切実な思いが、やがて評伝『イエスの生涯』と小説『死海のほとり』（共に一九七三）に結実する。

『イエスの生涯』と新約聖書学の研究成果

『イエスの生涯』は、そもそもは『死海のほとり』の創作ノートとして書き出されたものだ。人間イエスを、歴史的研究を無視することなく文学として描こうとしている。その際、基本的資料については教会が正典とした四福音書に限定している。この点で、彼が描き出すイエス像は必ずしもカトリック教会的ではないが、思考のフレームはカトリック的である。グノーシス文書や古代キリスト教大衆文学を参照したならば、より多様なイエス像に接することができ、違ったイエス像が描き出された可能性がある。遠藤周作に必要だったのは、いきいきと心の中で働くイメージとしてのキリスト・イエスだったからである。しかし、新約聖書外典がまとまって我が国知識層に紹介されたのは、彼が『イエスの生涯』を刊行した翌年に講談社版『聖書の世界』の別巻が出て以後のことであった。

先にも記したとおり、聖書学者の研究成果を踏まえた作品にしようと著者は企てている。たとえば、処女降誕、奇跡行為、復活については、これらを物理的現実世界における歴史的事実ではないとしている。ただし、彼は聖書学者とは異なり、「事実」と「真実」を区別して、これらのことがらについて、「事実」ではないが、「真実」であるとしている。また、イエスと原始キリスト教との不連続性についてはこれを認めない。「私は最近の聖書学者たちの研究を無視しなかった。逆にこれらの研究は「私のイエス」を浮かびあがらせるのに補強の役割をしてくれたと思っている。」（『イエス・キリスト』あとがき）と遠藤は記している。これは自分を聖書学者よりも優位と見なす不遜の言ではない。聖書学の論理に自分が閉じこめられてしまわないため、作家として芸術創造というコンテクストに聖書学の成果も置かせてもらったと語っているのである（遠藤が参照した聖書学者の書物については、管原とよ子「遠藤周作『イエスの生涯』における引用典拠」『キリスト教文学研究』第二五号、九〇—一〇〇頁、が詳しい）。

著者の意図が人間イエスの探求にあったことは事実だが、この書物自体が最終的に語ろうとしているのが「同伴者イエス」という「イメージ」であることにわれわれは注目しなければならない。「同伴者イエス」は、遠藤周作のイエスであり、歴史的実在としてのイエスではない。したがって、学術的に正否を論じるべきものではないのだ。

『死海のほとり』に見られる聖書学者批判

『死海のほとり』は、作者を思わせる四十代の小説家が主人公である。いささかの世間名があるが、実はキリスト教の信仰者としては危機に陥っているという設定である。彼はイエスとの関係に「けりをつける」ためにイスラエルに赴き、現地で学生時代の友人である聖書学者と再会する。彼の案内で市内を見て歩くが、そこで主人公は、先のエッセイの言葉を借りれば「言いようもない失望感と幻滅」とを味わう。この聖書学者は、やはり先に引用した日記中の言葉を借りれば、自分の「学問的追求が最も崇高だったものを卑俗化し」「自分の裡の最も大切であった部分を失い、空虚感にぼんやりしている」人物として造型されている。彼はイエスを見失っているのである。この二人の現在の物語と、古代イスラエルを舞台としたイエスの物語とが、交互に語られていく。イエスは奇蹟を行わず、ただそこにいるだけの、徹底的に無力な男として描かれている。そして小説の最後で、ナチスのガス室に連れて行かれる男の脇に同伴するイエスの幻が語られる。「同伴者イエス」である。このイエスの幻が主人公の魂を救済する予感を湛えて物語は閉じられる。

わたしの見るところでは、いかに単純素朴なものであったとしても、人々がそれぞれに大切にしてきた統一的イメージとしてのイエス像を見失わさせることこそが、聖書学がもたらす最大の問題点であると、遠藤周作は考えていた。先に引用した佐藤泰正との対談で、彼は『死海のほとり』に言及し「作者としてはあれは大事な作品で、ひとつの礎石」であると語っている。イメージとしてのイエスこそが大切なのだという確信に遠藤周作が行き着いた記念すべき作品だからであろう。しかし残念なことに、文壇的評価は芳しくなかった。迫害による信仰の危機を主題とした『沈黙』と違って、内部からの信仰の危機という主題を扱ったこの作品は、キリスト教と縁の薄い日本人読者には共感することが難しかったのであろう。国際交流基金の日本文学翻訳書誌データベースに拠る限り、海外への翻訳もなされていない。『死海のほとり』は読者を選ぶ作品なのである。

歴史上のイエス、教義上のイエス、イメージとしてのイエス

その後、遠藤周作は『キリストの誕生』（一九七八）を書き、『イエスの生涯』と合本して『イエス・キリスト』（一九八三）とする。遠藤周作独自のキリスト・イエス像がここに完成した。『沈黙』から十七年の歳月が経過していた。

やがて彼はスイスの深層心理学者ユングに傾斜していく。「教会の外にいる人々のための」ユング心理学は、またイメージの心理学でもある。理知的な人であっただけに、かえって、言語論理を超越し、多様な解釈を許容するイメージというものに惹かれていったものと考えられる。現実の母親とイメージの母親が違うように、歴史上のイエス、教義上のイエス、イメージとしてのイエスは、それぞれ異なるに違いない。しかし、人々の心のなかに生き、いきいきと働きかけるものは、おそらくはイメージとして体験されるイエスなのである。四十代の頃、

彼は西洋美術史上のイエス像の変遷について研究することを考えたこともある。イメージの大切さについてはすでに十分に認識していたのだ。

聖書学者が遠藤周作の著書『イエス・キリスト』を学問的に無価値だというのはもっともなことである。そもそも「イエス物」の小説や映画が商業的に成功する一般的傾向を聖書学者は歓迎していない。学術的に疑わしいイエス像が社会に広がることを懸念するからである。しかし「同伴者イエス」こそが本当のイエス像だと主張できないように、これは本当のイエス像ではないと断言することもできない。また生命を持つイメージを、死んだ標本のように概念的に捉えてはならないことも銘記すべきである。「同伴者イエス」が読者一人一人のなかでどのように生きるのかを一般化することは誰にもできない。

以上見てきたように、新約聖書学の衝撃は、遠藤周作が独自のイエス像を産み出すための起爆剤の役割を果たしたのである。

〔神谷光信〕

イエス像の変革

一　『沈黙』からの問いかけ

遠藤周作は、エッセイ「異邦人の苦悩」（『別冊新評』一九七三・一二）のなかで、「『沈黙』を書きあげたあと、『白い人』から文学的に自分に問うてきたテーマの第一期の円環を閉じたような気がしたし、今後書く小説は、この第一期を超えるものでなくてはならぬという気がしてきたのである。／『沈黙』を書いたあと、私が次に自分に課したテーマは、それでは日本人の信じられるような、また日本人の実感でわかるイエスというのはどういうものかということであった。」と述べている。

「日本人の実感でわかるイエスとはどういうものか」。遠藤のこうした問題意識は、カトリック作家として書き続けてきた遠藤自身の内面から必然的に湧き起こったものでもあろう。しかしまた、外から問われたもの、つまり『沈黙』に対する反響や多くの評言によって刺激されたものでもあり、『死海のほとり』および『イエスの生涯』で示された〈イエス像〉とは、ある意味でそうした問いかけへの解答と見ることができる。

『沈黙』が、カトリック教会に大きな波紋を呼び、一部の教会から禁書扱いにされたことは周知のことである。

『沈黙』の司祭ロドリゴは、切支丹禁制下の日本で彼の人生を賭けて布教に挑み、キリスト教を受けつけぬ「泥沼」のような日本の風土に衝突する。潜伏していた切支丹の部落を追われ次第に追い込まれていくロドリゴは、かつて彼にとって、「最も美しく」「聖らか」で、かつ「気高かった」イエスのイメージが、しだいに「疲れ凹んだ」、「不安と疲労ですっかり歪ん」だ、「汗を流して苦しんでいる顔」へと変化していくことを感じとる。そして最終的にはあの「踏むがいい。」の声を聞き、踏絵に足を掛ける。ロドリゴがここで踏絵のキリストに足を掛けることができたのは、ロドリゴ自身が、気高く崇高なイメージとしてあった〈教会で教えられる神〉ではなく、ともに苦しみ、汗を流し、疲れ切った等身大のキリスト、〈私にとっての神〉を自らの内に獲得したからにほかならない。「あなたにたいする信仰は、昔のものとは違いますが、やはり私はあなたを愛している。」こう語るロドリゴは、正統的なキリスト教信仰の枠を出るものではないのか。〈私のイエス〉を持つこととキリスト教信仰とが矛盾するものではないことを証明する責任を、遠藤は自らに課した。

二　〈私のイエス〉とその根拠を求めて

『死海のほとり』および『イエスの生涯』に示された〈イエス像〉には遠藤が目指した二つの方向性をみることができる。ひとつは、〈無力なイエス〉〈同伴者イエス〉への徹底したこだわり、追究である。そしてもうひとつは、新約聖書のなかにそのような〈イエス像〉の根拠を見出そうとしていることである。この二つのアプローチにより、遠藤は『沈黙』以後、自らに課したテーマに答えようとする。

江藤淳との対談（『死海のほとり』付録　一九七三・五）のなかで、『死海のほとり』のイエス像をさして遠藤は「（教会から）お叱りを受けるんじゃないかと思います。でも、もう仕方がねえや、五十歳になったんだからという気は多少あります。それがやっぱり挑戦的に見えるかもしれませんね。」と、自らの打ち出したイエスについて語っている。『死海のほとり』にいたって遠藤はさらに、教会のイエスではない〈私のイエス〉にこだわり、掘り下げている。奇蹟を行うことができず、疲れて痩せて弱々しく、ただ苦しむ者の傍にいることだけしかできないイエス。弟子たちにさえ見放され、裏切られるイエス。遠藤は、この作品で、〈無力であったがゆえに信じうるイエス〉を強調した。〈無力なイエス〉〈同伴者イエス〉のイメージはその後の遠藤作品においてゆるぎないものになっていく。

ここでひとつ注目しておくべきことがある。『死海のほとり』『イエスの生涯』にいたって、そこに見られる主題は、「〈ヨーロッパのキリスト教〉と〈日本人にわかるキリスト教〉」というテーマから、「〈教会のイエス〉と〈私のイエス〉」というテーマへと、微妙にスライドしている点である。遠藤は、「日本人にもわかるキリスト教」とは何かを問う前に、まずは一度〈私にとってのイエス〉とは何かを深め、捉えようとしているようにみえる。

そして遠藤は、自らの打ち出した〈イエス像〉に、徹底して新約聖書に基づく根拠を求めようとしている。前述の江藤淳との対談のなかで遠藤は、『死海のほとり』のイエス像が、「ただ小説家の思いつきだけで出来たんじゃないんだと言いたいんです」と述べている。遠藤がこう自負するのには、『沈黙』以後、実に七年以上の年月を聖書研究に費やしてきた事情がある。イスラエルへ幾度も足を運び、聖書を精読し、数多の新約聖書研究書に目を通した。そして連作短編「聖書物語」を『波』に連載（一九六八・五～一九七三・六）し、その成果として『イエスの生涯』を著した。綿密な聖書研究と考察により、〈私のイエス〉が〈私〉に限定され得ぬものであること、〈無力なイエス〉とは単なる幻像ではなく、たしかな根拠を持つものであるということを、遠藤は証明しようとしたのである。

三 〈イエス像〉の源流

遠藤が提示した〈私のイエス〉とはどのようなもので、それはいかなる根拠に支えられたものであったか。ここで、遠藤周作がどのように聖書のなかにイエスの根拠を見出していったのか、そのアプローチの仕方を検討しておきたい。遠藤周作のイエス像が、何を根拠に、どのようにして生み出されたものであるのかを知ることは、〈無力なイエス〉〈同伴者イエス〉の本質に迫るうえで欠かせない作業であると思うからだ。それを考えるうえで、ぜひ視野に入れておきたい存在がある。新約聖書学者シュタウファーと井上洋治の二人である。

(1) シュタウファー

周知のように『死海のほとり』『イエスの生涯』では、新約聖書学がひとつのキーワードとなっている。新約聖書学が伝統的なキリスト教信仰にもたらした衝撃は大きく、遠藤もまた例外ではなかった。遠藤は新約聖書学に大きな刺激を受け、『沈黙』以後さまざまな文献にあたって研究している。そして、『イエスの生涯』には、のべ十八名の歴史学者、聖書学者の名が挙げられている。また、一九六九年一二月から翌七〇年の二月にわたって書かれた「日記」のなかにも、複数の聖書学者の名前や書籍、それらに関する簡単な感想やメモが散見し、この時期、遠藤が集中的に多数の文献から新約聖書学関連の知識を吸収しようとしていたことを裏づける。

そしてそうした数多くの先行する新約聖書学説のなかで、とりわけ遠藤が影響を受けたと考えられるのが、シュタウファーなのである。シュタウファーの著作『イエス―その人と歴史―』(一九六二、以下『イエス』)には、遠藤の『イエスの生涯』と作品構成や提示された〈イエス像〉などにおいて、共通する部分が多く見出せる。[1]

シュタウファーのイエス論の特徴のひとつとして、ヨハネ福音書の記述に史実的根拠を認め、その流れにそってイエスの一生を辿る、つまり編年的にイエスの一生を記述していることが挙げられる。また、シュタウファーはさまざまな史料・資料を活用し、あえてイエスの活動年代を算出している。だが、新約聖書学のひとつの「成果」として、福音書の記述をもとにイエスの生きた年代やその足跡を特定することは不可能であるというのが、シュタウファーの時代すでに一般的な見解であった。福音書記者らは歴史記述の意図をもって福音書を編んだのではなく、それぞれの所属集団、及び記者自身の教義的意図にしたがって編集したと考えられているからである。それゆえ、シュタウファーの方法は、ブルトマンの「イエスの非神話化」に対抗するべく試みられたひとつの流れではあるものの、その正当性が評価されているとはいえない。

したがって、この点だけを見てもシュタウファーの方法、ひいてはそれを援用している遠藤周作のイエス論は、新約聖書学の立場からみれば時代の流れに逆行すると言わざるを得ないものである。遠藤がこのことに自覚的であったことは、『イエスの生涯』本文にも明らかである。しかしそれでもなお、遠藤はイエスを編年的に記述することにこだわり、その足取りを丹念に記そうとしているのである。

さらに、シュタウファーがイエスの外貌について言及していることもぜひ考えておきたい点である。たとえば次のような記述である。

しかし、われわれが聞いているのは、人々がイエスを見て四十歳代と解したということである（ヨハネ八・五七）。そのことから、イエスはあまり若くは見えず、当時おそらくすでにじゅうぶん働き切って、憂いをふくんだ顔をしていたと結論すべきだろうか。（『イエス』）

この記述は、『イエスの生涯』の次のような箇所を容易に連想させる。

ヨハネ福音書八章五十七節によれば、人々は三十歳代のイエスを見て、五十歳にならぬのにと言っている。この言葉は色々と解釈できようが、ひょっとするとおそらく年よりはイエスは老けて見えたのかもしれぬ。年より老けて見えたのは、その面貌に名ざすことのできぬ苦しみの影がいつもあったのかもしれぬ。疲れたその眼に苦しげな光が漂っていたのかもしれぬ。（『イエスの生涯』）

『イエスの生涯』冒頭は「彼の容貌を私たちは見たこともない。彼の声を私たちは聞いたこともない。／今から語るイエスはどんな顔をされていたのかも私たちは知らぬ。」と、イエスの容貌、声、顔立ちがどのようなものであったかという疑問を提示することから始まる。あるいはまた、『死海のほとり』のなかでイスラエルを訪れた「私」は、聖書学者の戸田に向かって、「実際のイエスは、どんな顔をしていたんだろう。」と問いかける。イエスの顔立ちや容貌がどのようなものであったのか。遠藤周作はイエスについて書くとき、たびたびイエスの顔について触れている。シュタウファーもまた、『イエス』のなかで、イエスの容貌に関心を抱き触れていることは興味深いことである。

むろん、遠藤はシュタウファーのイエス論を全面的に受け入れているわけではない。たとえばシュタウファーは、イエスの奇蹟についてもさまざまな史料により歴史的事実として認めうるという立場をとっているのに対して、『イエスの生涯』、『死海のほとり』のイエスは奇蹟を行えないイエスである。ただ、福音書の端々に見られる記述からイエスの姿を浮き彫りにしようとするシュタウファーの手法は、遠藤にとって多分に示唆的なものだったといえよう。

福音書の記述からイエスの一生を復元することが不可能であるとは知りながら、あえて編年的にイエスの足跡をたどる。イエスがどんな顔をしていたか知るべくもないことを知りながら、イエスの顔を想像する。遠藤のイエス像追究姿勢にはそんなこだわりを感じさせるものがある。イエスがどんな一生を生き、どんな顔をしていたかという具体的なイメージ、イエスの姿をつかむことは、たとえ聖書学的には無意味な作業であっても、小説家遠藤周作にとっては欠くべからざる作業であったにちがいない。遠藤の描くイエスは、きわめて人間的なイエスである。それゆえ、その方法には学問的にみていろいろと問題があると知りながらも、シュタウファーの示した〈イエス像〉は遠藤にとり、他の複数の聖書学者のなかでもとりわけ興味深い存在だったのではないだろうか。

遠藤は、聖書は必ずしもイエスの生涯を事実通りに追うものではないとし、聖書には福音書記者らの創作的意図が色濃く反映されていることを認めている。そのうえで、史実としての正確さよりも、そうした創作的意図のほうにより重い意味があるのだと主張する。遠藤はこの作品をあくまでも評伝として書いたというが、しかし一方作中では、小説家の視点で書かれたイエス伝であるともいう。遠藤は新約聖書学を根拠としてイエス伝を構築しているが、その際重視したのは史実的正確さではなく、いわば信仰者の真実というべきものであった。四人の福音書記者や、数々の伝承の担い手となったイエスと同時代の人々が、そのように信じ、また書き記さずにはいられなかった、つまり無数の信仰者たちの直接目に見えない思いや信仰こそが歴史的な事実以上に重いと遠藤はいう。遠藤は『イエスの生涯』で提示したイエス像を、「資料的に裏付けることのできる」ものだと主張しているが、その資料を支えるのが、歴史学者の場合には「事実」でなければならないのに対して遠藤周作の場合は「真実」であるということになる。これは『イエスの生涯』に一貫する姿勢であり、そうである以上、新約聖書学者の批判と遠藤の主張とは、どこまでも平行線を辿らざるを得ない。

遠藤は、新約聖書学者、たとえばこのシュタウファーのなかにも「信仰者の真実」を見たのではないかと私は考えている。『イエスの生涯』のなかで遠藤は、「ブルトマンはこうした聖書のなかの事実と創作との区分けをしながら、遂に『聖書のなかの史的イエスの姿はますます我々に遠くなる』と絶望的な言葉を洩らした。」という。新約聖書学の進展により、伝統的なキリスト教信仰は必然的に〈イエス像〉の転換を迫られた。シュタウファーの試みは、ブルトマンらによって否定された「史的イエスの姿」を新たな方法でもう一度捉え直そうとするものであったといえる。

遠藤のシュタウファー受容姿勢に、一方では新約聖書学の成果を認めつつ、他方では事実性のみを追究して人間の切実な願いや思い、信仰を切り捨ててしまったことへの批判の目を見ることができるのである。

（2）井上洋治

遠藤周作が〈私のイエス〉を深めていく過程で、井上洋治の存在もまた重要だったはずである。一九五〇年、フランス留学へ向かうフランス船マルセイエーズ号の船上で出会って以来、遠藤周作と井上洋治が生涯にわたり交友関係を持ち続けてきたことはよく知られている。

井上洋治もまた、「日本人の心情で日本人の心の琴線をふるわせる――それはそのまま私自身の心の琴線をふるわせるということでもあるのだが――かたちでイエスの教えをとらえなおさなければ日本にはキリスト教は育つことはないと」考え、そのようなキリスト教とは何かを考えることを「自らの課題」ととらえている。そして遠藤周作を「同じ課題を背負」う者と見ている（「十五分間の語らい」『文学界』一九九六・一二）。文学と神学というそれぞれの立場は違っても、「同じ課題」について各々が考え向き合う際、互いの存在に励まされ、影響を与え合っていたことは両者の様々な著作や発言からうかがい知ることができる。[2]

『日本とイエスの顔』（一九七八・九）のなかで井上は、神とは主体に対する客体のように概念化したり、対象化したりできるものではなく、それゆえに知性によってとらえることはできず、ただ体験する以外にないものだといい、仏教で言うところの〈無〉とか〈空〉にあたるものだと説明している。そして、「どうしたら私たちがそれを体験し知ることができるかを示すところにイエスの教えの意味があり、それを可能にさせるところにイエスの生涯の意味があ」ると述べる。さらに、「イエスの死の十字架の上では奇跡はなかったということ」が重要で、「イエスを信じ、神の悲愛を信じるということは、一見弱く無力で惨めなイエスの死であったからこそ、まさにイエスは神の子であったということを信じることにほかな」らず、「一見無力で惨めな悲愛の生涯であるからこそ、実は限りなく力あり崇高なものであるという悲愛の逆説を信じること」だという。「悲愛」という言葉を井上は「アガペー」の訳語として用い、「相手と同じ所に立って、無心に〝共に喜び共に泣く〟愛であり、相手の弱さやみじめさを最後的には己の上に素直に担う愛」だと定義している。井上の内部にもまた、「一見無力で惨めな悲愛の生涯」を送ったイエス、また、「相手と同じ所に立って、無心に〝共に喜び共に泣く〟」イエスの姿、つまり遠藤のいう〈無力なイエス〉〈同伴者イエス〉に通うイメージがあったといえるだろう。

ただ、井上は同書で『死海のほとり』『イエスの生涯』について、「そのイエス像に賛成すると否とにかかわらず、初めて深く日本の精神的風土にキリスト教がガッチリと嚙み合った、画期的な作品」（傍点筆者）と評している。肯定的な評価ではあるが、遠藤の示した〈イエス像〉に関しては明確な判断を避けていることがわかる。

武田友寿は、遠藤と井上の神のとらえ方の相違は「母性」と「父性」にあるとしている（『「沈黙」以後』一九八五・六）。つまり武田は、遠藤の描く神、あるいはイエスがどうしても「女性的なもの」「母性的なもの」へと短絡する傾向があると述べ、その点井上は、イエスが神に対して《アバ（父よ）》と呼びかけたことを踏まえ、「父なる神」にもかぎりない「親愛、親近の愛情をこめ」ていることを指摘する。遠藤周作は「父の宗教、母の宗教」（『文芸』一九六七・一）で、キリスト教は父母的な側面があり、怒り、罰する父性的な側面と、ゆるし、愛する母性的な側面があると述べたが、井上洋治の見方は〈ゆるす神〉〈愛する神〉が父性であってならない理由はなく、むしろ《アバ（父よ）》という呼びかけには父なる神に対する信頼があることを伝えるものとなっている。武田友寿は、このような両者の相違が、さきの井上の「イエス像に賛成すると否とにかかわらず」という、言外に若干の批評性を含む表現に反映しているとみる。

井上洋治が、遠藤周作の〈イエス像〉をこうした留保を踏まえた上でとらえ、無条件に同意しているわけではないらしいことには、司祭としての井上の立場によるところも当然あるのであろう。だが〈母性的な神〉であれ〈父性的な神〉であれ、そのイメージは、荒野の預言者ヨハネが示した厳しく恐れる神ではなく、すべてのものを包み込み、温かなまなざしを注ぐ神であり、両者の間にはやはり通底するものがある。

遠藤は井上の前掲著と同名のタイトルを関したエッセイ、「日本とイエスの顔」（一九七八）のなかで、文学と神学は相容れぬものだという苦悩を常に抱いてきた自分自身にとって、「井上神父のこの『日本とイエスの顔』は大きな慰めとなる。強い支えとなる。（中略）少くとも私は自分の『沈黙』や『死海のほとり』『イエスの生涯』の裏づけとなる神学的理論をこの本の随所に見出すことができるのだ。彼と私とが登ってきた路は神学と文学という違った路であったが（中略）相似たるもの、相交るものをいつの間にか持てたような気がするのだ。」と述べている。

結

日本人の心に合うキリスト教とは何か。その課題への解答を模索して、遠藤はまず〈私のイエス〉を徹底的に掘り下げ、そこに〈無力なイエス〉〈同伴者イエス〉の姿を見出した。さらに丹念に聖書のなかにその根拠を追い求め、事実以上に重い信仰者の真実というものに至り着く。

小説家遠藤周作としては、やはりどうしても肉感のあるイエス、歴史と顔とを持ち、無力且つみじめにその生涯を終えた具体的なイエスが必要だったのであろうし、また〈母なるもの〉のイメージも決して放棄しうるものでもなかった。しかし、そうした個人的な内面に発するイエス像もまた、真実であるといいうること、普遍的なものとして開きうる要素を持つものであることを、長い遍歴を経て摑み取っていったのではないだろうか。

〔天羽美代子〕

〔注〕

（1）シュタウファーの示したイエス像との影響関係については、拙稿「遠藤周作『イエスの生涯』における〈イエス像〉造形過程の一考察」（『高知大国文』第三十五号　二〇〇四年一二月）でまとめているので詳述を避ける。

（2）山根道公「遠藤周作と井上洋治――背中合わせの戦友――」（二〇〇四・五）は両者の著作や発言にもとづき、互いの影響関係について詳しく論じている。

ユングへの共鳴

ユングをはじめて知ったとき、「助かった」という解放感をしみじみ味わった。

遠藤周作がこのように書いたのは、一九八四年、『新潮』の連載においてであった。これは小説作品では『侍』『女の一生』の後、『スキャンダル』の前の時期に当たる。だが、遠藤周作はどう助かったのだろうか。

ユングの著作は一九五〇年代から本格的に日本語に翻訳されはじめ、河合隼雄の『ユング心理学入門』(一九六七)をきっかけに「ユング・ブーム」が起こったと言われている。一九七〇年代にはユングの自伝も翻訳され、「難解」であるとされる後期の元型論や宗教論も、一九八〇年代の半ばまでにあらかた紹介が済んでいた。冒頭の発言を含む遠藤の文章は、前年の小林秀雄の遺作においてユングが論じられかけていたのを引き受ける形で書かれている。ちょうど日本の文学者がユングに向かいあう機が熟していたと言えるかもしれない。

さて、遠藤がユングを読んで「助かった」ので、その後の『スキャンダル』や『深い河』にはユングの影響が濃く、ユング心理学の視点からもっともよく理解できる、というふうな単純な話にはならないだろう。(そのような関係はむしろ、ヒックの神学思想と『深い河』の間に探せそうである)。遠藤周作とユングは、かたや小説家、かたや心理学者であるが、ともに人間の本質をとらえることを仕事として生きた人物であり、その点で心理学者に優位を与える必要はない。遠藤はユングに「共鳴」したのであり、遠藤作品にユング心理学からの一方的影響を探し出し、それを選り分けるような作業は実り多くなさそうである。

キリスト教について言うならば、遠藤は母から与えられたカトリックの信仰を大切に身にまとい、ユングはプロテスタントの牧師であった父への反発の中で信仰を身につけた。一見対照的な二人だが、キリスト教に身を寄せつつ、キリスト教界を挑発し、刺激するメッセージを発し続けたという点では似通った立場にあったとも言える。

『スキャンダル』をめぐって

ここであらためて冒頭に引いた遠藤の発言の前後を見てみる。
ユングを読むことで、無意識をたんに抑圧したものの溜り場所とみなし、そこを罪の温床と考えたモーリヤックやグリーンの視点から、解放されたことは事実である。
ユングをはじめて知ったとき、「助かった」という解放感をしみじみ味わった。暗いトンネルから抜け出たような気持でもあった。なぜなら、くりかえして言うことだが、ユングは個人無意識のほかに集合無意識と元型とを認めることで、この心の秘密の領域をフロイトのように病的な歪んだものに限定せず、もっと創造的で、もっと人類全体につながる場所にしてくれたからである。（『私の愛した小説』六〇頁）
フロイトもユングも、無意識に支配され、突き動かされているという人間観に立っているが、ユングはフロイトの言うような幼児期のトラウマや性的欲望ばかりでなく、創造的な――したがって未来の可能性へと開かれた――力を無意識の中に認めたわけである。

遠藤の「心の秘密の領域」という言葉からただちに連想されるのは、『スキャンダル』の主人公勝呂の二重身体験である。功成り名を遂げた老キリスト教作家が、晩年になって、良識者としてのペルソナを脅かすような自らの影法師に出会う。このもう一人の自分は、少女ミツに向けられた暗い性欲が人格化されたものに見える。ある意味でまことにフロイト的な無意識の生み出したようなイメージである。

しかし主人公の老作家は、性と死の倒錯した魅力をわがものとして生きている成瀬夫人を介して、影法師が自分自身の半面であることを否応なく認めされられ、やがて自らの欲望の本当の性質を徐々に理解していく。成瀬夫人の告白を聞かされたとき、彼は次のように考える。

小説家でありながら彼はそれにどう意味づけていいのか、どう解釈していいのかわからず、ただ黙っているより仕方がなかった。言えるのは、今、耳にしたすべてが悪の話だということだった。彼が今日まで書いてきた罪の話ではなく、悪の話だということだった。（『スキャンダル』一三五頁）

すなわち、性と死の絡み合った暗い衝動は、「罪」という言葉で理解される、個人的要因に帰せられるようなものにはとどまらない何ものかを含んでいる。ただの抑圧された性欲ではない、より根源的で普遍的な何かへとつながっているということである。老作家の独白——

醜悪世界は何を教えようとしているのだろうか。それがまったくわからないのだ。ただぼくのかすかな希望は、その醜悪世界をも光が包んでくれるのではないかということだ。（同前、一五九頁）

『スキャンダル』に現れる「光」には、臨死体験者を包むだいだい色の光、出産の瞬間に赤ん坊によって体験される光明がある。「醜悪世界」において隣り合わせに描かれた死の願望、殺人の願望と、糞尿にまみれて汚れた（と遠藤は表現するが）羊水の中に戻りたいという子宮回帰願望が、救いの「光」へと近づけられる。

ということはつまり、善良な読者に支持されてきた老作家が醜悪な性に身を任せたからといって、その基盤は非個人的な背景にあり、彼個人の道徳的資質や文学の価値を毫も貶めるものではない。成瀬夫人の病院でのボランティアについてもそうである。主人公も夫人も、倒錯的な性に溺れて破滅していくのではなく、自らの内部に悪の正当な居場所を見つけていく。その悪は意識化することによって解消してしまうべき「症状」ではない。それどころか、救いへの可能性さえそこに見出されるかのようである。

このような人間を描くことができたので、遠藤周作は「助かった」のであろうか。つけくわえていえば、人生の後半において、それまでに生きてこなかった人格の半面に気づき、その暗い姿（「影」）を直視し、我がものとして認めるというのも、ユングが掲げた「個性化」——人格の全体性の実現——の中心テーマである。しかしそれでも、『スキャンダル』をもって遠藤周作とユングの共鳴について語ってしまうのはいかにも物足りない。無意識が「創造的で、もっと人類全体につながる」ということ、端的にいえば宗教の問題が描かれていないからかも知れない。

元型をめぐって

遠藤がユングへの共感を述べた言葉をもう少し見る。「自分の心の層のなかに、長い長い祖先たちの経験や感覚が遺伝的に埋まっているのではないか」と漠然と感じていた遠藤は、それをユングがはっきりと主張しているのを知って悦んだという。すなわち、人間の経験のパターンが心の集合的な層に埋め込まれているという「元型」の理論である。ユングは、英雄、グレートマザー、トリックスター等々の神話的人物像を元型として数えあげたが、遠藤は貴種流離譚を例にあげながら、「物語元型」とでも言うべき、物語を作り上げる典型的パターンも人間の心の中にあらかじめ組み込まれているのではないかというアイディアを出している(1)。

さらに遠藤は、元型が多すぎるのがユング説の弱点なのではないかという不満を漏らし、数多くの元型よりもむしろ、一つの元型に関心を寄せている。

それらの元型は無意味に我々の無意識のなかにあるのではなく、元型のひとつひとつか、あるいは元型の総体が実はある大きな存在を志向しているのではないかということである。率直に言おう。我々の無意識の元型はそれぞれ我々をこえたもの——つまり神を志向しているのではないか。（『私の愛した小説』六二頁）

しかし、実はこれはまさにユングの言う「自己」の描写となっている。むしろユングがこの通りの立場に立って、さまざまな元型が「自己」に従属するかのような議論をしがちなので、それが批判の対象となっているほどである。たとえばジェイムズ・ヒルマンは、ユングが自己ばかりを特権的に重視するのは牧師の息子の神学者気質のせいだと批判している(2)。また、無意識をよく観察して個々のイメージを尊重するならば、一人一人の人間はもともと個性的存在であるとわかるので、個性化や自己実現といった一方向的超越を追い求めるのではなく、各者各様の自分自身のダイモーンを見つけるべきだということも言っている(3)。

また、遠藤周作が多くを学んだと思われる河合隼雄も、ユング派の中ではどちらかというとヒルマンの元型心理学派と自分の立場が近いと考えていたようである。西洋人と日本人は心の構造も文化的伝統も異なると考えてユング心理学の受け売り的直輸入を嫌った河合は、やはり「自己」を特権的に重視することはないようである。したがって遠藤が言うような、元型の総体が神を志向しているという考え方は——その神がキリスト教的な神である限りにおいて——、河合隼雄からは出てこないかもしれないが、実はユング自身の考え方にかなり近いものとなっている。

神をめぐって

遠藤によると無意識とは「創造的なエネルギー」が宿り、「秩序と平衡とを促す神秘なX」がはたらく場所である。そして、無意識の元型の総体が「ある大きな存在」すなわち「神」を志向する。だが「神」はどのようにして現れるのだろうか。これはユング理解の根幹に関わるところであり、ここに遠藤周作とユングの共鳴点を探りたい。

私は、臨床的心理療法としてのユング心理学を一言で理解しようとするときに、彼の自伝に現れるある特徴的なフレーズに注目するのがよいと考えている。「情動をイメージに変換する」というのがそれである。

この表現は、ユングが自己治癒のために試行錯誤する中で出てきたものである。一九一〇年代にフロイトと袂を分かったユングは、たびたびグロテスクな幻覚に見舞われるなど、異常な精神状態の中で独自のヨーガを試み、瞑想を行っていたが、その中で得られたのが、無意識からやってくる情動をイメージとして把握することによって心が鎮められ、安定するという洞察であった。いわば、ユング自身がユング心理学によって「助かった」というこの経験を経て、彼は独自の心理学を打ち立てていく。マンダラ図形を描くことで心が安定するというよく知られた発見も同じ時期のものである。

この洞察はユングの少年時代の体験にルーツを持つ。一二歳になる夏のある晴れた日、陽光に輝くバーゼル大聖堂を前にして、空の上の創造主のことを考えたユングは急に息苦しくなり、「何か恐ろしいことが起ろうとしている」という漠然とした不安に脅かされる。三日三晩、罪の予感に怯え苦しんだすえ、ユングは逃げずに考えぬく決断をした。そして、自分の罪も不安もすべてが神から課せられたものであり、勇気を試されているのだと結論したところで、凄まじいヴィジョンが現れる。それは、神が天高い玉座からおびただしい量の糞便を垂れ流し、美しい大聖堂を粉々に破壊するという冒瀆的なものであった。ユングはこの「啓示」によって言いようのない解放感と幸福感を感じ、神の恩寵に感謝して涙を流した(4)。

意識に受け入れがたい内容が無意識に渦巻くとき、内的な葛藤が最高潮に達する。塞き止められ出口を失った心的エネルギーは自らを表現するような適切な象徴を求めて荒れ狂う。緊張が頂点に達したときに、葛藤とその調和を表すようなイメージ—対立と結合の象徴—が現れ、水路を与えられたエネルギーは正しい流れに戻り、心が凪に戻る。このようなダイナミズムが作用するために、ユングの心理療法においてイメージがきわめて重要な役割を果たしている。限界まで葛藤を突き詰めて苦しみ抜いたところで、無意識からつかみ出されたイメージに全身全霊を委ねきるというところにユング的な救い、宗教がある。

私の見るユングの心理学的宗教論の醍醐味はこのようなものだが、遠藤周作にこれに対応するようなものを見つけだすのは難しいかもしれない。というのはユングの体験はきわめてプロテスタント的な文脈から出てきたものだからである。告解によって罪が許されるという回路がなく、宗教的感情を投影し、解放するための神像や儀式もない。おまけに父親は懐疑に疲れた牧師であるという条件のもとでの体験なのである。

余談めくが、メル・ギブソン監督の映画『パッション』では母親の視点からのカメラで、イエスが打たれ、血を流すシーンが続く。私はあれを見て、とりわけカトリックの女性にとってのイエスは、救い主である以上に傷ついた息子なのではないかと感じた。そういう複雑で豊かな感情を引き受ける装置がプロテスタントには乏しいというのもユングが述べているところである。

『沈黙』をめぐって

遠藤作品の中の印象的なイメージには、たとえば『深い河』の、インド人の苦しみと慈愛の結合を象徴する女神チャームンダーがある。しかし、ここでは、内的なイメージとして、『沈黙』のロドリゴに現れるキリストの顔を取り上げてみたい。

ローマから日本へと旅立った司祭ロドリゴは、宣教の夢と希望に燃えている。彼は正義であり力である教会の側に立っており、彼が脳裏に思い浮かべるキリストは墓から復活し、十字架を掲げる王であり、「励ますような雄々しい力強い顔」をしていた。ロドリゴは「男がその恋人の顔に引きつけられるように」その顔に引きつけられている（『沈黙』二七頁）。

日本に着いてから、キリシタンの迫害を目の当たりにして踏み絵を容認する発言を口走り（六七頁）、神がいないのではないかという疑念が頭をかすめるが（八六頁）、捕われの身になった当初、ロドリゴに現れたキリストは「碧い、澄んだ眼」で見つめ、「自信にみち溢れている顔」をしていた（一三六頁）。しかし、井上筑後守に相まみえ、確信が揺らぎ始めるとキリストの表情も徐々に変化せざるを得ない。軽蔑を吐き捨てるようにキチジローに赦しの秘跡を与えた夜には、キリストは「うるんだ、やさしい眼」でじっと見つめた（一四九頁）。同志ガルペの処刑を見せつけられ、自分の命と引き換えに百姓達が死んでいくという現実を前に浮かぶのは「死ぬばかり苦しみ、汗、血の雫の滴った」ゲッセマネで祈るキリストの顔であった（一七六頁）。さらに、棄教させられたかつての師フェレイラの言葉によって日本布教そのものの意義が不透明になり、死の予感が迫ってくると、キリストはもはや王ではなく弱者に寄り添いともに苦しむ存在となり、「優しみをこめた眼差しで」見つめる（二〇六頁）。

そしてクライマックスにおいてロドリゴが出会うのは、薄汚れた木の板にはめこまれた踏み絵のキリストであった。ロドリゴは、「ふむがいい」という声を聞きながら、多くの足に踏まれて摩滅し、へこんだ「みにくい顔」に足をかける。この瞬間、踏み絵のキリストに、「自分の生涯で最も美しいと思ってきたもの、最も聖らかと信じたもの、最も人間の理想と夢にみたされたもの」であるキリストの顔、旅の途中で浮かんだすべてのキリストの顔、が重ね合わされ、ロドリゴの足は痛み、心はきしみ、そして、まったく新しい救いがもたらされた。

これをユング的に表現するならば、ロドリゴは限界状況の中で抵抗に抵抗を重ね、意識と無意識の最高度の対立の中で、ついに浮上した新しい神のイメージをつかみ取ったということになろうか。それはずっとキチジローに寄り添っていたがゆえにロドリゴにはなおさら受け入れがたかったキリストの姿であった。このキリストは、ロドリゴだけでなく、キチジローも、ペトロも、ユダも、誰であれ弱き敗北者を赦し、ともに苦しんでくれるキリストである。

日本への旅立ち以来、もちろんそれ以前からも、ロドリゴはずっとキリストの顔を思い浮かべて対話してきた。その顔はロドリゴの無意識が投影されたものであり、また逆に無意識を時に鎮め、かき立て、方向付けてきた顔である。そしてこの顔は、転び——回心といってもよいだろうか——の瞬間も見守っていた。だが、いかにしてこの回心は可能になったのか。葛藤の最後にキリストを現したのは粗末な踏み絵であった。この銅製の像は、ロドリゴの無意識の投影を引き受けるための、実に適切な象徴であったということになる。これが門出のときに思い描いていたような雄々しいキリスト像であったら、あるいは、聖母子像や聖書であったらどうだったのか。「ふむがいい」という声は聞かれず、踏み絵の瞬間は苦い挫折と敗北となり、新しい救いの時にはならなかったかもしれない。現れたキリストは、ロドリゴの無意識から浮上してきたものであるが、それは踏み絵のキリスト像というイメージの媒介作用があってはじめて可能になったのだと言えるだろう。

神話を発展させる

最後に、「キリスト教の神話を発展させる」ということについて触れておきたい。これもユングの自伝から引いた表現である。宗教的象徴や神話は人間の心理内容が投影されたものであるが、もしも人間の心が時代とともに発達するのであれば、それにあわせて神話のほうも発展すべきであるという論理に基づいている。しかしキリスト教はそれを怠ってきた。ユングが異端的で冒瀆的な神体験に曝されてしまったのもそのためである。もしも聖書に書かれていることをしっかりと受け止めてきたなら、神のイメージも適切に変容してきたはずである。ユングは、旧約の神の像がヨブ記を契機として揺り動かされ、イエス・キリストというイメージを生み、聖母被昇天の教義によって神の人間化のプロセスがいっそう進展したと主張し、『ヨブへの答え』（一九五二）などの著作では、女性性や悪をも含んだ四位一体の神のイメージについて語っている。

ユングはまた、神智学徒のように自らの根を無視して東洋の神に飛びつく西洋人の態度を常に批判した。発展させるべきは自らの無意識の根を形成している神話なのであって、よそから借りてきたお仕着せではない。神話を発展させるとは、安易な土着化でもなければ、恣意的な接ぎ木でもない。

遠藤周作のキリスト教は、師・吉満義彦(5)とは異なり、日本を飛び越えたキリスト教ではなく、日本人の心にいかにして染み込み得るのかを常に問い続けたキリスト教であった。しかし、かといって、『侍』のインディオとともに暮らす元修道士のように自分のキリストは西洋人の信じるキリストではないという言い方もしないであろう。遠藤周作のキリスト教との格闘は、聖書に書かれた通りのキリストを、ただ素直に日本人の心で受け止めようとした結果であるように思われる。それは、母にもらった洋服を自分に合うように繕いなおして着つづけることでもあったが、そこに、ユングが父親の宗教であるキリスト教の神話と向かい合った態度とどこかで通じ合うものを感じる。もちろん、『沈黙』を書いた遠藤はまだユングを読んでいなかったのであり、ここで遠藤周作とユングとが共鳴しあうとするならば、それは、われわれ読み手の内部での響き合いの問題である。

〔高橋　原〕

〔注〕

（1）オットー・ランクによる古典的著作『英雄誕生の神話』（一九〇九）において、貴族階級に生まれた後、捨てられるという英雄神話の特徴が指摘されている。ユングであれば、高貴な本質あるいは神的性質からの疎外とその回復というテーマに、グノーシス神話との親縁性を読み取るかもしれない。

（2）デイヴィッド・L・ミラー編『甦る神々―新しい多神論』桑原知子・高石恭子訳、春秋社、一九九一年。

（3）ヒルマン『魂のコード』鏡リュウジ訳、河出書房新社、一九九八年。

（4）ヤッフェ編『ユング自伝1』みすず書房、六六頁。

（5）鶴岡賀雄「吉満義彦の「近代日本カトリシズム」」『季刊日本思想史』七二、二〇〇八年。

〔テキスト〕

遠藤周作「私の愛した小説」『遠藤周作文学全集　一四』新潮社、二〇〇〇年。
遠藤周作「スキャンダル」『遠藤周作文学全集　四』新潮社、一九九九年。
遠藤周作『沈黙』新潮文庫、一九八一年。

ヒック神学との合致——神は多くの名前をもつ

遠藤周作とJ・ヒックのいわゆる「ヒック神学」との出会いは、『『深い河』創作日記』（一九九七）の一九九一年九月五日の記述に象徴的に描かれている。純文学に久しぶりに取りくむことを決意した遠藤はそのための読書を行っていることを記し、「数日前、大盛堂の二階に偶然にも棚の隅に店員か客が置き忘れた一冊の本がヒックの『宗教多元主義』だった。これは偶然というより私の意識下が探り求めていたものがその本を呼んだと言うべきだろう。かつてユングに出会ったときと同じような心の張りが読書しながら起ったのは久しぶりである」と、その出会いを興奮気味に振り返っている。また遠藤は続けて「この衝撃的な本は一昨日以来私を圧倒し、偶々、来訪された岩波書店の方に同じ著者の『神は多くの名前を持つ《ママ》』を頂戴し、今、読み耽っている最中である」とも、その興奮冷めやらぬ様子を記している。

そして、この『創作日記』の記述により、これまでの研究において『深い河』（一九九三）は、「ヒック神学」との関連で論じられることが多い、というよりもヒックについて言及することなしには論じられない作品となったとさえいえるかもしれない。特に武田秀美の一連の論考は、両者の関連を詳細に論じたもので、その代表的なものということができよう。(1) だが、こうした論考は、奇妙なことにほぼ一様に同じ結論に至っているといえる。それは端的にいうならば、『深い河』は確かにヒックの神学の影響を受けて描かれた作品ではあるが、それだけではなく、遠藤の独自の宗教観とでもいうべきものが提示されているという結論である。武田がいう「多元的宗教観」もまた、遠藤独自の宗教観として提示されたものということができる。つまり、遠藤はヒックとの邂逅を衝撃と感じているのに対し、研究ではヒックの影響はそれほど強いものではなく、『深い河』には遠藤独自の宗教観が描かれているとされているのである。では、遠藤が感じた衝撃とは何だったのだろうか。おそらくそれを探るためには、遠藤、ヒックともに存在した、現代日本と宗教をめぐる問題に関する言説空間をとらえなおす必要があろう。遠藤が『創作日記』[2]で手にしたヒックの著作は、刊行から五年以上経った翻訳書であることは重要な問題を孕んでいると思われる。

一　ヒックの「宗教多元主義」と『深い河』

「ヒック神学」とは、多人種的社会、多文化的社会の現代英国に住んだ経験から、キリスト教中心の社会ではなくなった現代社会における多元化現象を認知した上で生まれたものである。その姿勢は明確で、キリスト教中心主義、つまり「教会の外に救いなし」、「キリスト教の外に救いなし」などの言葉にある、「救い・解放」を「一つの特定の伝統に限定」して考える「排他主義」や、キリスト教の信仰を持たない者でも、神の意思の遂行をしようと求める者は「無名のキリスト教徒」とする「包括主義」を、一宗教の独善的な誤った考え方と批判するものである。そして、それらに代わるものとして「宗教多元主義」を提示することでキリスト教の変革を求める方向を打ち出している[3]。これは新しい宗教共同体の形成の可能性を探るものといってもよいだろう。

この「宗教多元主義」は「諸宗教の宇宙はキリスト教中心でも、それに代わるどの宗教を中心にしたものでもなく、「神」を中心にまわっている」という見解から、どの宗教にも共通する「究極的に同一の神的存在」との概念を提示するものである。この「究極的に同一の神的実在」という定義では、キリスト教、イスラム教などの有神論的な宗教形態における心的存在も、仏教に代表される非有神論的な宗教形態における、「ブラフマン」、「ダルマ」、「タオ」といった心的存在も、それぞれ人格的にそれをとらえているか、非人格的であるかの違いがあるだけで差は無いと考えられている。つまり、具体的な形態あるいは様式において思考され体験されているところの同一の実在性として考えられているのである。そしてそれに人間が応答を行うことで、「自我中心から実在中心への人間存在の変革」を為す必要があるとした。ヒックのこうした主張は、究極的な神的実在に対する人間からの応答が、すべての偉大な宗教的伝統内においてであり、その形がさまざま異なるものとして生じていることを認めるものといえよう。「救いの道・解放の道・悟得の道・見性がただ一つしかないというのではなく、その道が多数あることを率直に認める」という意味での多元論を主張するものである。

以上のようにまとめられるヒックの定義は、いいかえれば、どれが正しい宗教かではなく、人間と究極的な神的実在との関係を広い意味での宗教ととらえて、その応答は幾つあってもよい、宗教はそれぞれ本当の答えだとするものといってよい。情報化の進展によって発露した多文化、多民族、多宗教的世界の現実を踏まえたキリスト教からのひとつの返答ととらえることができよう。

『深い河』において、こうしたヒックの言説からの影響は、主人公の一人であるカトリック司祭大津の言葉として作品にあらわれている。たとえば、「他の宗教の立派な人たちは、いわば基督教の無免許運転をしているようなものだとあるヨーロッパの学者がおっしゃっていましたが、これでは本当の対等の対話とは言えません」という言葉は、「包括主義」的な態度を独善的と批判するヒックの立場と通じるものがある。そして「本当の対等の対話」のために大津は、「ぼくはむしろ、神は幾つもの顔をもたれ、それぞれの宗教にかくれておられる」と考える必要があるともいう。この「神」的存在をキリスト教以外の宗教にも見出すことができるとし、他宗教との「本当の対等の対話」を求める立場は、まさしくヒックのそれと連関するものである。また、大津の好きな言葉として引用されるマハトマ・ガンジーの「さまざまな宗教があるが、それらは同一の地点に集まり通ずる様々な道である。同じ目的地に到達する限り、我々がそれぞれ異なった道をたどろうとかまわないではないか」という言葉も、それぞれの宗教が対等であることを意味するものといえ、この言葉を好む大津のヒックの言説への近接が窺える事例といえる。同時に、ここでガンジーの言葉を提示することで、ヒックの「宗教多元主義」的な考えを補強する効果も上げているようにもみえる。ヒックもまた『神は多くの名前をもつ』でガンジーを取り上げており、「イエスとその教えが信仰を異にする人々にも与えることのできる大きな衝撃を示す一つの範例」として解説し、自身の説を補足している(4)。

「宗教多元主義」的な考えを、さまざまな事例を作中に提示することで補強するという作業を、『深い河』という作品は他にも行っている。まず、一点目として、インドの風土に合わせ、サリーを着、ヒンディー語で病人に語りかけてきたマザー・テレサの存在を作中に間接的に書き込んでいることがあげられる。さまざまな民族、宗教が混淆したマケドニア出身の彼女は、ヒックやガンジーのように、ひとつの宗教のかたちが唯一の表現ではないことを知っていた人物でもある。二点目として、作品『深い河』の題字にふられた「ディープ・リバー」というルビ、そしてエピグラフに書かれた黒人霊歌「深い河（ディープ・リヴァー）」を指摘できる。つまり『深い河』は、作品の舞台であるヒンズー教徒にとっての聖地ガンジス河、黒人霊歌の原イメージとしてあるキリスト教信仰の救済の場ヨルダン河、そこから派生した黒人奴隷にとっての救済の場としての河、これらの河の持つ救済の場としてのイメージを重ねている。つまり、それぞれの宗教の「同じ目的地」としての「河」を、タイトルのルビとエピグラフによって示しているのである。

二　『深い河』の独自性

以上のように『深い河』にはヒックの「宗教多元主義」と近接した事象が描き込まれている。だが『深い河』には同時に、その範疇をはみ出しているといわざるを得ない事象も多く含まれていることも事実である。ヒックの「宗教多元主義」は、各伝統宗教に「究極的に同一の神的存在」を見ることで、それへの接近法をひとつとしないという主張であり、その視座からは新しい宗教や、宗教を意識して所持していない人々の救いは、外れている。そして、まさしくこの点において『深い河』は、「宗教多元主義」の範疇を超えているのである。これまでヒックとの連関を指摘して例示してきた事象は、大津など宗教を有する人物の、いわゆる伝統宗教の多元化を認めるものであった。だが、『深い河』はそれと同時に、というよりもむしろ積極的に、宗教を持たない人物もまた「同じ目的地」へ向かうものとして認め、現代社会に新しく登場した宗教的な事象も「同じ目的地」へのひとつの接近の仕方として認めている作品なのである。

たとえば、磯辺に関連して登場する、臨死体験、ニュー・エイジ、死後生存といった情報は現代的な宗教状況を『深い河』が取り込んだ顕著な例といえるだろう。磯辺の妻が体験した臨死体験とは、諸宗教が語ってきた死という問題の、現代的、科学的アプローチとして受容されたものといえる。いいかえれば既成の宗教から、個人の体験する超越的なものとの関わりを重視する傾向への社会状況の変化のあらわれなのである。同様に「自分の前世を探っていく」、「有名な映画女優シャーリー・マクレーンの書いたベストセラー」というかたちで登場するニュー・エイジも、個々の「精神性の発達」によって、「現代の人々の理解を超えた次元の自己意識を深め、広げ」ることで文化、社会を変革し、人類史を完全な成熟に向かわせようという主張が込められたものである。(5)これもまた個人のレベルを対象としたもので、それぞれが高みへと向かう変容を行うことで、人類自体を変革させていくことを目標としたものといえる。そして死後生存は、I・スティーブンソンの人間の死後を科学的に研究する一連の死後生存の研究が、その著『前世を記憶する子供たち』を磯辺が入手するかたちで作品に登場しているが、現代における近代合理主義では判別できない問題を扱う新たな知のジャンルという、これまでの二つの事象と同じ文脈で登場したものである。こうした情報に影響を受ける磯辺を描くことで、『深い河』はヒックがその視野に入れていない現代社会に新たに見られるようになった宗教的な事象も、「同じ目的地」への、多元的にある接近法のひとつとして並置する作品なのである。

また、戦後の日本の日常的な面を担った「どこにでもいる」普通の現代日本人、「ほとんど多くの日本人と同じように無宗教」という共通面を持った人物たちが、主要な人物として登場していることは興味深い。大津もまた、こうした日本の状況を背負って司祭を目指す人物である。つまり『深い河』は神無き日本人、神無き日本の状況を描くことをその主たる目的とした作品といえるのである。(6)

そして彼ら「多くの日本人」たちは、その日常生活（大津の場合は伝統宗教の教えとの葛藤）の中で、妻の死、空虚な日常では求められない「人生」、「別離」、「同伴者」、戦争体験といった次元の異なる世界の問題を背負ってしまい、「忘れていた世界」、「別の次元の領域」としてのインド、ガンジス河の流れるヴァーラーナスィに向かう。『深い河』は「多くの日本人」が、日常生活とは次元の異なる問題をこの「別の次元の領域」で消化する小説としてあるのである。そして作品の結末までに「多くの日本人」たちは、磯辺にとっては心の中に生きる妻の存在、美津子にとっては「玉ねぎ」に限定しない「何か大きな永遠のもの」、「本当の愛」、沼田にとっては本質を理解した「同伴者」と呼べる動物たち＝「生命あるものすべて」、木口にとっては「私の仏教」と呼べるもの、そして大津にとっては広がりを持った「私のイエス」という、それぞれ個別の宗教的な事象、「救い」、「答え」

を見つけることになる。この主人公たちの「救い」は、遠藤と同じキリスト教徒で、神父である大津のそれも含めてそれぞれの「答え」として並置されて描かれるのである。(7)

三　宗教をめぐる言説空間のなかの遠藤とヒック

さて、『深い河』にあるヒックの言説の範疇から外れるような問題意識は、先行論が指摘するように遠藤独自の宗教観であり、遠藤の頭の中に以前からあったものということができよう。だが、それだけでは「創作日記」にあるヒックとの出会いが何故、衝撃であったのかが理解できないように思う。

ヒック同様、キリスト教第一主義を相対化するキリスト教内部からの言説として、ほぼ同時期の一九九一年に日本語訳が刊行された、デイヴィッド・L・ミラーの『甦る神々—新しい多神論』の名をあげることができる。これは一九七四年に刊行されたものを、十七年後の一九九一年に河合隼雄らユング心理学者たちが関わり、日本語訳が刊行された書である。ミラーがこの書でいう「多神論」とは、人間の生きるヒントとして神々の物語をとらえ、何か唯一の正解を得るのではなく、神々の物語から多くのヒントを得て、我々に創造もしくは発見を求めるものとしてある。現代の個別化したそれぞれの人々にとっては、一神教のような一元化した世界観を提示するのではなく、「あれもこれも」、つまり多元的に考えることが多いため、そのために「多神論」が必要であるとミラーはいう。(8)

ミラーの「多神論」とヒックの「宗教多元主義」について、『甦る神々』に解説を書いた河合隼雄は後に、「アンリ・コルバン（『甦る神々』内所収「アンリ・コルバンの手紙」から。イスラム哲学者—引用者補足）やデイヴィッド・ミラーの「一神教は信じるが、神学は多神論で」という考えと、ヒックの宗教多元主義の根本的な違いは、ヒックが「至高の存在者」を認め、それに至る道がたくさんあると考えるのに対し、アンリ・コルバンは「唯一の存在」を認め、その「存在」はむしろ複数的に顕現してくると見るのである」とまとめている。そして河合は、ミラーやコルバンのような解釈は無限の「存在」に繋がるものであり、「好き」だとしている。河合は、剥き出しの個人それぞれの救いを考えなければならない現代日本社会においては、ただ一人の「存在者」を措定するヒックの規定よりは、ミラーやコルバンのいう唯一でありながら「複数的に顕現」する「存在」を見る方が有効だとする。これは河合が臨床心理学者として、現代日本社会に生きる個々人それぞれを対象としたことから生じた理解といえる。

そして河合はこのミラーの言説と『深い河』の近接を見ている。河合は、遠藤が『深い河』において「河」のイメージを重視していることに着目して、遠藤本人はヒックの「宗教多元主義」の影響を明らかにしているが、「いろいろな異なる流れがひとつの大河になる」イメージは、「河は大海へと注いでいることを考えると」、「無限の「存在」へとつながる」といえるとして、むしろミラーと連関があることを指摘するのである。(9)

一九八〇年代から一九九〇年代初頭の日本では、これまで各宗教が独自の言説でその内なる世界においてのみ論じてきた問題を、宗教を相対化することで、それぞれニーズの異なる個人に適応させる言説空間が生じていた。こうした河合の接続によって、遠藤がまさしくその言説空間の中にいたという事実が浮き彫りになる。ヒックやミラーが翻訳され、ユング心理学や新たな宗教的な事象が流行したのと同じ文脈の中に存在したといえるのである。そうした言説を積極的に受容している遠藤の姿は、一九八二年から一九八三年までの丸二年間の日記であり、遠藤が読んだ数多くの書の名とその感想が記された読書ノートの側面を強く有した「ひとつの小説ができるまでの忘備ノート」(二〇〇二)にも残されている。そしてその読書の跡から、遠藤の興味の中心はユング心理学に代表される無意識の問題を探る書物、仏教関連の書物、そして多宗教の連関を探る書物にあることがわかる。

また、この時期の対談の相手を見ることでも、遠藤が何に興味を抱き、受容しようとしていたかを同様に垣間見ることができる。たとえば、『深い河』刊行後、いくつかの雑誌（一九八六年四月号のものから一九九四年二月号のものまで）で行われた対談をまとめ一九九四年一二月に文芸春秋社から出された『「深い河」をさぐる』では、インドに造詣が深い俳優の本木雅弘、医学者でありサイババと面識のある青山圭秀、臨死研究者カール・ベッカー、「死後生存」、前世意識の研究者であり、その権威I・スティーブンソンの著作の翻訳者でもある笠原敏雄、ユング心理学者湯浅泰雄、高分子物理学者でニューサイエンス、トランスパーソナル研究者でもある石川光男、オカルト的な発言を繰り返すイラストレーター横尾忠則、イエズス会司祭であり仏教への造詣も深いW・ジョンストン、遠藤と同様の問題意識を持つ作家木崎さと子と、バラエティに富んだ人物と対談を行っている[10]。

そして、こうした遠藤の関心の契機には、「ユングをはじめて知った時、「助かった」という解放感をしみじみ味わった。暗いトンネルから抜け出たような気持でもあった」（『私の愛した小説』）というユングとの出会いがあると考えてよいだろう。『創作日記』においてヒックとの邂逅を「かつてユングに出会ったときと同じような心の張りが読書しながら起ったのは久しぶりである」と記していたことが想起される。つまりヒックとの邂逅の折に遠藤が感じた衝撃とは、現代に生きる日本人それぞれの「救い」を探るという自分の考えを補強する言説＝同志に出会った喜びであるといってよいのである。

〔注〕

（1）武田秀美「遠藤周作『深い河《ディープ・リバー》』——「多元的宗教観」のテーマをめぐって」（「キリスト教文学研究」一九九九・五）、「遠藤周作と『深い河《ディープ・リバー》』——多元的な宗教観に至るまで」（「日本比較文学会東京支部研究報告」二〇〇四・九）など参照。他に『深い河』と「ヒック神学」との関連を論じたものに、いち早くその関連を指摘した柘植光彦「イエス像——「遠藤神学」の円環が閉じる時」(『國文学』一九九三・九)や、笠井秋生「『深い河』の作中人物」(『キリスト教文学研究』一九九九・五)、天羽美代子「遠藤周作『深い河』論――〈多元的宗教観〉の検証と再定義」(『高知大国文』二〇〇二・一二)などがある。

(2) 一九八五年に刊行されたProblems of Religious Pluralism. が間瀬啓允の翻訳で『宗教多元主義―宗教理解のパラダイム変換』として法藏館から刊行されたのは一九九〇年一〇月のことであり、一九八〇年に刊行されたGod Has Many Names. が同じく間瀬啓允の翻訳で『神は多くの名前をもつ』として岩波書店から刊行されたのは一九八六年であった。なお、『宗教多元主義』は二〇〇八年七月に増補新版が刊行された。この書にはヒックから遠藤へのコメントも載せられている。

(3) 「教会の外に救いなし」とはローマ・カトリックの断定であり、「キリスト教の外に救いなし」とは一九世紀プロテスタント海外宣教活動のための標語である。また、「無名のキリスト教徒」とは第二バチカン公会議に積極的に関わったカトリック神学者カール・ラーナーの言である。これらの言を否定しての多元主義とは、キリスト教を独善的思考から抜け出させる意図を有しているといえよう。また、ここで用いた文章は前述した『神は多くの名前をもつ』、『宗教多元主義』からのものである。

(4) ヒックは後に『魂の探求』(林陽訳　徳間書店　二〇〇〇・一二　一九九九初出)においてガンジーを「諸宗教平等主義」的な思想の持ち主として自身の説と近しい人物と紹介している。また、この『魂の探求』は本論で視界に入っていないと指摘した現代的な宗教状況にも、ヒックが説明を加えた書と位置づけられる。『深い河』以降にヒックがこうした言説にも言及したという事実は興味深い。

(5) シャーリー・マクレーン『アウト・オン・ア・リム』(山川紘夫・亜希子訳　地湧社　一九八六・三　一九八三初出)参照。磯辺が手にしたのは米版であるので時代設定的にも辻褄が合う。

(6) 『創作日記』にはツアー客として当初「白人」が設定されていたことが記されている。この「白人」は磯辺に変更されることになるのだが、このことからも『深い河』が「多くの日本人」それぞれを描くことをその主眼としていることが了解されるだろう。

（7）　詳しくは拙論「「それぞれ」の救い、「宗教的なるもの」の文学―遠藤周作『深い河』論」（『千葉大学日本文化論叢』二〇〇三・三）を参照されたい。またここでは論じないが、『深い河』で提示されたそれぞれの「救い」には、その個別性を認めつつも、ある種の規範があったことを指摘しておきたい（拙論「遠藤周作と二〇世紀末の宗教状況」『千葉大学人文社会科学研究』二〇〇七・九参照）

（8）　デイヴィッド・L・ミラー『甦る神々―新しい多神論』（桑原知子・高石恭子訳　春秋社　一九九一・五）参照。この書自体が持つ「多神論」的な構成については巻末に付された河合隼雄の解説に詳しい。

（9）　河合隼雄「日本人の心のゆくえ」（『世界』一九九五・七から一九九八・三に断続的に連載）。引用は『河合隼雄著作集　第Ⅱ期』一一巻（岩波書店　二〇〇二・二）。ただ河合は「日本の土を踏んだ神」（『三田文学』一九九八冬季号）において、興味深いことに『深い河』について好評価を与えていない。

（10）「キリスト教芸術センター」で行われていた「月曜会」という勉強会の存在をとらえなおすことも、この時期の遠藤が存在した言説空間を見るのに重要な視点を与えるだろう。

〔小嶋洋輔〕

インドとの共生——《インド》なる表象の刷新のために『深い河』を再読する

小説『深い河　ディープリバー』における「インド」という語の初出は、ツアー説明会のシーン冒頭である（講談社初版、一九九三年、41頁）。しかし、そこから登場人物がインドにたどり着くまでには優に124頁が費やされる。物語の前半はまったくそれ以外の場所に充てられており（全347頁中の164頁）、場面がインドになるのはやっと六章からである。そこから登場人物らが滞在したインドの九日間が描かれる（一九八四年一〇月二五日～一一月三日）。『深い河』はしたがってインドの物語ではない。そこを訪れる日本人旅行者たちの物語である。

さらに精確にいうなら、旅行者たちが訪れたのは「インド」ではない。ガンジス河中流域のいくつかの都市であり、実際小説に描かれるのはヴァーラーナスィの街とその周辺部だけである。インド国民国家の面積は、EU二七カ国を総じた面積よりも大きい。物語で描かれる一九八〇年代半ば、その人口は七億を超えていた。さらに、現在のパキスタン、バングラデシュ、ネパール等々の近隣諸国にまで《インド世界》の文明論的な延長を見ることすら可能だ。このあまりに巨大な規模からすれば、九日間の観光ツアーで得られる見聞や体験は、どうしたって極小と言わざるをえない。

しかし作中でヴァーラーナスィは、そうした物理的な極小性をやすやすと超えて、インドそのもののアナロジーとして、インドなるものの本質を体現する場所として示される。デリー到着から四日目の夜、一行はヴァーラーナスィへと向かう夜のバスに乗って「別世界」へと入っていく（165―175頁）。旅人たちが到着したインドはまず「不潔」な「ひでぇ国」とよばれる。三條夫婦のこうした感想は、ガイドの江波が次に口にする「忘れていた別の世界」というインドについての、とりわけヴァーラーナスィについての理解を際立たせる。この両者を媒介するのが「なまぬるい風」「木々や土の臭い」など地文の描写があたえる異様なものの予感である。バス窓外に広がる「あまりに濃い闇」は「別の次元の領域」の延長であり、そこへの疾駆はまさに「臨死体験」のごときものだといわれる。

この別世界、この闇は悪鬼うごめく責め苦の地獄ではない。むしろ「文字通り無明の闇、魂の闇である」（182頁）。それは豊潤な力を蔵する。作中でそのことを説明してくれるのは大津である。リヨンで彼が美津子に対して語る「玉ねぎ」論は、ヴァーラーナスィの「魂の闇」に通じている。すなわち、「区別しない。はっきりと識別しない」こと。それによって拓かれる境位には「善のなかにも悪がひそみ、悪のなかにも良いことが潜在している」（102頁）。大津はさらに、アルデッシュの修練院から美津子宛てに送った手紙のなかでも同様のヴィジョンを示す。「理性や意識」に対する「無意識」、あるいは、「はっきり区別したり分別したり」しないこと（185―189頁）。

こうした観照に対しては「明晰な論理」を駆使するカトリック神学の見地から「汎神論」との批判が寄せられていると大津は述べる（187頁）。しかし『深い河』の物語はキリスト教の神学論争に拘泥せず、むしろ読者を一気に比較宗教へといざなう。阿弥陀経を唱える直前の木口が、ガストンの姿から直観する「仏教のいう善悪不二」すなわち「分別してはならぬ」という教説は、大津の「玉ねぎ」論そのものである（320頁）。

しかし『深い河』の物語において、こうした普遍的宗教性／霊性のヴィジョンが包みこむのは、他でもない、インドという土地に根づく女神崇拝である。ツアー説明会で目にしたカーリーの絵を、美津子は「善と悪や残酷さや愛の混在した女神たちの像」として記憶する（47頁。ちなみに、カーリーは主として東インドで崇拝される女神であり、ヴァーラーナスィが位置する北インドとは文化背景を異にする）。美津子はまた、ナクサール・バガヴァティ寺に鎮座する女神たちの前に立ったとき、「意識下にうごめくもの、意識下にかくれているもの」の湧き上がりを感得し、「今から心の奥に入っていくような」気分におそわれる（218頁）。江波の解説によれば、美津子の心を騒がせるこれらの女神とは「印度のすべての呻きや悲惨さや恐怖」、「誕生と同時に死をも含む生命の全体の動き」（218―219頁）の象徴である。そうした女神の一つチャームンダーを前に、江波は「これが印度です」と断言する（221頁）。美津子もそれに呼応する。後日大津を探すなか、彼女は「あまりに秩序だって」、「混沌」や「カオス」を欠いた場所としてヨーロッパ、とりわけフランスを引き合いに出しながら、「この国［インド］の乱雑さや、何もかもが共存している光景や、善も悪も混在しているヒンズー教の女神たち」の方にこそ親密感をおぼえるのだと吐露する（252―253頁）。

インドの無数の都市からヴァーラーナスィが選ばれ、無数の神格からチャームンダーが選ばれるように、インドなるものの本質を描き出すために、無数に流れる河川のなかからガンジス河が選ばれる（インド亜大陸の聖なる河はもちろんこれだけではない）。物語が佳境にさしかかり、ヴァーラーナスィの地で美津子との再会をはたした大津は、この河と「玉ねぎ」との連想を禁じえないのだと言う。「ガンジス河を見るたび、ぼくは玉ねぎを考えます」。それらはいずれも「すべて拒まず受け入れて流れます」（298頁）。さらに、磯辺の目に映じるガンジス河にも同じ特徴があたえられる。傷心の彼がたどり着いた夜のガンジス河は「彼の叫びを受けとめたままもくもくと流れていく」。「すべてに、無心のまま河は浮遊物と共に、去っていく」（304頁）。

この偉大なる無為は、受容し許容し包摂するゆるしである。「一人一人に人生があり、他人には言えぬ秘密があり、そしてそれを重く背中に背負って生きている。ガンジスの河のなかで彼等は浄化せねばならぬ何かを持っている」（317頁）。一九八〇年代半ばの日本に生きる年代も性別もばらばらの人びとが、「混沌」や「矛盾」そのものの現前を体験すること、それにより「私」がしばしば得られずに「忘れていた」ヒトとしての真実——遠藤周作の言う「生活」ならぬ「人生」——を見出すこと。すでに迷い傷つき、「棄てられ」たり罪を負ったりして、痛みやうずきを抱く者にとっての安住。忘却ではなく記憶とともに、希望ではなく肯定とともに、罪に対する罰を引きうけつつも存在しうる境地という意味での安住。そのような意味でのより確かなもの、間違いのないもの。それに自分の内面が触れたという感覚、その意味での体験。「確実で根のあるものを。人生を摑」むこと（76頁）。

この浄化とゆるしの体験が死と再生のシンボリズムに連なるがゆえに、ガンジス河は「人々が死んだあと、そこに流されるため」にやってくるところとされる（319頁）。こうして美津子の沐浴は「死と同じよう」であり（337頁）、ヒトとして「過去の多くの過ち」を省みる彼女がそのとき観じた河は「永遠そのもののようだった」のである（338頁）。「生と死とがこの河では背中をあわせて共存している」（同）。ガンジス河が「すべての人のための深い河」であることを美津子は知るのであった（313頁）。

《神秘なるインド》

《インド》なるものの本質を体感しようと、今も多くの人びとがヴァーラーナスィを訪れる。その旅のクライマックスはもちろん、ガンジス河、そしてそこでの沐浴と火葬の目撃、あるいはそれへの参与である。チャームンダーはあまり知られていない神格だが、女神崇拝への着目そのものは先進諸国のインド論としてありふれてすらいる。旅人は、ヴァーラーナスィ市街に林立する有名無名の寺院を必ずや訪れ、群れなす人びとの一途の祈りと献身、そして寺院をめぐる雑多な政治経済の塊を目撃するだろう。こうした具象から浮き上がる、「生と死」

「混在」「共存」「混沌」「全体」「すべて」あるいは「闇」「無意識」などの語で把握されるところの「別世界」たる《インド》――これはすでに一つの典型的な《インド》像だと言ってよい（付言すれば、これらの関心と理解は、近代インド人のインド像としても今やすっかり正統的ですらある）。

こうした旅人たちにとっての《インド》――精確にいうなら、《インド》に関する先行理解と予期、期待――を『深い河《ディープリバー》』も共有する。この観念と理解と欲望の束は、一九世紀半ばあたりの西ヨーロッパに発し、今やグローバルな広がりをもつに至った表象《神秘なるインド》の一亜種である。言うまでもないことだが、こうした認識態度は、どう好意的に解釈してもオリエンタリスティックである。

凡庸で陳腐、さらには（知＝権力の位相において）不誠実なインド観への吸引を、遠藤周作はいくらか（ここを後で論点にしたいのだが、まさにいくらか）警戒したのだろう。作中、インドの「創造と破壊の両面を持った矛盾した自然」という言説は「嫌になるほど」ありふれたものだと沼田は言い（209―210頁）、ヴァーラーナスィの占い師が体現する「印度の不可解な神秘」が商売の種にすぎないことを磯辺は看破する（300頁）。作者遠藤周作の見方からすれば、この種の神秘性は単に浅薄なのであって、彼自身がインド旅行で見いだし作中で描き出そうとした「このぬくもりのもっと、もっと強い塊――つまり愛そのもの」（188頁）には到底届いていないのだ。観照のレベルにおけるこうした区別の試みを、遠藤の人生を幾許かでも知る者は無碍にあしらうことはできまい。作家として、アジア人カトリック教徒として彼が真摯に追究してきたものが、ここに凝縮して表されているからだ。

ではあらためて問うてみよう――これらの留保により『深い河』という作品は、紋切り型の《神秘なるインド》のイメージを回避したり刷新したり、はたまた昇華したりできているのだろうか。作品の全体を見渡したとき、この問いへの答えははかばかしいものではないだろう。たとえば、主たる登場人物たちはツアー旅行者であり、現地人の「生活」にまったく立ち入ることができないまま帰国の途につく。唯一江波だけがインド「生活」の経験をもつが、彼のインド観を圧するのは「別世界」のヴィジョンである。

なるほど、小説『深い河』には、私たちが《現実》という言葉で表そうとするものへの配慮が大量につまっている。物語の端々からは、不可触民差別の現実とインド中産層の「偽善」が垣間見える。何よりも、物語の屋台骨となるガンディー首相暗殺という事件が、インドにおけるインド人の「生活」を如実に表す。物語の最終場面、今回の首相暗殺は「宗教的憎悪」によるものかとの沼田の問いに、江波は答える。「直接にはね。しかし結局は言語も宗教も異にする七億の人間が住む世界の矛盾や、それから皆さんがご覧になったあの貧しさですよ。そしてカースト制。彼女はそれに何らかの調和を与えようとしたが、やはり駄目でした」。その脇に横たわる瀕死の老婆。屈託のない同情心を表す別のツアー客に、江波は語気を荒げる。「何をしてやればいいんです」「行き倒れは、この国では、この婆さん一人じゃないんだ」（342—344頁）。場面は帰国の空港である。近代科学文明の粋をあつめたその場所は、ヴァーラーナスィで美津子らに開示された「別の次元」とは対照的な「生活」の延長の場所である。

しかし、こういった《現実的な》舞台設定と筋書きはむしろ、「インド」が真に「別世界」であることの証左なのである。この物語の意味世界でより重要な相をなすのは、死と愛が、「インド」という地で営まれる「生活」の十全なる一部であり、超越と神秘が《この世界》に現前していることである。これを鮮やかに描き出すためにこそ、『深い河』の物語は、インドがこの地表に位置するひとつの区域であること、歴史と文化をもった人々の生活の地、故郷、そして巨大な人口をかかえる国民国家であること、つまり「別世界」ならぬ《この世界》であるという当たり前の現実をいささかも無視しない——私たちはむしろそう解釈すべきだろう。

『深い河』において、インドの《現実》はいつしか背景に退き、いつかどこかで聞き知った《神秘なるインド》の像が前景化する。こうした印象は、対談集『「深い河」をさぐる』（文藝春秋、一九九四年）をあわせ読むことで容易に強化されるだろう。「この世をもう一つ別の次元から包含するような大きな世界が存在するということ、インドへ行くとそれが感覚的にわかってくるでしょう。そこがいいんだね。それがインドの魅力のような感じがするんですけれど」――本木雅弘との対談「インドは何を教えてくれるのか?」における遠藤自身の言葉である(19頁)。

《インド》なる表象の刷新

ここで私は何も、独創性という作家の徳を無条件に称揚しているのではない(ただし次に述べるように、インド観の刷新は必然と考えるのではあるが)。本稿で私が論じようとしているのは、別の事柄である。すなわち、ここでの《インド》とは一体何であるのか、ということである。

観念と想像と象徴の域に浮かぶものでありながら、飛行機に九時間も乗れば実際に訪れることのできる場所でもある《インド》。多層にわたる意味世界と物質的な限定が同様の重みをもって感得されるところの《インド》。これは一体何なのか。そして、あの特徴ある街や女神や河が、広漠たる《インド》を縮約/代表/表象/象徴するとは、一体どういったことなのか。ヴァーラーナスィ、チャームンダー、ガンガー(ガンジス河)において具現化する《本質》とは、そもそも誰のどんな基準にしたがって確認、共有されるのか。悠久の歴史、古代からの連続、あるいは集団的無意識、人間存在の古層――こういった観念は、特定個人の内面にいかにして芽生え、いかにしてそこから流れ出て、いかにして外在する実体として表象されるのか。

美津子たちが体験したような事態をひき起こす力が《インド》に備わっていることを認めるのに、私はやぶさかではない。無論、その力とは重力のごとく客観的で普遍的ではない。偶然性、非反復性、主観性により特徴づけられる力、具体的には、ある種の近代都市民（美津子のごとき〝準備〟ができたヒト）の内部においてのみ、世界観や価値観の崩壊と再構築を、比較的短い時間のうちに実際にひき起こしうる力である。その一方、「混沌」と「矛盾」の現前、善と悪の「共存」とは単に、固定化された社会階層と経済開発／社会開発／人間開発の諸指数の格差、およびその原因としてのインド国民国家の失敗を表すにすぎない——そうした理解を私は完全に許容し、かつまたそれに同意する。

『深い河　ディープリバー』は、《インド》をながめるこれら二つの視座を十分にすり合わせた物語にはなっていない。それは全体として《神秘なるインド》の表象へと傾斜し、もはや古典的とすら言える《インド》像を再生産しながら閉じる。

しかし、遠藤周作がこの小説を発表し逝去した後、日本人の《インド》観、あるいは《インド》へと向き合う姿勢には、刷新をうながす画期的な圧力がかかるようになった。それは少なくともふたつの出来事によりあたえられた圧力である。

第一に、オウム真理教による一連の事件があった。あの事件が起きる前、遠藤はニューエイジやニューサイエンスに対して実に朗らかな、ほとんど手放しの信頼を表明していた（前掲『「深い河」をさぐる』）。そうした関心から『深い河』は書かれたものだと言ってよいだろう。そして、この小説の公刊から二一ヵ月後、地下鉄サリン事件が起きた。遠藤がこの世を去る一八ヵ月前のことである。現在の私たちは、かつての遠藤ほどの無邪気さをもってしては、もはや《体験》と《自己変容》の可能性を語りえなくなっている。それらへの欲望そのものと、その構造的、制度的条件づけは、ここ十数年の日本においてまったく疑えないほどの強度で現前しているにもかかわらず、そうなのである。もしこの情況に真正面から取り組む時間が遠藤に残されていたなら、その《インド》表象はどのような変容をみせただろうか（あるいは、何の変化も生じなかっただろうか）。

第二に、インドの爆発的な経済成長がある。一九九〇年代半ば以降、とくに二一世紀に入ってから、インドは驚異的な経済成長をとげている。これにより、世界中の各国、各地域が《インド》に対して寄せる関心の内容と形態は、すっかり変わってしまった。流布する情報の質と量も、以前とはまったく異なる。《インドの神秘》への関心は無論、今も根づよいのだが、それはもはやＩＴに象徴される新しい《インド》の顔と無関係ではありえない。この情況に遠藤ならどう応えただろうか。現在進行中の経済発展と社会変動も、《インド》にいつも現れる、むせ返るほどに色とりどりな《現実》の一局面として、簡単に処理されていただろうか。あるいは、《インド》なる表象の刷新が行われていただろうか。

こうして私たちは、『深い河』の《インド》表象を包括し超え出るようなトータルな《インド》表象を必要としている。その過程にはインドで「生活」する人びと（いわゆるインド人のみならず、インドで営利、非営利の活動を行う多種多様な人びとも）が直接参画すべきであるし、また実際にそうなるであろう。《神秘なるインド》の表象をロマンスやオリエンタリズムの一言をもって廃棄してしまうのは、おそらく得策ではない。それがあまりにも容易に、偏見や無関心、自己中心性や強奪へとつながるのは事実であろう。しかしむしろ私たちとしては、『深い河』という物語に表された、存在の深みを開示する《インド》を大切に保持、涵養しておきたい。それは暴力性の陰を帯びつつも、私たちが体得したひとつの文化資源であるのだから。もちろんこの保持と涵養には、私たちが《インド》へと仮託する言語化されたりされなかったりする一塊の欲望そのものと、その構造的、歴史的な成り立ちを自覚する訓練がともなわねばならない。

こうした作業はいま始まったばかりだ。ましてや、刷新されつつある《インド》表象が象徴へと昇華するのには、時間が決定的に足りていない。存在論から事業契約、認識論から入学願書、国際条約からラブレター、ハグから論争にまで至る多様な交渉が、刷新された《インド》という表象、あるいは象徴としての《インド》を徐々に紡ぎだしていくことだろう。『深い河』をはじめとする遠藤周作の諸作品は、そうした歴史過程のなかで確かな役割をはたしうるはずである。

〔近藤光博〕

第四章　小説の世界

キャラクターの円環——森田ミツをめぐって

はじめに

遠藤周作の作品には、同名の人物がしばしば登場する。例えば、勝呂は時に医師、時に作家として「海と毒薬」、「私のもの」、「死海のほとり」、「悲しみの歌」、「スキャンダル」他に登場するし、森田ミツも五作品に登場する。戸田、ガストン、遠藤、デュラン、千葉、成瀬、大河内葉子なども目につく。

同名のキャラクターを登場させることについて、遠藤は佐藤泰正氏との対談『人生の同伴者』(1)において、佐藤氏の「あの同じ戸田という名前がもう一度出てくるというのは、なにか遠藤さんは意識されて書いた?」に答えて、次のように述べている。

これはもう非常に意識して書いてるわけです。私の小説のなかには森田ミツとか戸田とか同名の人間が登場しますが、自分のなかでピンチになる、追い込んでいくような、それは偽悪でも疑いでも負の部分でもいいですが、そういうような危険な存在にはどうしてか戸田とつけちゃいますね。なぜか、わかりません。

この言からは、あるイメージに基づき、意識した上での人物設定であることがうかがえる。が、同じキャラクターを用いることには功罪があろう。たしかに、おなじみの読者には特に説明しなくともあるイメージを抱かせることができるので、作者にとっては安心して寄りかかれる、便利な存在である。その一方で、イメージが固定化して、作品の方向性を決めてしまう可能性もあるし、名前の持つイメージ喚起力の強さから、違和感として捉えられてしまう危険も伴う。

とすると、遠藤がなぜ同じキャラクターを用いたのか、興味がわく。彼が期待したことは何だったのだろうか。連載中に「私にとってこのミツは理想の女性なのです[2]」と明言した女性、〈森田ミツ〉を例に考察したい。

一 〈森田ミツ〉とは

ミツという名は、「海と毒薬」において佐野ミツ、阿部ミツとして登場していたが、〈森田ミツ〉という名で作品に登場したのは「わたしが・棄てた・女」が最初であった。この命名は先の対談で、「海と毒薬」のミツについて、遠藤が「ふつうの女性を描きたかったわけですから」と述べ、それを佐藤氏が「最もふつうの女性。それは後の『わたしが・棄てた・女』(昭39)の森田ミツもそうですね」と受けたことに示される[3]。さて、その〈森田ミツ〉は次の五作品に登場する。簡単に紹介しておきたい。

○「わたしが・棄てた・女」(昭38、以下初出年)

【年齢】十九歳(「明るい星」投稿時)

【家庭環境】川越出身　実母死去、父が再婚し、義母の連れ子が弟妹となる

【体型】背が低く小ぶとり　三つあみ　団子鼻　大根足

【癖その他】小学二年生のような下手糞な字　流行歌を歌う　若山セツ子のファン
【職業】経堂の薬工場からソープ、パチンコ屋、いかがわしい酒場、ハンセン病療養所
【性格】お人好し
子供の時からなぜか、だれかが不倖せな顔をしているのを見ると、たまらなくなる　笑顔には愚鈍さと人の良さとが、ちょうどよい具合に入りまじっていた

○「灯のうるむ頃」（原題「浮世風呂」、昭38～39）
【年齢】二十歳ぐらい
【家庭環境】川越出身　母死去（癌のため）
【体型】アドバルーンのように丸い顔に丸い体　チンドン屋の化粧のよう
【癖その他】馬鹿力　流行歌を歌う　熱見清のファン
【職業】牛田善之進の血液研究所に勤務、その自宅に住み込み
【性格】よほど気のよい娘

○「ピエロの歌」（昭47）
【年齢】十九か二十ぐらいの年齢
【家庭環境】川越出身　実母死去、父が再婚し異母弟妹がいる　給料日には実家に送金
【体型】太った短い二本足　逞しい腕　典型的なイモ姉ちゃん
【癖その他】子供のようにたどたどしい字　流行歌を歌う　森進一のファン　ひよこの刺繍をしたハンカチ　お

ばキューの縫取りのハンカチ
【職業】パチンコ屋からラーメン屋に転職
【性格】人のよさそうな、馬鹿のような笑い顔　誰かが辛そうにしていると、何時もたまんなくなる

○「スキャンダル」（昭61）
【年齢】中学生
【家庭環境】父は四年前に交通事故に遭い、母は保険の外交、弟二人妹一人
【体型】頬がふっくら　胸はともかく、腿などはもうすっかり大人のもの　足は短く、醜い
【癖その他】流行歌を歌う　キョンキョン・シブガキ隊を勝呂に教える
【アルバイト】勝呂の仕事場でアルバイトをするが解雇（友人のために金を盗んだため）、その後成瀬夫人の紹介で病院のボランティア
【性格】外見に似あわず意外と心のやさしい子　他人の苦しみには敏感　お人好しで足りない部分がある　人がよさそうに眼を細めてニッと笑う

○「ファーストレディ」（原題「セカンドレディ」、昭62〜63）
【年齢】一児（小さな女の子）の母
【家庭環境】川越出身　実母死去、父は連れ子を連れた義母と再婚
働いていた飲み屋に来た客、加茂直一と三年前から同棲、一児をもうけるが、刑務所出所後の加茂から棄てられる

弁護士辻静一と関係を持ち、妊娠、堕胎し別れる
【体型】小肥り　大根足
【癖その他】他人の耳を掃除するのが好き
【職業】経堂の製薬会社の下請けの町工場から水商売に（近くの料理屋で仲居をし、夜十時から飲み屋でアルバイト）
【性格】愚かだが善良そのもの……いや善良をそのまま、むき出しにしたような女　人のよさそうなニッとした笑い

以上五作品の〈森田ミツ〉を見ると、年齢や境遇に変化はあるものの、ほぼ同様のキャラクターとして受け継がれていると言える。特に、馬鹿が付くほどのお人好しで、献身に生きているという性格はみな共通している。

二　〈森田ミツ〉である意味

「わたしが・棄てた・女」以降に登場した〈森田ミツ〉が、別名の似たようなキャラクターではなく、〈森田ミツ〉であることに、どのような意味を見いだせるのだろうか。

まず、「灯のうるむ頃」であるが、この作品のミツは、「わたしが・棄てた・女」のミツを受け継ぎつつ、よりユーモラスにパワーアップして描かれている。例えば、若い女性なのに夜遅く研究所から帰宅することを心配した牛田善之進に対して、彼女は「なに。わるさする男がいたら、股ぐら蹴あげてやるから大丈夫だあ」と豪語する。実験用の二十日鼠を買ってくるよう頼まれると、ファンである熱見清に似ているからといって大黒鼠を買ってきて、清と名付け、死期を遅らせるため（実験のため、癌患者の血球を培養したものが注射されている）、毎日特別

に葡萄糖と笹の葉の煎じ薬を与える。このミツの、清への特別待遇がきっかけで、善之進は癌の新薬を開発し、ミツは「善之進の研究にはなくてはならぬ存在になってい」くのだが、こうしたあけっぴろげで突飛な言動に対して、それがおなじみの〈森田ミツ〉ゆえに読者も違和感を持たない。

ただし、この作品では善之進が「おバカさん」のガストンのような存在であるためか、競合したミツはいつの間にか作品からすーっと姿を消してしまう。ミツは理解者として、善之進の善意や純粋さを際だたせていく存在にとどまり、この作品では、イメージへの寄りかかり＋αとしてしか描かれていない。

けれども、ほぼ八年後の「ピエロの歌」では、ミツの存在感は増す。まず、ミツは酔った平戸又兵衛を初対面でありながら献身的に介抱し、仕事を無理に休ませられても傷心の彼を慰める。また、又兵衛が思いを寄せる女子大学院生、波多マキ子が過激派学生運動で囮として利用された挙げ句に棄てられ、留置所から釈放された後、初対面ながら一時ミツの下宿に身を寄せた時も同様である。「ベニヤ板を壁のかわりにした部屋というよりは物置といっていい空間」で布団も一組しかないのに、マキ子に部屋も布団も譲って、自分は「廊下の壁にもたれ、床に腰をおろし、両手をまわした膝の上に頭をのせて」眠るなど、親切を尽くす。その「好意にはどんな計算も打算もふくまれていない」ことに気づいたマキ子が「あなたって、どうして、そんなに親切なの」と尋ねると、

「親切？ わたしが」／ミツは思わず笑いだして、「別に。みんな、そうじゃない？ だれか困っているのを見るのは辛いものね」

とあっさり答え、マキ子に「親切ではなかった」それまでの仲間たちとの関係や、生きるということを痛切に考えさせる。

その後、考えを改めたマキ子が地元に戻って兄の紹介した男と見合いすると聞き、再び心に傷を負った又兵衛は慰めを求めてミツと旅行し、徐々に彼女の良さに絆されてプロポーズをするが、結局は裏切る。それを察した

ミツは自ら身を引いて、姿を消す。又兵衛が「波多マキ子よりも森田ミツの存在が自分にとって大事なものであることを知」るのは、ミツが去った後であったが、彼は、「ミツの善良さ」「悲しさ」「思いやり」を胸に、

（俺はあんたば、必ず、探すたい。必ず探すたい。長崎にはもう戻らん。この東京に残って、あんたに会うまで探すたい）

と決意する。

以上、ミツに関わる部分を挙げていくと、この作品の鍵はミツの純粋さ、善良さにあると言える。それは、賢女であり、かつ美女であるマキ子に生き方を考えさせ、さらにその賢女かつ美女よりも又兵衛の心を強く引きつけていく力を持つ。そして、賢者─愚者、美女─平凡、打算の人間関係─献身による人間関係といった対照において、一般的に通用している価値観を、ミツの人物が覆していく。森田ミツの再登場はその意味で成功している。これほどの価値の転換をなし得るキャラクターを別に作り出したとしても、おそらくミツの二番煎じになったであろう。

ところでこの作品は、前作のイメージをただ借りただけではなく、さらにそれを補強し、新たなミツ像を提示した点でも重要である。例えば、「ひよこの刺繍をしたハンカチ」「おばキューの縫取り」のハンカチなど、ミツの持ち物にまで気配りをし、又兵衛の視点から「あんたには他人の持っとらん」「思いやり、という」「よか宝石が心にあるたい」といったミツ評価がところどころ描き込まれ、ミツ像もより具体化している。さらに、前二作では事故死（「わたしが・棄てた・女」）、自然消滅（「灯のうるむ頃」）と棄てられて終わったミツが、この作品では一度は棄てられながら「あんたば、必ず、探すたい」と、最後は強く求められる存在になっている。ミツは主人公ではないが、その担っているものは大きく、よく活かされて、強く印象に残る存在となっているのである。

さらに十年以上を経た「スキャンダル」では、中学生のミツが登場し、勝呂に次のように老いを強く意識させ

る。

懸命に働いているミツの頬や腭や頸すじが汗ばみ、上気していることがある。かすかに光ったその若い汗をみると、勝呂は香りの強い花のそばに寄ったようにかすかな眩暈さえ感じる。その汗ばんだ頬や頸すじから彼は自分の失ってしまったものを感じる。

後に成瀬夫人によって、贋者勝呂と対面するという設定で、勝呂自身の無意識に潜む、若さ・生命を吸い取りたいというミツへの欲望が表面化されていくので、この年齢設定は重要である。

では、この中学生はミツでなければならなかったのか。勝呂が仕事場で体調を崩し、偶然訪れたミツの介抱を受ける場面がある。

「まだ苦しい?」／その声は心底から心配した声だった。そういう子なのだ、この子は。誰かが少しでも苦しんでいると、どうしていいのかわからずおろおろする少女。お人好しで足りない部分があるが、勝呂はそんな人間にむかしから心をひかれた。そんな人物を主人公にして、小説を書いたこともあった。

この部分には「わたしが・棄てた・女」のミツが強く意識されている。徹夜で付き添ってくれたミツに対して、勝呂は「この少女もあの老神父とおなじように――今の自分には遠い神の国に行くにちがいないと心から思」うのだが、ここにも「聖女」と呼ばれた「わたしが・棄てた・女」のミツが想起される。

また成瀬夫人も、「先生のミッちゃんにたいする感情は好意や同情だけだったのですか」と指摘した上で、「先生がお信じになっているあのイエスが殺されたのは……結局、あまりに無垢で清らかだったから」「それを更に苛める快感があの時、群衆のすべてを支配したと考えてはいけませんか?」と、ミツとイエスを重ねていく。これだけ大きな聖性を包含できる女性は、「わたしが・棄てた・イエス」のダブル・イメージを持つ(4)森田ミツをおいて他になかろう。

また「スキャンダル」は罪ではなく悪を描いて、遠藤がそれまで築き上げた文学世界を揺さぶり、「大きなものに対する信頼」を確かめ、「「本当の自分」を探す」(5)新たな挑戦作であった。今まで築いてきた世界に揺さぶりをかけるとなると、そこに登場するのはミツに似た中学生ではなく、「わたしが・棄てた・女」以来の森田ミツでなければなるまい。中学生ながら、成瀬夫人に導かれて酒を飲み、前後不覚の状態で勝呂の欲望を顕在化させる道具となるミツのありさまには、聖なる世界を汚し、揺さぶっていく意図が明らかに見える。以上、「スキャンダル」は森田ミツのイメージ、遠藤文学におけるミツの意味を最大限に利用した野心作となっているのである。

次の「ファーストレディ」では、ミツは母親として登場する。経堂の製薬工場勤務から水商売へという身のなりゆきや家庭の事情などは「わたしが・棄てた・女」の森田ミツをかなり忠実になぞっているが、それまでのミツと異なり、性の垣根が低くなっていることが特徴的である。彼女は同棲中の加茂直一が罪を犯した裁判で、刑の軽減に尽力してくれた弁護士辻静一に対し、「先生、ホテルに行こう。お礼のかわりに、何でもするから」と自ら言う。そのミツを「愚かだが」「善良をそのまま、むき出しにしたような女」、「あれは天使だ」と静一はとらえていく。戦後シベリアに抑留された経験をもち、「人間にたいする諦めが沈殿していた」静一が、「(あんな女が……この世にいるんだなァ)」としみじみ泪を流すような純粋な人物として、ミツのイメージを用いていると言える。

その後静一は、加茂に棄てられたミツの、雑然とした、生活臭漂うアパートを訪れ、「彼の家からは感じたことのない安心感」をおぼえ、耳掃除がきっかけとなって関係を持ち、「月に二度ぐらい」足を運ぶようになる。ミツは妊娠するが堕胎して、静一に自ら別れを告げるのだが、飲み屋で働いていて倒れ、偶然居合わせた静一の妻、女医の愛子に介抱され、以後、愛子に対して負い目を持つことになる。愛子とは静一の死後も何度か再会し、愛子の方はミツの献身を目の当たりにし、尊敬を抱くが、ミツは負い目の苦痛に耐えきれず、「愛子の知らぬうちに姿を消」す。

屋上にのぼるたび、そして四方に拡がる東京の無数のビルや建物や家を眺めるたび、愛子は悲しみのつまったこの大都会の何処かにミツがいると思った。（後略）

という場面で作品は閉じられる。

前四作の森田ミツは罪や悪からは遠かったが、(6) この作品では、それらの性格・人物像を受け継ぎつつ、初めて負い目を持ったミツという設定になっている。「スキャンダル」の翌年に発表された作品であり、成瀬夫人を通さずにミツ自身が罪を犯していく場合、善意が罪に変わってしまう場合を描いた意欲作と見ることもできる。が、ここでクローズアップされてくるのは、罪だけではない。それは、

もし、自分がミツから離れたなら、あの女は孤独になる。彼は彼の存在がこれまであまりに不倖せだった森田ミツに、どんな希望や光を与えたか、よく知っていた。／「先生は神さまみたいだね」／と静一の耳の掃除をしてくれながら、ミツがふと呟いたことがある。／「わたし、生れてから今日まで先生みたいに優しい人に会ったの、はじめて。神さまが、わたしに先生を送ってくれたような気がする」

に表れているミツの孤独ではないか。「わたしが・棄てた・女」のミツも、その後の作品のミツも自ら寂しさ、孤独を抱え、他者の寂しさ、孤独に敏感に反応した。この場面のミツは、初めて「優しい人」に出会ったと言うのだが、それはすべての森田ミツに言えることである。そうした孤独、寂しさが他人の優しさと出会ったとき、どうしようもない運命に流されて知らずに罪に繋がることもあるという、人間のかなしさを見ることができないだろうか。先の引用「愛子は悲しみのつまったこの大都会の何処かにミツがいると思った」にも人間のかなしさを読むことができる。この人間のかなしさを提示するのに最も適した人物が森田ミツであったのだ。

三　〈ミツ〉から〈美津子〉へ

〈森田ミツ〉は「ファーストレディ」の後、登場しなかった。だが、人間のかなしみを背負った〈ミツ〉はその後も登場する。「深い河」の成瀬〈美津〉子である。

遠藤が、「『スキャンダル』の成瀬を主人公として書こうという気持はありました(7)」と語ったように、最初の構想では成瀬夫人のイメージが引き継がれるはずであった。「『深い河』創作日記」は、一九九〇年八月二六日から始まっているが、そこではじめ「成瀬夫人」とあり、「愛の枯れきった美津子と勝呂医師とが愛の真似事の行為をする場面へ」と、〈美津子〉の名が登場するのは、一九九二年一月一四日のことである。「スキャンダル」の成瀬夫人は〈万里子〉であるから、成瀬姓を持つものの、別の人物が構想されたと言ってよい。成瀬美津子の抱える問題はこの時点から悪というよりも、「愛の枯れきった」、つまり魂の孤独の方に焦点を絞られていったと見てよい。

字は異なり、その人物も、他との関わり方も対照的だが、ミツと美津子には共通点がある。それは、どちらも母が不在であることと、孤独を抱えていることである。「深い河」には、美津子の父は登場するが、母のことは触れられていない。大津は美津子宛の手紙に、

少年の時から、母を通してぼくがただひとつ信じることのできたのは、母のぬくもりでした。(中略)母はぼくにも、あなたのおっしゃる玉ねぎの話をいつもしてくれましたが、その時、玉ねぎとはこのぬくもりのもっと、もっと強い塊り――つまり愛そのものなのだと教えてくれました。(中略)現代の世界のなかで、最も欠如しているのは愛であり、誰もが信じないのが愛であり、せせら笑われているのが愛であるから、こ

のぼくぐらいはせめて玉ねぎのあとを愚直について行きたいのです。

と綴る。それを読んだ美津子は、自身を「愛が燃えつきたのではなく、愛の火種のない女」と自覚して、「男との愛欲」や、病院のボランティアでの愛の真似事に駆り立てていたので、「傷つけ」られ、「孤独な男の顔を描いた」「ムンクの絵葉書」で返信したが、大津の返信には「成瀬さんの絵葉書を見ているうちに、行間から感じたのは、ひとりぼっちなあなたの心でした」と記される。ここから、母の不在が美津子の孤独に大きく関わっているというニュアンスが伝わってくる。とすると、ミツの問題が、美津子において別の形で問い直されていると言ってもよいのかもしれない。

さらに、美津子は大津との関わりを通し、玉ねぎが「二千年ちかい歳月の後も、今の修道女たちのなかに転生し、大津の中に転生した」ことを知る。その大津も美津子の中に転生していったであろう。ミツも、「わたしが・棄てた・女」の中で彼女を棄てた吉岡の心に「痕跡」として残っていったし、「ピエロの歌」以降は、大切な存在として求め続けられ、心にとめ続けられる存在となっている。彼女も転生の流れの中にあるのである。

おわりに

遠藤作品における同名キャラクターについて、〈森田ミツ〉を例に追ってきた。遠藤は同名でも単にそのイメージに寄りかかっているだけではなく、そのイメージをもとに、もしくはそのイメージの上にその時々の問題を積み重ねていたと言えよう。

さらに付け加えるならば、これらキャラクターの変遷はその名の登場する作品においてのみ、飛び飛びになされているのではない。名前こそ〈森田ミツ〉ではないが、「集団就職」（昭35）の並河トシ子、「結婚」（昭36）の田村サト子は、おそらくその原型をなしているし、「快男児・怪男児」（昭42）の中村エイ子、「ただいま浪人」（昭45）の会沢ミツ、「砂の城」（昭50）の水谷トシ、「女の一生　一部・キクの場合」のキクは、棄てられる運命にありながら、自己犠牲によって愛する男に尽くす姿勢をより具現化している。「女の一生」には他人の苦しみを見過ごせないミツも登場するし、遠藤最後の長編「女」（平6）に描かれた最後の女は、信じることと愛することを信念として小さな幸せをつかんでいくお光である。これらの作品との関係も、今後明らかにしていく必要があろう。

〔注〕

（1）平成三年十一月、春秋社、のちに平成十八年七月十日、講談社文芸文庫より刊行。その他、成瀬という名については、遠藤周作・加賀乙彦対談「最新作『深い河』——魂の問題——」（「国文学」38—10号、平5・9）に、また「過去に書いた作中人物たち」への「その後の人生をずっと共にしてきたような愛着」については、「遠藤さんに聞く　7年ぶり長編　深い河」（「読売新聞」夕刊　平5・7・16）に言及がある。

（2）「読者のみなさんへ」（「主婦の友」47—5号、昭38・5）

（3）「ピエロの歌」の中にも「森田ミツというあまりに平凡な名前」と出てくる。

（4）前掲遠藤周作・加賀乙彦対談「最新作『深い河』——魂の問題——」

（5）前掲『人生の同伴者』

（6）前作「スキャンダル」は成瀬夫人によって道具に仕立てられたのであり、ミツ自身に悪を見なくともよかろう。

（7）（4）に同じ。

〔テキスト〕（ルビはすべて省略した）

「わたしが・棄てた・女」（『遠藤周作文学全集』5、平11・9・10、新潮社）
「スキャンダル」「深い河」（『遠藤周作文学全集』4、平11・8・10、新潮社）
『灯のうるむ頃』（昭54・8・10、角川文庫）
『ピエロの歌』（昭49・1・10、新潮社）
『ファーストレディ』上・下（昭63・8・20、新潮社）

〔笛木美佳〕

遠藤周作『海と毒薬』論――上田ノブと〈おばはん〉をめぐって――

はじめに

『海と毒薬』は一九五七年「文學界」（六月・八月・十月号）に掲載され、翌年四月に文藝春秋新社から単行本として刊行された。[1] 単行本の本文には原稿用紙十八枚程度の加筆があることが、早く笠井秋生氏[2]によって指摘されている。本稿では加筆後の本文に拠って考察をすすめる。

作品に描かれた〈生体解剖〉事件について、物語の導入部、第一章序（Iの前の部分を本稿では序とする）では、その参加者を〈医局員の数は十二人だったが、そのうち二人は看護婦〉とし、〈看護婦〉＝女性の存在は脇役のように扱われている。実際、作品を通して、事件に関与した主要人物は男性であり、先行研究でも男性の登場人物を中心に論じられることが多い。だが、上田ノブの〈手記〉の挿入にも明らかなように、何人かの女性が重要な役割を担って登場することも看過できない。彼女たちのなかで、個人の〈手記〉が掲げられ、内面が描写されたノブは、ことに目立つ存在であるが、もう一人、〈アメリカの捕虜〉と同様、医学の進歩という名目のもと柴田助教授の〈実験台〉に選ばれた〈おばはん〉にも注目したい。〈おばはん〉は戸田によって、医学的な〈実験台〉になる以外の価値はないとされる一方、勝呂にとっての〈神〉にもなぞらえられた人物である。ノブと〈おばはん〉は、医学的な〈実験〉では実験する側／される側という逆の立場にあり、また、作品内の扱いでも、〈手記〉など多く描写が割かれたノブと、固有名さえ与えられない〈おばはん〉とは、正反対のようにもみえる。本稿では、ある意味対極的なこの二人の女性に焦点化することで、作品の読み直しを試みてみたい。

1　上田ノブの〝悪〟をめぐって

〈生体解剖〉に参加した〈F医大〉医局員のなかで、解剖参加の経緯や参加に至る内面が描かれるのは、〈研究生〉・勝呂と戸田、〈看護婦〉・上田ノブの三人で、ノブだけが女性である。

ノブについて先行研究では、①遠藤文学に登場する女性たちを視座にどのようなタイプの女性と位置づけられるのか、②「『海と毒薬』ノート（日記より）」[3]との比較、③〈生体解剖〉参加理由、④ヒルダとの対比、といった観点から主に論じられている。例えば武田友壽氏[4]は、ノブを〈消極的な悪への誘惑者〉という〈悪女的性格〉をもった女性と捉え、三木サニア氏[5]も〈イブ型〉の女性と分類している。村松剛氏[6]は、〈『海と毒薬』ノート〉の構想が〈作中でもほぼそのとおりに物語は進行している〉とみて、ノブを〈母性を失った看護婦――「エバ」――〉と認めているが、広石廉二氏[7]は、〈最初に立てた遠藤氏の構想が大きく狂い、登場人物が作品のなかで果すべきであった役割さえ変っている〉と述べ、その根拠の一つに〈遠藤氏は上田ノブをエバとして書こうとしていたのであるが、結果的には満鉄の社員と別れたばかりに状況に押し流されていく女になっている〉ことをあげている。また、ノブの〈生体解剖〉参加理由について広石氏は、〈ヒルダが夫について知らないことを自分が知っているという勝利の快感を味わうため〉だとの見方を示す。この点に関して下山孃子氏[8]は、〈結論から言えば橋本部長夫人ヒルダに「勝利」するため〉で、ノブは〈手記〉を書きながら〈自分が生体解剖に加わる理由、もっと強くは《目的》が、ヒルダと「同じ白人の肌にやがてメスを入れる」ということ、即ち、憎悪から高まったヒルダへの殺意であった、ということを〉〈確認している〉と指摘する。首藤基澄氏は、[9]〈神の裁きを思考の中心に据える〉〈行動原理〉を持つヒルダの存在は、ノブ・勝呂・戸田の〈三人の内部を抉り出すことによって、西洋人とは異質の日本人の心の所在〉、つまり〈日本人の行動様式は成行きまかせというのが最も適切で、プリンシプルがない〉ことを明確にしたと述べ、ノブについては、耳にした〈海の音〉に〈随順する形で〉〈主体を喪失していく〉人物で、〈運命を自覚し、対決する意志は全く示されて〉おらず、〈もがいても仕方がないという諦念に深く支配されている〉〈多くの日本人〉の一人とみている。――以上のように先行研究では、ノブを〈悪女〉・〈イブ的〉女性と捉えることができるのか、彼女の〈生体解剖〉参加理由とは何か、という点で諸家の見解の相違がみられる。ノブに焦点を当てることでどのような問題がみえてくるのか、彼女の〈手記〉を手掛かりとして考察をすすめていきたい。

〈手記〉には、〈看護婦〉として〈F医大〉で勤務し始めた頃から、夫との出会い、結婚・離婚を経験し、再び〈F医大〉で職を得て〈生体解剖〉参加を承諾するまでが綴られている。〈手記〉の終わりに〈わたしはもし、自分があの大連で赤ん坊を生んでいたならば、夫とも別れなかったろうし、自分の人生もこれとはちがったことになっただろう〉と記されているように、彼女の人生の転換点は〈死産〉という出来事にあるとされる。それまでの彼女は、〈興味も好奇心もなかった〉男性との結婚を自分の〈婚期におくれた年齢〉や相手の〈地位〉によって承諾し、結婚生活に対する満足を生活水準の高さで量る、所謂〈世間体〉を重視する女性であった。だが、〈ひどく子供がほしかった〉彼女は念願叶って妊娠するも〈死産〉し、〈女の生理〉をも喪失してしまう。当時の心境を〈子供を持てない女になったため、心にも人生にも罅がはいった〉と綴っている。ここでの〈罅〉とは〈空虚感〉の芽生えとも言い換えられるだろう。その後彼女は、浮気をしていた夫に〈捨てられ〉、〈内地〉に戻り、〈空虚感〉と〈孤独〉を抱えながら再度〈看護婦〉として事件の舞台に舞い戻った。

ノブはなぜ〈生体解剖〉に参加したのか。その契機は橋本教授の妻・ヒルダとの二度のトラブルにある。ヒルダの子供の一件、及び女性患者の〈安楽死〉未遂事件をめぐって、ヒルダに感じた〈子を産む能力を失い、男に捨てられた女が幸福な妻、倖せな母親にもつ口惜しさ〉は憎しみへと高まった。ノブが〈ヒルダの夫〉という理由から〈急に橋本先生に興味をもちはじめた〉のもトラブルと呼応している。ノブは橋本教授の〈Yシャツの袖口のボタンが一つ、ちぎれているのを見つけ〉、〈妻のヒルダさんが気づかぬことをわたしが知ってい〉ることに〈かすかな悦び〉を感じるようになる。戦争の勝敗にも医学の進歩にも興味も関心もなかったノブが〈生体解剖〉への参加を承諾したのは、広石氏[10]が指摘するように、〈ヒルダが夫について知らないことを自分が知っているという勝利の快感を味わうため〉だと考えられるだろう。

ノブは、〈ヒルダが夫について知らないことを自分が知っている〉ことに〈快感〉を得る。知り得た内容が些細な事柄から重大な〈秘密〉へと変わると、〈かすかな悦び〉もことの重大性に比例して、〈勝利の快感に似〉た感情へと変化する。この心理はヒルダ以外に〈看護婦長〉の大場にもむけられている。〈生体解剖〉後、〈捕虜〉の死体を運びながらノブは、〈嫉妬と憎しみとのまじりあった気持〉を抱く大場に対し、〈人間の感情〉がどこにあるのかわからない〈石のような白々しい顔を思いきりひきむいてみたい衝動〉にかられた。大場が橋本教授に好意をもっているという〈秘密〉を知ると、〈相手の急所を遂に突いたという快感がわいて〉くるのである[11]。ヒルダと大場にむけられた〈快感〉を伴うノブの心理には共通点がある。ノブの〈快感〉は、〈嫉妬〉や〈憎しみ〉をもつ同性（傍点引用者、以下同）に対し、何らかの〈秘密〉を知ることで得られるのだ。現に、前橋という女性患者の〈安楽死〉未遂事件の指示者・浅井助手は、〈浅井さんも浅井さんだが〉と記される以外は蚊帳の外におかれ、あくまでもノブの注意はヒルダに払われている。作品には〈医学部内の複雑な人事関係や学閥の秘密〉をはじめ、様々な〈秘密〉が描かれている。だが、〈秘密〉を知る〈握る〉ことで他者に〈快感〉を得るのはノブにだけ見られる心理である。夫に〈執着〉はないものの〈二年もの間〉離婚に応じなかった理由を〈弱さ、世間体だけのため〉としながら、その胸の内を〈植民地の街で男に棄てられて内地に帰っていく多くのみじめな女の一人になりたくなかった〉からだとも記している。ノブの目は〈世間〉と同時に同性にむいており、彼女は同性における優劣意識のなかで生きている人物ともいえる。

この点は〈手記〉の綴り方に顕著であろう。〈手記〉は周囲の女性との関係から綴られている。冒頭で〈夫のことは今は忘れたいですし、彼との結婚生活も、一つのことを除いてはこの手記に関係もありませんから詳しくは書かないようにしましょう〉と断りつつも、夫の浮気を知らせた大連時代の隣人・雑賀さんの奥さんや、浮気相手の〈料亭「いろは」の女〉の様子が何度も記されている。離婚後の〈再度の病院勤め〉が〈たのしいものではなかったのは〈出戻り〉のノブの〈噂話〉をしたり〈指図〉したりする後輩〈看護婦〉の存在にある。勿論、〈生体解剖〉参加についてもヒルダの存在なくして語れない。ノブの〈手記〉は、彼女の解剖参加理由を明らかにするだけでなく、そこに同性を意識し牽制し合う様態をみることができるだろう。

ノブは、〈子を産む能力を失い、男に捨てられた〉ことで心に深い傷をおい、〈寂寥感と孤独な気持に捉えられ〉た女性であり、その心を満たすために〝悪〟に向かうと設定されている。ノブの〝悪〟とは、〈嫉妬〉や〈憎しみ〉を抱く同性の〈秘密〉を握ることで〈快感〉を得るというものであり、男性の登場人物を中心にみえてくる〈生体解剖〉事件の悪質さとは全く違った性質をもつ。ノブが最後に登場する場面には〈寂寥感と孤独〉に戻る姿が描かれている。作品には、〈寂寥感と孤独〉を癒すために〝悪〟を働き、また〈寂寥感と孤独〉に回帰するという、救いのない悪循環に生きる女性の在り様が描かれているといえよう。(12)

また、〈生体解剖〉後のノブをみると、〈ヒルダに勝った快感をむりやりに心に作りあげようと〉している。ノブの関心、感情は専ら同性にむけられ、〈軍人たちが捕虜の肝臓を〉食すか否かすら、彼女にとっては〈どうでもいいこと〉である。これに対し、〈苦しゅう〉なる胸の内が描かれた勝呂は、〈生体解剖〉への参加が〈自分の人生をメチャにしてしもうた〉こと、〈罰をうけても当り前〉のことだと捉えている。また、〈苛責〉を求めて参加した戸田は、〈そうした感情はやっぱり起きてはこなかった〉ことから〈俺には良心がないのだろうか〉と考えつつ、〈堕ちる所まで堕ちたという気持〉が〈彼の胸をしめつけ〉る。〈生体解剖〉事件をめぐり、日本人の〝罪意識〟を問う作品であることは、しばしば指摘されるところだが、その内容を詳しくみれば、男性の側からは、罪意識の有無が描かれているのに対し、女性（ノブ）の側からは、罪悪感という思考そのものの欠落のさまが描かれているのではないだろうか。『海と毒薬』の最も深い問題は、女性に焦点化することでみえてくるだろう（もちろん、こうした男女の扱い方自体に大きな問題が含まれているわけだが、今は作品の構造を指摘するにとどめておく）。

2　〈おばはん〉の示すもの

〈おばはん〉とは、〈F医大〉の〈第三病棟の大部屋〉に入院している余命幾ばくもない〈寝たきり〉の患者である。橋本教授も〈匙を投げていた〉彼女は、出征中の息子に〈会いたい一心〉で手術を受けることを選ぶが、その手術とは柴田助教授の〈実験〉であった。そんな彼女をひとり救おうとしていたのが勝呂である。

第一章（序を除く）は〈生体解剖に至るまでの勝呂の内面を照らし出してお〉り、〈勝呂と《おばはん》の関係がその一つの重要な主軸を形成〉していると指摘したのは川島秀一氏[13]である。氏は、勝呂の〈おばはん〉への〈執着〉は、〈すべての人間の存在が無意味化される〉〈極限の状況にあって自己の存在が無意味化されることを拒絶するただ一つの《意志的行為》だった〉こと、〈おばはん〉に感じる〈「苦しゅうなるんや」という実感は、人間〈他者〉への存在論的な共感（連帯）〉であり、〈深い倫理的な責任性のなかに新たに人間関係を回復するための究極の要件として提示されている〉との見解を示す。そして、〈「そやけど、おばはんも一種、お前の神みたいなものやったのかもしれんなあ」という言葉〉を戸田が発していることに注視し、〈その言葉は、勝呂の心情以上に戸田のそれをこそ照らし出す〉と述べ、〈空虚さから自己を回復するための契機を〉〈獲得しなければならない〉彼にこそ、〈勝呂にとっての《おばはん》の意味が、誰にもまして〉明らかだという。また、三木サニア氏[14]は、〈「おばはん」は勝呂における自己同一性の根拠であった〉ことを認め、〈神みたいなもの〉という戸田の〈比喩は、単に「大切なもの」という意味を超えて、人間存在の基盤、倫理的な拠り所となる、神に等しいものという意味が託されていた〉と指摘している。勝呂・戸田との関係から〈おばはん〉の意味を鋭く捉えた、これら先行研究をふまえつつ、〈おばはん〉に焦点化することでみえてくる問題を考えてみたい。

〈おばはん〉が柴田助教授の〈実験台〉に選ばれた頃、医学部長選の絡みから田部夫人の手術が決まる。ところが、〈ベスト・コンディション〉で行われたはずの手術は、思いがけず失敗に終わる。この出来事が〈手術助手《アシスタント》〉として参加した勝呂に、手術の危険性を突きつけ、かつ、患者死亡後に行われた医療行為の継続に、〈これが医者というもんじゃろうか。これが医学というもんじゃろうか〉と、医者や医学に対する〈空虚感〉をもたらした。〈仕事にも臨床にも病院にも熱意と関心とを持てなくなってきた〉勝呂の変化は、〈おばはん〉への態度や気持ちに表出する。以前、彼女の〈髪の黄色くなった〉頭や〈鶏の足みたいな手〉をみると〈苦しゅうなる〉と感じていた勝呂は、一転して〈言いようのない、あさましさを感じ〉、〈空虚感〉が〈黒い怒りに変る〉と、〈おばはん〉を叩いたのである。田部夫人が死んで間もなく〈おばはん〉も死んだ。〈おばはん〉の死後、勝呂は〈なぜあのおばはんだけに〉〈執着したの〉か考えると、〈戸田の言うようにみんなが死んでいく世の中で、俺がたった一つ死なすまいとしたもの〉であり、〈俺の初めての患者〉であったことを噛みしめる。〈おばはん〉を失った彼は〈もう今日から戦争も日本も、自分も、凡てがなるようになるがいい〉と思うようになる。二人の患者の死が、彼を〈空虚感〉に埋没させたのである。

　勝呂の〈生体解剖〉参加の一因であり、参加を承諾するまでの心情変化を映し出す〈おばはん〉とは、彼にとって何だったのか。それを意味づけるのは戸田である。育った環境も、医者や医学に対する考え方も、実に対照的な二人。夫人と〈おばはん〉の手術に対する違和感を勝呂が口にすると、戸田は〈「え、なぜ悪いねん」〉と一種のわりきりをみせる。両者の決定的な違いについて川島氏[15]は、〈「ぼくらが戸田のなかにはっきりみてとれるものは罪の意識もなく、罪の怖れもない『倫理的』空虚さである」とは、武田友寿氏の至当な発言である。そして、戸田が勝呂と決定的に異なるのは、そのことに戸田が十分に自覚的である点にある〉と指摘し、戸田が勝呂にとっての〈おばはん〉を〈神みたいなもの〉と意味づけた理由について、〈空虚さから自己を回復するための契機を〉〈獲得しなければならない〉彼にこそ、〈勝呂にとっての《おばはん》の意味が、誰にもまして〉明らかだと述べている。第一章の終わり、〈おばはん〉が戸田によって、全く異なる価値を付与されたのはなぜなのか。ここで、第一章以降の〈おばはん〉にも注目したい。

　〈おばはん〉が〃登場〃するのは第一章だけではない。第二章の終わり、彼女と仲が良かった患者・阿部ミツによって語られ（読者も〈おばはん〉を想起することになる）、つづく第三章では勝呂によって三度想起されている。まず〈生体解剖〉直後、〈成程、お前は何もしなかったとさ。おばはんが死ぬ時も、今度もなにもしなかった。だがお前はいつも、そこにいたのじゃ〉と声が聞こえ、その声が〈おばはん〉に言及する。その後まもなく、切り倒された〈ポプラの切株〉を〈ぼんやりと眺め、おばはんのことをふと、考え〉る。この時彼は、彼女の死と解剖に参加した自分を思い、〈「もう研究室をやめよう」〉と思う。三度目は、医者を続けるか否か葛藤しながら〈おばはんが寝ていた場所にいる老人〉を診察した際、瘦せ細った腕の〈白い染みがつき、カサカサに皺のよったその皮膚の感触〉が、彼に〈おばはんの腕のことをふと思いださせ〉た。〈おばはん〉の身体に感じた〈苦しゅうなるんや〉という感情は、彼女の死後も勝呂のなかに息づいている。死んだ〈おばはん〉は、勝呂のなかでは生きている。〈みんなが死んでいく世の中〉だという諦観に身を委ねた彼ではあるが、他の面々とは異なり、〈生体解剖〉後、人を〈殺した〉ことに対して〈苦しゅう〉なったのは、〈おばはん〉が生きているからであろう。勝呂にとって死ぬ前の彼女は救うべき対象であった。だが、〈生体解剖〉参加後の彼にとって、〈ふと〉思い出される〈おばはん〉は、〈自己の存在が無意味化される〉（川島氏）ことから、かろうじて救ってくれる（少なくともその可能性のある）唯一の存在となった。

〈おばはん〉は息子に〈会いたい一心〉で、自分のためだけに生きていた。彼女が死んで、〈実験台〉の価値すらなくした時に、戸田によって〈神〉と重なる可能性が語られる。その彼女が、〈生体解剖〉後に勝呂の意識に〝復活〟し、戸田の〝預言〟通り、彼の〝救い主〟となった。――このような概括はさすがに言い過ぎであるにしても、『海と毒薬』において〈おばはん〉の示すものは、この作品のみならず、遠藤文学を考える上でも示唆に富むのではあるまいか。〝救い〟のメタファーは、一見無価値ともみえる女性の登場人物によって表される可能性もあるのだ。

おわりに

上田ノブに注目すると、男性の登場人物を中心とする〈生体解剖〉事件の悪質さとは異なる、救いのない〝悪〟

が浮上してきた。一方、〈鶏の足みたいな手〉で懸命に生きた〈おばはん〉は、戸田によって〈神〉と重なり合う人物とされ、〈生体解剖〉後に勝呂に一縷の〝救い〟をもたらす。最後の作品『深い河』では、〝悪〟へと傾斜する心性をもち、〈神〉を信じない成瀬美津子とともに、彼女に変化を与えるインドのチャームンダー女神が登場する。女神は〈皮と骨だらけの老婆のイメージ〉で語られ、美津子はそのイメージと重なる〈老婆〉の死体に女神を見ることになる。(16)『海と毒薬』では、まだノブは〈おばはん〉と出会ってはいない。女性の登場人物をめぐる問題は、まだ萌芽といってもよい段階である。それがどのように展開していくかは、本稿の範囲をこえる。

〔注〕

（1） 作品がいわゆる相川事件（昭和二十年に九州大学医学部で行われた生体解剖事件）を下敷きにしていることが波紋をよび、事件の連累者手記（平光吾一「戦争医学の汚辱にふれて――生体解剖事件始末記――」〈「文藝春秋」、一九五七年一二月〉）が発表され、先行研究でも相川事件と作品に描かれた事件の相違が論じられた。本稿では〝事件〟を作品の枠組みと捉えておきたい。

（2） 「『海と毒薬』――日本人的な感覚の追究」（『遠藤周作――その文学世界』所収〈国研出版、一九九七年一二月〉）。山根道公氏も「解題」（『遠藤周作文学全集』第一巻〈新潮社、一九九九年四月〉）で触れている。

（3） 「批評」一九六五年春号に発表。ノートには〈「その前夜」の中でぼくが描きたいのは――ぼくとしては最初の試みであるが――女である。悪の意志にひきこまれる（エバ）としての女である。（いわば、誘惑の女）としてである〉（『遠藤周作文学全集』第十五巻〈新潮社、二〇〇〇年七月〉）との記述をはじめ、ノブやヒルダについてと思われる構想が記されている。

（4） 『遠藤周作の世界』（中央出版社、一九六九年一〇月）

（5） 「遠藤文芸の中の女性たち――聖書との関わりの下に――」（「キリスト教文学」第十八号、一九九九年七月）

（6）「遠藤周作の世界――ピエタについて」（「国文学　解釈と鑑賞」一九七五年六月号）
（7）『遠藤周作のすべて』（朝文社、一九九一年四月）
（8）「『海と毒薬』――〈語り〉のディメンション――」（「日本文学研究」第四十二号、二〇〇三年二月）
（9）「『海と毒薬』論」（「国語国文学研究」第二十一号、一九八六年二月）
（10）（7）に同じ。
（11）峰村康広氏（「生体解剖という踏絵――遠藤周作「海と毒薬」を読む――」（「近代文学研究」第二十三号、二〇〇六年三月」）は、ヒルダ・大場にむけられたノブの〈姿勢〉から、〈ノブは敵対的な関係にある人間について自分しか知らない事実を見出し、心理的に優位に立とうとする〉と指摘している。
（12）ノブの〈快感〉を伴う心理は、必ずしも〝悪〟＝〈快感〉ではない。〈生体解剖〉後のみ、〈むりやりに心に作りあげようと〉している。なお、『真昼の悪魔』には〈悪には悪なりの美や楽しみがある〉と〈悪〉の実行から〈快感〉を得る芳賀（男性）と、〈本当の悪〉（傍点は原文のまま）を模索するも〈悪の快感が伴わない〉大河内葉子（女性）が登場する（拙論「遠藤周作『真昼の悪魔』論――〈女医〉の〈実験〉から見えてくるもの――」（「国文白百合」第三十九号、二〇〇八年三月」参照）。〈悪〉に伴う〈快感〉という観点は、遠藤文学における〝悪〟の問題を考える一つのカギとなるだろう。
（13）『遠藤周作　愛の同伴者』（和泉書院、一九九三年六月）
（14）「遠藤周作『海と毒薬』論―勝呂と戸田をめぐって―」（「方位」第二十四号、二〇〇四年三月）
（15）（13）に同じ。なお、川島氏が引用する武田友寿氏の論考は『遠藤周作の世界』（講談社、一九七一年七月）所収。
（16）拙論「遠藤周作『深い河』論―チャームンダー女神の意味するもの―」（「国文白百合」第三十八号、二〇〇七年三月）参照。
※『海と毒薬』の引用は『遠藤周作文学全集』第一巻（新潮社、一九九九年四月）に拠った。またルビは適宜省略した。

〔加藤憲子〕

『沈黙』論——〈身体〉と〈認識〉のはざまで、そして〈行為〉

一

「沈黙」（'66・3、書き下ろし 新潮社刊）は、遠藤文学の〈七年サイクル〉（「沈黙」、「死海のほとり」（'73・6、同、同刊）、「侍」（'80・4、同、同刊）、「スキャンダル」（'86・3、同、同刊）、「深い河」（'93・6、同、講談社刊））の最初の作となる。さらに、一連のキリシタン文学の実質的先蹤でもある。が、「沈黙」は、それを踏み抜く、遠藤文学の最高峰に位置する一作と考えても過言ではない。すなわち、論者は、いくつかの前提を開陳しなくてはならないが、遠藤文学の古典として紡がれる直近のテクスト（文学作品）と考える。

作者遠藤自身が、晩年、「沈黙」の出来に想到していたことが、「『深い河』創作日記」に伺える。しばしば創作途上の「深い河」と「沈黙」が比されているような箇所が見られる。たとえば、「言葉がきたない。『沈黙』のリズムがない」（'92・8・16）、「彼女をガンジス河に入れなくてはなるまい。両方とも言葉の勝負だ。感動は表現によって決まる。『沈黙』の踏み絵を踏む場面のようにはいかぬものか。」「この作品（註・「深い河」）がわたしの代表作になるかどうか、自信が薄くなってきた。しかし、この小説のなかにはわたしの大部分が挿入されていることは確かだ」（同・8・23）などに伺える。「沈黙」は、作者にとって完成度の高い渾身の作であったことが、伺われよう。その意味でも、このテキストは、多くの〈読み〉の可能性を有しているように思われる。

作家の主体は、あるいはキリシタン信仰、キリスト教の視野に捉われていたかもしれない。また、それらを脇において読まれることもごく自然のことでもあろう。が、このテキストは、この二つをも踏み抜く、もっと広角なリアリティーを有しているように思われる。〈最も美しい〉もの、〈聖らかと信じてきたもの〉、すなわち〈聖なるもの〉〈信仰〉を裏切ることは、〈神〉なるものをも裏切ることになり、裏切る当事者の存在そのものが無化することに陸続きであることを意味しよう。その構図は、確かと捉えておかねばならない。「沈黙」の読みは、この地平を看過して進めまい。が、テキスト「沈黙」は、そこで留まらない、それをさらに踏み抜く〈読み〉も、用意されていると思われてならない。それは、〈生涯の中で最も美しいと思ってきたもの、最も聖らかと信じてきたもの、最も人間の理想と夢にみたされたもの〉あるいは自己の誠実、〈信仰〉、帰属するコミュニティーを裏切る遠景となる身体、またそれを強いるこの世的権力、さらにそれに晒されてたゆとう人間存在の危うさなどなど。その人間存在あるいは、認識と自己の在りようという人間の根源的問いに投錨されているメッセージをも孕んでいると考えるからである。

論者は、かつて、「沈黙」を、

文学が人間の根源的な問いを孕んでいるとすれば、〈宗教と文学〉が、対立構造でなく相関関係で捉えることができる。その前提で、一度、固有の教団宗教の地平抜きにして〈読め〉る。誤解を恐れずに言えば、人間の生き様とは、その軽重浅深の差こそあれ魂の内奥で展開される信と不信の、あるいは愛と裏切りの延長線上に展開されるとも取ることができる。さらに言えば、人は、己が裡に〈内なるロドリゴ〉、〈内なるキチジロウ〉を発見しないと言い切れるであろうか。

と、論じたことがある。[1]さらに、「疎外者の論理」「転向者の論理」、権力によって「歴史から消された者の論理」にも、僅かに触れた。

「沈黙」が発表されて、四〇余年が経った。この間、特に二〇世紀末からこの間に世界に起こったことは、「沈黙」の持つ更なる広角な新たな切り口の再認識を提示し、問題提起を惹起させていると考える。すなわち、自分の意思や誠実を、内面や身体的な苦痛で裏切らせる手法は、古くて新しいものである。「沈黙」の中に散在するこの問題は、歴史的に解決されたものではなく、今も人間や社会の権力が孕む業、付き纏う陰湿な影のようなものである。多かれ少なかれこのような極限状況におかれるという認識を脇に置き、今日的な歴史的な有り様や状況を遠景に置きつつ「沈黙」一編を透かし絵的な視点にも拘りつつ〈読ん〉で見たい。

二

「沈黙」、遠藤文学においては、キリシタン文学と呼ばれる作品群――「死海のほとり」、「鉄の首枷―小西行長伝―」('77・4、書き下ろし　中央公論)、「銃と十字架―有馬神学校―」(『中央公論』'78・1・12)、「侍」など――の最初の作でもある。いうまでもなく、キリシタン時代に材を採ったもので、日本人とキリスト教、キリスト教の日本への土着化の問題をそのテーマにし、さらに、遠藤文学の中では、日本人とイエス・キリスト、〈同伴者イエス〉の問題に発展して行く。

「沈黙」は、徳川時代のキリシタン殉教の歴史に取材し、踏絵を踏んだ〈転びキリシタン〉の問題を追求している。背教者として歴史から消された弱者にも神の恩寵が働いているという信仰の根本命題、あるいは日本的エトス、精神風土へのキリスト教の土着化の問題に迫ったものなどであるという認識は、ごく自然のものである。

さらに、大正期に〈転び〉を描いた芥川龍之介の「おぎん」（'22・9『中央公論』）などから見ると、より内面を抉ったテキストとなっているといえよう。「おぎん」では、火刑に付されようとしていたおぎんは、

わたしはおん教を捨てました。その訳はふと向うに見える、天蓋のやうな松の梢に、気のついたせゐでございます。あの墓原の松のかげに、眠つていらつしやるご両親様は、天主のおん教も御存知なし、きつと今頃はいんへるのに、お堕ちになつていらつしやいませう。（中略）おん教を捨てた上は、わたしも生きては居られません。

と、言って〈転ぶ〉。たしかに、芥川の日本的エトス、精神風土へのキリスト教の土着化の問題に迫った先見性は鋭い。が、人間の内面の心模様という地平から見ると、「沈黙」は、より成熟していよう。テキスト「沈黙」は、ベクトルの据え方に聊かデリケートにならなければいけない。が、歴史の中で自己の実存をかけて信じ行動をしてきたものを〈踏み絵〉という身体行為によって、身体への苦痛あるいは精神的危機意識によって〈転ぶ〉〈転ばない〉という極限状態に置かれる〈認識〉と〈行為〉のゆれと乖離に見られる内面のカオスは、人間の根源的なものといって良い。繰り返すならば、「沈黙」に、次なる〈読み〉も用意されるとき、〈転び〉のモチーフは、人の内面の営みに重く深く食い込むのである。

テキスト「沈黙」は、冒頭にすでに〈拷問〉の前に〈転び〉〈裏切り〉を置き、テキストの収斂する地平を指し示している。

ローマ教会に一つの報告がもたらされた。ポルトガルのイエズス会が日本に派遣していたクルストヴァン・フェレイラ教父が長崎で「穴吊り」の拷問をうけ、棄教を誓ったというのである。この教父は日本にいること二十数年、地区長という最高の重職にあり、司祭と信徒を統率してきた長老である。

と、衝撃的な書き出しでテキストは開かれる。フェレイラは、〈稀にみる神学的才能に恵まれ、迫害下にも上方

地方に潜伏しながら宣教を続けてきた〉。彼の〈手紙には、いつも不屈の信念が溢れていた。その人がいかなる事情にもせよ教会を裏切ることなど信じられないことである〉。この伝聞の真相を確かめるべく、彼の教え子であるロドリゴやガルペは、禁教の日本を目指し、そして困難な旅程を経て日本の地に上陸する。テキストは、この〈転び〉の真相探求という力学を持って開かれ、読者もまたその真相探求、謎解きの旅に出る。そして、目撃する。フェレイラは、再会した教え子ロドリゴに陳述する。

「わしがここで送った夜は五人が穴吊りにされておった。五つの声が風の中で縺れあって耳に届いてくる。役人はこう言った。お前が転べばあの者たちはすぐ穴から引き揚げ、縄もとき、薬もつけようとな。わしは答えた。あの人たちはなぜ転ばぬかと。役人は笑って教えてくれた。彼等はもう幾度も転ぶと申した。だがお前が転ばぬ限り、あの百姓は助けるわけにいかぬと」

対し、ロドリゴは「祈るべきだったのに」という。フェレイラは、

「祈ったとも。わしは祈りつづけた。だが、祈りもあの男たちの苦痛を和らげはしまい。あの男たちの耳のうしろには小さな穴があけられている。その穴と鼻と口から血が少しずつ流れだしてくる。その苦しみをわしは自分の体で味わったから知っておる。祈りもその苦しみを和らげはしない。」

と、答えた（この短い言説の中で、フェレイラの認識が「和らげはしまい。」から「和らげはしない。」と変化していることは見逃すべきではない）。さらに、「たしかに、基督は、彼等のために、転んだだろう」と展開する。そして、「基督は、人々のために、たしかに転んだだろう」さらに、「基督は転んだだろう。愛のために。自分のすべてを犠牲にしてまでも」と、深化してゆく。

「ほんの形だけのことだ。形などどうでもいいことではないか」通辞は興奮し、せいていた。「形だけ踏めばよいことだ」／司祭は足をあげた。足に鈍い痛みを感じた。それは形だけのことではなかった。自分は今、

生涯の中で最も美しいと思ってきたもの、もっとも聖らかと信じてきたもの、最も人間の理想と夢にみたされたものを踏む。この足の痛み。

ここで、ロドリゴの〈転び〉は成立する。ただここで、看過してはならないことは、〈転び〉を迫る仕方が、云うまでもなく、重層的であるということである。すなわち、肉体の責めではなく、他者の責め苦しみを想起共有させることで、〈裏切り〉〈転向〉を引き出すという装置である。古典的ともいえるが、いわば、歴史の闇で多く繰り返されてきた単線的な拷問でないということである。

この原型は、すでに、遠藤文学創始からあったモチーフである。たとえば、芥川賞受賞作である「白い人」（'55・5、6『近代文学』）において、

マリー・テレーズが、無事、この部屋から出るためにはジャックは同志を裏切らなければならない。リヨン第六区の連絡員の名、住所を口割らなければならぬ。その時、彼が裏切るのは同志だけではない。彼が腰に下げた銀色の十字架、その十字架に対してである。／（中略）ジャックが裏切らねば、アレクサンドルやキャバンヌは彼女を陵辱するだろう。ジャックだって陵辱という行為が、たとえ、強要されたものにしろ、若い娘に決定的であることぐらいは知っている筈だ。二人は互いに裏切るか、裏切られるかの位置におかれている。

が、動く前に、ジャックの「ゆるしてくれよう」という声に、テレーズは〈ブラウスのホック〉を外し始め、さらに、神学生のジャックは舌を噛み切って自裁をとげる。すなわち、〈転び〉を迫られる限界状況で、身体の拷問の次に用意されたものは、他者の不本意な苦しみを共有させる心理バトルであった。ロドリゴの振る舞いの周縁には、遠藤文学に通呈するものがあり、それは、その始原にすでに存在していたと見るべきであろう。

しかし、「沈黙」は、〈一六番館の片隅で、ひっそりと置かれていた踏絵とその黒い足指の痕〉や〈強者と弱者、

――つまりいかなる拷問や死の恐怖をもはねかえして踏絵を決して踏まなかった強い人と、肉体の弱さに負けてそれを踏んでしまった弱虫とを対比すること〉（「一枚の踏絵から」『切支丹の里』'71・1　人文書院刊）から読み始められることが多かった。もちろん、作者自身の自注に絡め取られてしまったことが、強力な方向性をおのずと作ったことは認めるが、いったん遠藤文学テキストから鳥瞰すれば、「沈黙」で展開される転びは、もっと広角な〈読み〉を看取することが許されるのである。

三

「白い人」のジャックは、神学生でありながら、テレーズを解放するために命を絶った。自らに課せられる直接的苦痛は耐えることができたが、他者を巻き込んでの心理的ハラスメントには耐えられなかった。〈自殺はカトリック教徒には、絶対に行ってはならぬ大罪〉をも覆う形で命を絶った。きわどい問題を抱え込みながら、ジャックは裏切りもせず転びもしなかった。結果的に、括弧つきではあるが〈強者〉となった。ここでは、前述の〈強者と弱者〉までは、問題意識が整理されていなかった。先にも述べたように、古典的な枠組みから大きく逸脱するものではなかった。

「沈黙」では、フェレイラにも、ロドリゴにも、〈テレーズ〉は用意された。フェレイラは「彼等はもう幾度も転ぶと申した。だがお前が転ばぬ限り、あの百姓は助けるわけにいかぬ」、ロドリゴも「お前が転ぶといえばあの人たちは穴から引き挙げられる。苦しみから救われる」と責められる。穴吊りにされている〈彼等〉〈あの人たち〉は、すでに〈転んだ〉ものたちであった。ついに、ロドリゴは、〈自分は今、生涯の中で最も美しいと思ってきたもの、もっとも聖らかと信じてきたもの、最も人間の理想と夢にみたされたもの〉を〈踏む〉のである。

ロドリゴは、境界線を〈踏み越え〉、〈転ぶ〉。

「沈黙」に〈ジャック〉はいなかったかというと、いた。同志のガルベである。

奉行様も、もしパードレ・ガルベが転ぶと一言、言えば三人の命は助けようと申されておる。既にあの者たちは、昨日、奉行所にて踏絵に足をかけ申した。

が、沈黙を守ったガルベは、海に小船に乗せられてゆく〈三人〉をおって、〈海に両手をあげて飛びこんだ。〉そして、蓑虫のように簀巻きされ海に投げ出される〈三人〉に祈りを叫ぶ。そして、〈ガルベの頭だけが難破した船の木片のようにしばらく漂っていたが、船のたてた波が間もなく覆ってしまった〉。その〈ジャック〉を描きこみ、それを越えながら、ロドリゴの〈転び〉を描きこんだのである。

「沈黙」は、「白い人」に描かれた風景を孕んでいるとすると、新たな重さを加えることも牽強付会ではなかろう。「沈黙」は、ロドリゴの〈転び〉で閉じられたわけではない。周知のように、テキストは、「附」に紛うような「切支丹屋敷役人日記」によって閉じられる。そのなかで、さりげなく、「宗門の書物」や吉次郎に「切支丹の本尊」を身につけさせたりし、宗旨返りを暗示して〈転び〉後の痕跡を仕込んでいる。すなわち、テキスト「沈黙」は、〈転び〉で閉じられているわけではない。いったん閉じられたテキストは、開かれているのである。

作者遠藤は、後に、「沈黙」に「加筆すべき事項」として、いくつか挙げその最後に「転んだあとの心理を詳しく」と、六六年一月一〇日の「日記」に記されているという。[2] なるほど、その心理は、書かれなかった。遠藤は、加筆すべき事項として、〈転んだあのあとの心理〉が気になっていたことは事実だ。

〈転び〉の風景として、ペドロ岐部などをモチーフにすることで、果たされている。遠藤は、戯曲「メナム河の日本人」（'73・9、新潮社）で、ペドロ岐部を登場させているが、「銃と十字架」で描き、更に「王国への道」（'81・4、平凡社刊）で再び描いている。「侍」の土台になったといわれている「銃と十字架」において、〈転び〉

を取り上げている。遠藤は、「死海のほとり」執筆後に〈フィクションというものに〉〈疑問を抱〉き、〈いやになって〉〈評伝とか歴史的なもの〉を〈書い〉たと述べている。(3) 遠藤は、〈転んだあとの心理〉や〈フィクションへの疑問〉から、ペドロ岐部に本格的に取り組んだと思われる。この中で、〈転び〉を描く。

迫害下の日本に戻り、神父として万が一、拷問の苦痛に耐えかねて転ぶようなことがあれば、それは彼を信じ、彼を範としようとしている信徒たちにも大きな衝撃を与えることになる（中略）一人の神父が転ぶというのは、一人の信徒が転ぶことと同じではないのだ。

執拗にキリシタンになされた〈拷問〉が描かれたのち、逮捕された岐部に「拷問がかけられると宣告された時、ペドロ岐部は来るべきものが来た、と思った。耐えられるか、どうか。彼にはわからない。」と言わせている。そして、かのフェレイラも転んだ穴つるしの〈永遠の地獄のようだった〉〈長い苦闘〉なかで、他の二人の神父が転ぶのを知っても、岐部は転ばなかった。そして、ついに、火刑に処せられ「彼の裸の上におかれた小さな乾いた薪にゆっくり火がつけられた。やがてその腸がほとんど露出し……」、殺害される。ロドリゴとは、対極というべき異なった地平で〈転び〉を描く。が、二人の神父に「自分が神から罰せられる人間だと思いつつ、毎日を生きねばならなかったその余生は、文字通りこの世の地獄であった」と同情を寄せる。「キリシタン屋敷役人日記」の記述は、ここに顕在したといえよう。

いかなる信者でも、彼らの苦闘と彼らが受けたすざまじい拷問を考える時、非難や批判の言葉を言える筈がない。この二人の神父もまた岐部と同じように、神のみ手に抱かれたと私は信じたいのだ。

と、書き込まれている。「沈黙」の〈沈黙〉は、一〇年を経て「銃と十字架」において、破られる。神の沈黙ならぬ、ロドリゴの〈沈黙〉である。さらに、「侍」にも継承されていく。

〈強者と弱者、――つまりいかなる拷問や死の恐怖をもはねかえして踏絵を決して踏まなかった強い人と、肉体の弱さに負けてそれを踏んでしまった弱虫とを対比すること〉に始まった「沈黙」は、歴史的強者崇拝と歴史的弱者消去への異議申し立てであり、反措定であった。弱者の復権があった。それは突き抜けてはいなかったとは述べてきた通りである。が、そこに、透明の澱の様にもう一つの〈沈黙〉が仕込まれていた。その仕込みは、なかなか顕在化しなかった。それは、拷問に耐えた人の〈沈黙〉に対する躊躇いであったろう。「銃と十字架」で、岐部は転ばなかった。「侍」では、「ここからは……あの人がお供なされます」と、殉教する〈侍〉に声がかけられ、火刑にかけられるベラスコに自らの〈虚栄心〉や〈傲慢〉を見出させている。

「白い人」ジャックは、拷問のなかで神学生でありながら、自分の窮地を脱しさせるためにホックを外し始めたテレーズを見、自裁した。「沈黙」では、ガルベを配しつつも、ロドリゴに新たな〈沈黙〉を託した。それは、岐部を描くことで破られたかにも見える。強者の〈沈黙〉に想到することによって、テキストの「沈黙」の新たな〈読み〉が見えてくる。人間の尊厳に迫る不条理をぎりぎりの中で描いたことには間違いない。

〔宮坂　覺〕

〔注〕

（1）「遠藤周作『沈黙』――〈神と神神〉への挑発――」（『国文学』'89・6）

（2）藤田尚子編『遠藤周作『沈黙』草稿　翻刻』（'04・3　外海町立遠藤周作文学館）

（3）「対談　小説作法」（'82・10、『文学界』）

狐狸庵の挑戦――もうひとりの滑稽化した自分

没後十一年目のテレビコマーシャル

「違いのわかる男、狐狸庵先生・遠藤周作」――。

コーヒー会社が制作したこのコマーシャルがテレビに流れたのは、昭和四十五年である。軽井沢の山小屋の庭で、木陰をはしり、犬とたわむれ、テーブルの上ではフランス語の原書がパラパラと風にめくられ、そしてコーヒーカップからは白い湯気がたちのぼる――「違いのわかる男、狐狸庵先生・遠藤周作」。

このコマーシャルによって、小説家・遠藤周作の顔と名が「狐狸庵先生」の呼称とともに一躍、世間にひろまったのはいうまでもない。エッセイ集「狐狸庵閑話」はさらなる売り上げを記録し、テレビでは連続トーク番組「こりゃアカンワ」も放映された。その結果、旅に出ればどの地でも「狐狸庵センセイ」と声を掛けられて記念の写真におさまり、店に入れば色紙を求められ、あげくには日本各地に「狐狸庵」という名の酒場まで出現した。

当時、遠藤周作は四十代半ば、「沈黙」を書いた直後だった。日本人にとっての信仰と神の問題を扱った作家がたびたびテレビに現れることに、文壇の一部の人々は渋面をつくった。なかには面とむかって「遠藤クンはテレビで忙しいからねえ」などと嫌みを口にする先輩作家もいたが、当時の文壇には「文士かくあるべし」という少々古くさく偏屈な美意識が残っていたのも確かである。つまり、純文学作家（この言葉もすでに古いが）がテレビに出て顔を知られ、あぶく銭をもうけることに対する抵抗感、もしくは自己規制が当時の文壇にはあって、それに抵触したのが『沈黙』の作家だったということになる。

遠藤周作の出演するコーヒーのコマーシャルは、この作家没後十一年が経った平成十九年、「四十年目のリニューアル」と題されて再びテレビに流れた。そこには昔のままの狐狸庵先生――太い黒縁のメガネをかけた、まだ若い、精気に溢れた遠藤周作が映るが、すでにこの世にいない小説家の出演するコマーシャルなど、おそらく誰も聞いたことがない。しかし効率を重要視する広告業界のことだから、その辺の計算はしたうえでの起用だろう。ということは「狐狸庵先生」は今日でも充分に通用するキャラクターであり、「狐狸庵モノ」といわれる作品もまた、どっこい生きている、ということになる。……私には、どこか彼方で、少々照れつつもニタリとしている遠藤周作の顔が浮かぶ。しかし、「狐狸庵」と名乗って気難しい純文学作家の顔を隠し、いわば「二重人格」を徹底した小説家には、そうしなければ生きられない事情も匿されていたのである。

おどけとしての狐狸庵

「狐狸庵」の名称は、最初は町田市玉川学園に建てた新家屋の、母屋とは別の、書庫と居室のある離れに付けられた名前だった。なぜ「狐」と「狸」を選んだかは、当時の町田にはまだ狸も出ていた、と本人も書いているが、あるいは「ホラ吹き遠藤」と言われて人を騙すことが多かった作家が、人を騙す動物としての狸と狐を自虐的に号に取り入れたのかもしれない。初めは家屋に付けた名前を、やがて自身にも戯れに使い、「狐狸庵山人」

あるいは「狐狸庵散人」と称するようになった。そしてまだ四十歳そこそこだというのに、顎にも眉にも白い髭をつけ、杖をつき、腰を曲げ、江戸時代の俳人か墨客という被布を着て、そのまま銀座のバーに出かけたこともあったという。

老爺に扮したその姿を見て、三島由紀夫が「なぜそんな爺くさい恰好をするのか」と言ったとき、「あなたこそ由紀夫などと若々しいペンネームにして、いったい歳をとったらどうするのか」と切り返したというが、このあたりは三島、遠藤という二人の個性、あるいは価値観の違いを歴然とさせる。老年を拒絶し自己の滑稽化を排した三島の美学と、老年を気取り滑稽化を好んだ遠藤の反美学とでも言えそうな思考法には、文学的な意識や趣味は別にして大いに違いがあった。

「狐狸庵」という野暮くさくもあり滑稽でもある号を用いたことに関しては、まずこの時期の遠藤周作の個人的事情に触れておかなければならない。四十代の初めといえば、長期の入院生活から解放された直後だった。遠藤は三十代の終わりに結核を再発し、二年二ヵ月におよぶ入院生活を経て昭和三十七年に退院しているが、町田へ転居したのはその翌年のことである。「今度の病気のあいだは照れくさいことながらやはりカミサマのことばかり考えつづけてきた」(「初心忘るべからず」)と書いているように、この入院期間中、まもなく四十歳になろうという作家は自分の信仰と真剣に向き合わざるをえなかった。生還の確率は五割という肺手術も受けた闘病生活のなかで、否応もなく自分の信仰について考えさせられた、というのである。そして退院後、書き下ろし長篇『沈黙』の執筆にとりかかる。どうせいちどは諦めた命だ、それを生きられたのだからもう書きたいことを書いてやれと思った、とエッセイにも書いている。キリスト教や神や信仰のことを行間に隠さず、正面から書いてやれ——。その結果が『沈黙』であり、このなかで作者は、人間とともに苦しむ同伴者としてのキリストを描き、終章ちかくの「踏むがいい」と言うキリストの言葉にたどり着くのである。それは天上からではなく足元から、つまり床に置かれた踏絵のなかから見つめてくる、無力だが決して人間を見すてない哀しげなイエスの姿でもあるが、このイメージを獲得したのが、二年二ヵ月におよぶ入院生活だったのである。

このイエス像に〈母〉のイメージが重ねられていることは、江藤淳による指摘以来もはや定説となっている。もっとも江藤は、『沈黙』のイエスを「著しく女性化されたキリスト、ほとんど日本の母親のような存在」としたが、この指摘に遠藤自身が「あれは小説家と批評家のもっとも理想的なつながり」だと周囲にも洩らし、以後、江藤の指摘に刺激されたかのようにして〈母なるもの〉としてのキリストを描き続けた。

普通、信仰とは、神と人間との個人的な契約なのだが、遠藤周作の場合、母との契約といった色合いが強い。幼少時に母からカトリックの洗礼を受けるように言われ、ただ、母を哀しませたくないからという理由で受洗した。その後にキリスト教を捨てなかったのも、とにかくそれは母からもらったものだから、という理由だった。遠藤周作が神＝キリストと向き合うとき、その間に必ず母親の顔があったことは間違いない。つまり、二年二ヵ月の入院生活中に自分の信仰と向き合ったとき、遠藤と神との間には常に母親の顔があり、信仰について考えることは母親について考えることでもあった。しかしこれは辛い作業だったはずである。なぜなら、苦労ばかりをかけた母親は、息子が三十歳のとき、脳溢血で突然に死んでいった。何一つ、親孝行も出来ぬままだった。まだ一つの小説も書いてはいなかった。しかも息子は臨終にも間にあわず、駆けつけたときに母親は明らかな苦痛の表情を残していたのである。

遠藤没後に、書架のなかの一冊の仏文原書のあいだから、母親の臨終直後の写真が発見された。運び込まれた病院のベッドでのものか、一人暮らしの自室に戻されてからのものかはわからない。誰が撮ったものなのかもわからない。枕元にはローソクが灯され、母親は顔の白布を外されている。そして明らかな苦悶の表情を遺している。頬はゆがみ、眉も寄せられている。それはたとえば、ドストエフスキーが『白痴』のなかで、この絵を見たら信仰をなくす人間がいるかもしれないと書いた「キリストの遺骸」（ハンス・ホルバイン作）を思わせるほどに苦しみに歪んだ顔である。それを見た息子が、自分は母親を孤独のまま死なせてしまった、と痛恨の思いに駆られたことは想像に難くない。だから写真を書架の本のなかに閉じこめ、おそらく息子はその後一度たりとも、取り出して見つめはしなかっただろうと推測できる。

つまり、長期の入院生活のなかで遠藤はこの苦しげな母親とも対決しなければならなかった。自分にとってキリストとはどのような存在であるのか、日本人にとって神とは何か——それを考えるたび母親の顔が重なり、入院生活から帰還後はその母親に赦してもらうために小説を書きつづけた。『沈黙』のなかの〈母親のようなキリスト〉は、長期の入院生活によってもたらされた遠藤の文学的回心の結果だった。

したがって遠藤周作という小説家にとって、小説とは母親への報告であり、同時に赦しを乞う作業でもあった。それは書く者にすれば、深刻で、余りに重苦しい時間である。神と信仰をテーマとする、遠藤周作という名を持つ小説家は、神と信仰をテーマとする作品を書く限りは、この深刻で重苦しい時間を生きなければならない。だから、仕事場とする書斎は、自身でも告白しているとおり、「母親の子宮」のように、暗く、湿っていなければならなかった。少なくとも、そういう安心感なしには、小説を書きつづけることが出来なかったにちがいない。

じつは、「狐狸庵」というもう一人の遠藤周作は、そのような状況のなかで誕生していたのである。

辛く哀しいことがあると自分はおどける、と遠藤周作は書く。大連での小学生時代、不和になった両親の諍いの声が毎晩のように家に響き、少年遠藤は蒲団のなかで耳に指で栓をして耐えた。家はいつも暗く、学校に行っても愉しめない。「そんな自分の心をかくすため悪戯《わるさ》をしたり、おどけた。（略）その性格は今日まで私のなかに続いている」（「クワッ、クワッ先生行状記」）とあるように、遠藤周作は、純文学作品を書きつづけるなかで、おどけるようにして狐狸庵というもう一人の自分を演じた。

手本としての永井荷風

古今、作家は先人の生き方や作品に倣い、あるいはその手法に学んで、自分の作品を作り上げてきた。これは何も小説世界に限ったことではなく、モーツァルトが人真似の天才として出発したように、他のどんな分野でも同様の事実だろう。遠藤周作もまた、先人から多くのものを学び、それを自分のものとしてきた。小説に登場させる女性には、しばしばモーリヤックの主人公テレーズ・デスケルウの、たとえば「ひろい額」という特徴が用いられるし、また『深い河』などで使われる「たまねぎ」（神の暗喩）という表現も元をただせばグレアム・グリーンの『情事の終り』のなかでの、主人公ベンドリクスが恋人との間で使う暗号としての「玉葱」にあったと思われる。

では、「狐狸庵」のヒントとなったものは、と考えて最初に思い浮かぶのは、明治から昭和を生きた永井荷風である。この荷風もまた、多くの号を持った。「断腸亭主人」「石南居士」「金阜山人」などと称し、さらに麻布・市兵衛町の家を自ら「偏奇館」と呼んだ。

遠藤周作は、他の荷風作品についてはわからぬが、『断腸亭日乗』はとにかく愛読した。そして遠藤自身も絶えず日記を書いていた。それはフランス留学時代にはじまり、最後となった『深い河・創作日記』までつづく。そのほとんどは公表されているが、その筆法には荷風の『断腸亭日乗』を真似た箇所も散見される。

くわえて、永井荷風と遠藤周作には、境遇として多くの共通点がある。まずは、蒲柳の質であったということだろう。つまり、ともに病弱だった。荷風は十五歳で瘰癧カリエス（結核菌による病）になり、翌年に中学を落第しているのに対し、遠藤も中学では劣等生、旧制高校受験に何度も失敗し、十九歳で最初の喀血をしている。荷風も旧制高校入試をしくじったが、その後、父母と中国・上海に渡っている。時代はずれるが、遠藤も父母と大連に渡って小学生時代を過ごした。

父親の名が、永井は久一郎、遠藤は常久というのは類似点のこじつけだとしても、永井久一郎が日本郵船の上海支店長で、荷風を実業家にすべくアメリカ留学させたという事実は、遠藤常久が安田銀行に勤めてその後も実業界に生き、周作を医者にしようとしたことと符合する。さらに荷風はそのアメリカでイデスという女性と耽溺の生活を送るが、遠藤はフランスからの帰国直前、ソルボンヌ学生のフランソワーズと恋愛し結婚の申し込みをした。そして荷風もアメリカからそのフランスに移って、リヨン正金銀行支店に勤務していた。

当然、遠藤は留学先のフランスで荷風の『ふらんす物語』を読んでいる。同じリヨンに暮らした荷風に、すでに小説家になることを決意していた遠藤は、憧れと同時にある種の親近感を抱いたに違いない。事実、帰国後ほどなくして最初の本『フランスの大学生』を出版し、その祝賀パーティーに遠藤が洒落た白麻のスーツを着てあらわれたとき、友人の安岡章太郎は「荷風の写真なんかを見て、自分をこしらえたんじゃないか」と言った。

荷風の文学と遠藤文学とは、たしかに類似性が薄い。西洋を体験し日本人との価値観を見比べたという点では共通するが、たとえば荷風がみせた女たちへの関心の強さと情欲は周作にはない。しかし荷風がしなやかで美しい女たちに憧れたのは、自分が病弱で、「要するにダメ男、ナマケ男だから」（持田叙子『朝寝の荷風』）という指摘は重要である。つまり、荷風は結果として女たちに憧れるという方向に行ったが、それをもたらした病弱でダメ男という心情はそのまま遠藤のものでもあった。文化勲章を受け、芸術院会員にも選ばれ、それでも偏奇の生き方を貫いた荷風に、おそらく遠藤は共感しただろう。荷風の快楽主義的嗜好は自分にはないし、蒲柳の質であるという内なる弱さを武器として競争社会を批判するという荷風の生き方にも自分は馴染まないが、荷風が江戸の戯作者のように隠者的に暮らし、世間を横目に見るふりをしながらもその世間に飽くなき好奇心を抱きつづけた生き方にはおそらく共感した。

永井荷風が、自分の文学に〈老い〉を活用したのは知られるところである。たとえば前出の持田叙子は荷風と老いの関係を次のように切り取って見せる。「老いとは、大へんに懐の深い器なのですね、弱気も強気も両様備え、矛盾することなく不可思議な蒼い水を湛えている――（略）社会に訴える青年としての若々しく直情的な声から離れ、深く面妖な老いの器に自らを託すことを知った時、作家としての荷風が誕生したのではないかと。老いとはですから、〈荷風〉そのものではないか、と」（荷風万華鏡「戦略としての老い」）。

そして荷風二十九歳の作品「恋人」に早くも「美しい老い」が描かれているという。

持田が荷風に見出したこの「老いの戦略」に、我われは遠藤周作の「狐狸庵」作戦を重ねたくなるが、ただ遠藤の場合は荷風のような「美しい老い」ではなく、あくまで自分を滑稽化するために老いを気取ってみせるという、いわば「ユーモラスな老い」であった。したがってその住まう場所も「断腸亭」や「偏奇館」ではなく、「狐狸庵」となるのである。

自分を滑稽化するという戦略

狐狸庵山人によるエッセイの特徴は、たとえば次のような一節に代表される。

「私は亭主族というのが好きだな。なぜかって？　人間の臭いがプンプンするからです。孤独で小心でさ、威張りたくって、そのくせダメ男で、これあ、オレたちじゃないか」（『ぐうたら人間学』）

ここで言う「亭主族」とは、たとえば日曜日の午後、家族が出かけたあと一人家に残され、ステテコ一枚で縁側に寝そべっているような、憐れで哀しくて滑稽な亭主である。家族から除け者にされた、孤独で、ダメな、ナマケ者——。これこそが狐狸庵エッセイの主人公であり、語りかける相手であり、また書き手自身をも含めた「オレたち」なのである。その点では、弱者への共感をテーマとした遠藤周作の純文学作品と根は同じなのだが、ここで言い添えておきたいのは、現実には遠藤周作という人間はダメ男でもナマケ者でもなく、むしろ勤勉で、極端といえるほどのマジメ人間だったということである。さらに、スーツを着れば長身にピタリと合って颯爽としていたし、フランス語を普段話す日本語の口調で使いこなせたし、食事の際のたべ方も会話も洗練されていた。それでも、あえてその形を崩す。つまり、突然カツラをつけて人前に現れたり、下がかった話に興じたり、若い者たちと酒を呑めば茶碗を箸で叩いて戯《ざ》れ歌にダミ声をはりあげた。

もちろん、それらがすべて造られた遠藤周作だというつもりはない。狐狸庵流に言えば、その人間のなかに普段は隠されていた小さな要素があるとき拡大されて突飛な行動に出る、ということもあるのだろう。遠藤周作のなかに、ぐうたらでダメな要素がなかったとは言えない。「ええなあ、酒のんで、寝ころんで、ぶーらりぶーらり、毎日暮らせたら」とよく口にしたが、そのように生きられなかったのが遠藤周作という人間であり、この小説家はただ、ナマケること、ダメなこと、劣等生や落第坊主であることに憧れたのである。そしてそれを、遠藤周作ではなく狐狸庵というもう一人の自分に演じさせた。三島由紀夫のような人生に敢然と立ち向かう生き方は性に合わなかった。荷風のように内なる弱さ＝病弱を武器にして社会を批判し、一方で美しい老いに向かうこともまた好みではなかった。何より自分を滑稽化すること、それが狐狸庵の基本的戦略である。そして、ぐうたらを標榜し、低い位置から世間を見つめる——。

晩年、七十歳を越える頃にはじまった闘病生活のなかで、あるとき、渡した原稿に編集者がタイトルに添えて「狐狸庵」という謳い文句をつけようとしたときだった。ちょうど最後の長篇『深い河』にとりかかっていて、気力と体力のすべてはそこだけに向けられていた。

「もう、狐狸庵でもないだろう」

と遠藤周作は拒絶したが、以来、この名は既刊の書物以外には見られず、この作家もそれからまもなく世を去っていく。しかし、冒頭で触れたように没後十一年目、突然に「狐狸庵」はテレビのコマーシャルを通して復活するのである。どっこい、自分を滑稽化するという狐狸庵の挑戦はまだまだ生きている。

〔加藤宗哉〕

『侍』——宣教師ベラスコをめぐって

『侍』（新潮社、昭55・4）の刊行に先立って作者の遠藤周作は三浦朱門と、「〝王〟にあいに行った男—書き下ろし長編『侍』をめぐって—」（『波』昭55・4）と題する対談を行っている。対談の途中で三浦朱門が〈受洗するというのは、動機が打算的なものであろうと、本当に深く考えたものであろうと、実はたいした違いはないと思う〉と発言すると、それを受けて遠藤も〈今の僕はそう思っているよ。君が洗礼を受けたのは、自分で選んだのだからいわば恋愛結婚。僕なんか子供のときからの許婚だよ。見合だろうが恋愛だろうが結婚というのは結局同じだ、というのと同じように、洗礼だって人にさせられようが自分の意思で選ぼうが大差はない、ということはこの二十年ぐらい少しずつ解ってきたからね〉と語り、対談の終わり近くで次のように述べる。

〈この小説は僕の私小説みたいなものなんだ。僕は戦後最初の留学生で、あの戦争のあと初めてヨーロッパへ行ったでしょう。三十五日間のかなり苦しい船の旅でね。海の描写などは、やはりあのときの体験を織りこんでいるし、さっきから話しているような現在の僕の心境は、長谷倉の生き方、死に方の中に投影しているしね。〉（傍線は引用者）

右引用文の傍線部の〈長谷倉〉は、遠藤が〈ベラスコ〉と言うべきところを言い違って〈長谷倉〉と言ってしまったのではないか。なぜなら、〈洗礼だって人にさせられようが自分の意思で選ぼうが大差はない〉という〈現在の僕の心境〉を体現しているのは、主人公の〈長谷倉〉ではなく、もう一人の主人公〈ベラスコ〉だからである。

日本での布教の権利を自己の属するポーロ会に独占させ、自らは日本の司教に任命されたいとの野望を抱きローマ行きを計画した宣教師ベラスコは、メヒコの地で日本人商人三十八人に策を弄して洗礼を受けさせるが、そのことを彼は手記の中に次のように記す。

〈たとえこの商人たちが利のため、取引きと商いとのために、主と洗礼とを利用したとしても、神は洗礼をうけた彼らをお見棄てにはならぬであろう。一度、主の名を口にした者を、主は決して放し給わぬからだ。〉

この〈一度、主の名を口にした者を、主は決して放し給わぬ〉という言葉をベラスコは手記の中でしばしば繰り返す。〈動機が何であれ〉〈神に一度関わった者は神から逃れることはできぬ〉というふうに表現は少しずつ異なるが、マドリッドで〈侍〉（長谷倉六右衛門）たち三人に形式的ではあるが洗礼を受けさせようとしている時には〈主の御名を一度でも使った者はやがては主の虜になる〉と彼は言う。作中で七回も繰り返す洗礼の秘蹟について語ったこのベラスコの言葉に、十二歳の時母親の命令で受洗し、青年時代に幾度もキリスト教を棄てようとして棄てられなかった遠藤の信仰の軌跡が投影されていることは述べるまでもなかろう。〈やはり秘蹟を信じているから洗礼のことを書いているわけです。秘蹟というのは、一度かかわった者は決してそこから離れられない力がそこに働くということで、私は信じています〉とは、加賀乙彦との対談「『侍』について」[1]の中の遠藤の言葉である。

宣教師ベラスコと作者との結びつきは勿論これだけではない。彼は太平洋を渡る船の中で次のように手記の中で書いている。

〈十年――口惜しいが日本には神は遂に根をおろさなかった。私の知る限りヨーロッパのいかなる国民にも劣らぬほど智慧と好奇心とに富んだ日本人だが、我々の神に関わるとなると眼をつぶり、耳に指入れる。時には私にはこの国が「不幸なる島」に見えることさえあった。だが私は挫けてはいないし、神の教えの種は日本にまかれたが育て方が悪かったのだと思っている。長い歳月の間、布教権を独占してきたペテロ会はこの国の土質も考えず、適した肥料も選ばなかった。〉

これはどう見ても、十六、七世紀の日本切支丹史の宣教師の言葉ではない。ザビエル（一五〇六～一五五二）はその書簡に〈日本は、キリスト教の聖教の弘布に頗る適した国である〉〈今までに発見された国々の中で、日本だけが、キリストの聖教を、永久に伝へることの適当な国である[2]〉と書き、ベラスコのモデル、ルイス・ソテーロ（一五七四～一六二四）と同時代の宣教師オルガンティノ（一五三〇～一六〇九）も〈私たちが大勢の宣教師をもつならば、十年以内に日本人は（挙げて）キリスト教徒となるであろう[3]〉と記し、日本をキリスト教にとっての黄金の国と考えている。ベラスコの立場は、〈この国は沼地だ〉〈この国にはな、どうしても基督教を受けつけぬ何かがあったのだ〉と呟く『沈黙』のフェレイラに近いが、彼のように絶望している訳ではない。布教の方法を改善することによってキリスト教の日本への土着化は可能だと考えている。こうしたベラスコの立場は、キリスト教とは異質な日本の汎神的精神風土にいかにしてキリスト教を土着化させるかという課題に長年にわたって取組んできた遠藤のそれにほかならない。磯田光一は〈遠藤さんはこの侍にいちばん感情移入されている[4]〉と述べているが、作者の感情移入の著しいのは主人公の〈侍〉ではなく、もう一人の主人公ベラスコである。

ベラスコはまた、同じ船の中で、使者の一人松本忠作に〈「まことベラスコ殿は神《デウス》が在ると信じているのか。神が在るとなぜ思われる」〉と問われて、〈「理にて神が在るとは説明できませぬ。神がましますのは、人間一人、一人の生涯を通して御自分の在ることを示されるからでございます。いかなる者の生涯にも、神が在ることを証するものがございます」〉と答えている。このベラスコの答は、座談会「神の沈黙と人間の証言」[5]での〈私は神は沈黙しているのではないと思うんです。神は、われわれ人間の人生、もしくは、人間そのものを通して、その存在を語り、その言葉を語っている〉という遠藤の発言そのものである。

遠藤は既述の加賀乙彦との対談で、〈少しずつ支倉のことを〉〈調べるうちに、これは自分を投影できる人物だ、支倉は私だと感じはじめたのです〉と語ってもいる。しかし、すでに、〈侍〉が〈遠藤と共有するのは、せいぜい、自ら欲したものではない洗礼がやがて本物の信仰に変っていくことくらい〉(兼子盾夫)[6]という指摘があるように、支倉常長をモデルにした〈侍〉と作者との間に内面的なつながりを見出すのは困難である。ベラスコには他の作中人物の誰よりも多く作者の血が注入されており、その信仰上のさまざまな問題を背負って彼は登場しているのである。

＊

モデルのソテーロよりも遠藤のポーロ像の性格をより多く受け継ぐベラスコは、インディオの反乱があるノベスパニヤの荒野で、危険を冒して暗いバナナ林に入り、銃弾で深手を負った瀕死の青年に終油の秘蹟を与え、臨終の祈りを行う。作者はこの折のベラスコを〈その時、彼はもう日本で布教する野望に憑かれた宣教師ではなく、小さな村で息を引きとる老婆を看取る一人の神父と同じだった〉と言う。ベルナノスの『田舎司祭の日記』などを念頭に置いて書いたと想像されるが、この〈野望に憑かれた宣教師〉と〈老婆を看取る一人の神父〉とがベラスコの内部で対立葛藤しながらローマへの旅が続く。〈彼は一方では自分の野心を恥じながらも司教になりたいという野心を抑えることができなかった〉(第一章)と作者は書き、ベラスコ自身も手記に〈主が私を指さし、私の祈り、私の理想とするものの背後に、最も醜悪な野心がかくれていることを指摘されておられるような気がした〉(第六章)と記している。野望の実現が目前だと思われた時に聞こえた〈何かにむせた女のような嗤い声〉(第七章)も両者の対立葛藤から生まれた幻聴だと解していいかもしれない。しかし、ローマでその野望が完全に潰え、使者の一人田中太郎左衛門が自害したことにより、野望に憑かれた宣教師は姿を消し、小さな村で息を引きとる老婆を看取る一人の神父だけが残る。

ベラクルスの修道院で田中の自害を知らされたベラスコは、〈もし田中に自殺の大罪を犯させたとしたならばそれは私のせいである。私の傲慢な企みがすべて彼を死に追いやったのだ。田中を罰するのならば、この私こそ罰せられねばならぬ。(主よ、彼の魂をお見棄てにならないでください。でなければ、この私にその罪の罰をお与えください)〉と手記の中で自分を厳しく責める。そして、〈我、地上に火を放たんと来れり、その燃ゆるほかに何を望まん。……〉(ルカ、12・19〜50)と〈我が来れるは、多くの人に仕えんため、多くの人の償いとして、命を与えんためなり〉(マルコ、10・45)を引用しながら次のようにも書く。

〈田中の死と主の死とは一点においてはっきり違うのだ。あの日本人は使者としての使命が果しえなかったことを償うために自殺した。だが主は「多くの人に仕えんため」に死を引き受け給うた。(中略)私にもまた仕えねばならぬ多くの人間がいる。神父とは、この地上で人々に仕えるために生きているのであり、おのれのために生きているのではなかった。〉(傍線は引用者)

傍線部の〈神父とは、この地上で人々に仕えるために生きているのであり、おのれのために生きているのではなかった〉というベラスコの回心には、〈我が来れるは、多くの人に仕えんため、多くの人の償いとして、命を与えんためなり〉というイエスの言葉が特に深く関わっていよう。彼は〈我が来れるは、多くの人に仕えんため〉というイエスに倣って〈人々に仕える〉ことを決意したのであるが、イエスのこの〈仕えん〉という言葉を、遠藤は『イエスの生涯』(昭48)の中で、〈同伴者になる〉という意味で使用している。例えば、その第七章には〈人間は永遠の同伴者を必要としていることをイエスは知っておられた〉とあり、第十章では〈イエス〉は〈人間の永遠の同伴者たることを切に願われたが、人間の地上の指導者になることは考えられもしなかった〉と書いている。ベラスコは人間の永遠の同伴者であるイエスに倣って、みずからも人間の同伴者になろうとしたのであるが、彼は一体誰の同伴者になろうと考えたのか。手記に記されている、〈私はあの雄勝の海岸で、材木の屑を襤褸衣の肩につけ、おずおずと告悔を求めてきた男を思い出した。私が仕えねばならぬのは彼であり、彼のような日本人たちだった〉と。

そしてルソン行きの船を待つアカプルコで、ベラスコは〈主よ、主が一体、この私に何を望んでおられるかをお示しくださいまし。／主よすべて思召しのごとくあれかし。／主よ、私の心に今、芽ばえはじめたものが、主の御意志であるならば、それをお示しくださいまし。〉（傍線は引用者）という祈りの言葉を手記の中で二回繰り返す。傍線部の〈私の心に今、芽ばえはじめたもの〉が、迫害下の日本に再上陸して信徒たちの同伴者になることを指しているのは容易に理解されよう。彼はひたすら〈主の御意志〉に忠実であろうとしているのだ。

『沈黙』のロドリゴは踏絵のイエスの顔と対面し、イエスとは人間の苦しみや哀しみを共にする同伴者であると悟り、絵踏み後、〈私は聖職者たちが教会で教えている神と私の主は別なものだと知っている〉と独白する。ロドリゴの後身とも言うべき『侍』の日本人元修道士は、ノベスパニヤの荒野でこの人間の同伴者イエスの像について語り、やがてそれがマドリッドで形式的に洗礼を受けたにすぎない主人公の〈侍〉を回心へと導く。この〈侍〉の従者与蔵がいち早くキリスト教に帰依したのは、ベラスコの説くイエスの生涯からイエスは同伴者だと悟ったからであり、そのことを〈ここからは……あの方が、お仕えなされます〉という彼の言葉が示していよう。

そしてもう一人の主人公ベラスコは、人間の同伴者イエスに倣ってみずからも日本人信徒の同伴者になるべくルソンからジャンクに乗って日本に向かう。大祭司カヤパたちに殺されると知りながら、ユダの荒野からエルサレムに向かったイエスを思い浮かべながら。『侍』の主要な作中人物たちの人生には同伴者イエスの像が深く関わっている。遠藤の文学を成熟させ、その信仰を深化させたのもこの人間の同伴者イエスの像である。

＊

〈日本。迫害の嵐が吹き、神に敵意しか持たぬ日本。それなのになぜ私はお前に心ひかれるのか。お前のもとになぜ戻ろうとするのか〉〈今日までの私の半生はあの不毛の国と結びつけられてきた。私はそこに神の葡萄を植えようとして失敗した。にもかかわらずこの土地は私の土地だ。不毛の土地ゆえに私はこの日本に心ひかれる。〉

ルソンから日本に向かうジャンクの中でのベラスコの言葉である。ここに表白されている日本への激しいベラスコの布教欲は作者遠藤のそれでもあろう。既述の「神の沈黙と人間の証言」と題する座談会で、遠藤は〈今度の『沈黙』では相当布教意識もあった〉、〈キリスト教を知らない読者でも、これを読んでキリスト教にひきずりこんでやろうというやしい根性〉があったと発言している。そして、エッセイ『異邦人の苦悩』（昭48）の中では、〈『沈黙』を書いたあと、私が次に自分に課したテーマは、それでは日本人の信じられるような、また日本人の実感でわかるイエスというのはどういうものかということであった〉と語り、『イエスの生涯』（昭48）の「あとがき」にも〈小説『沈黙』を書き終えて以後、数年の間私は日本人につかめるイエス像を具体的に書くという課題を自分に課した〉と書いている。こうした遠藤の〈布教意識〉がベラスコの布教欲に反映していると解していいであろう。

日本に再上陸したベラスコはすぐに捕えられ大村の牢獄につながれた。その獄中で、彼は〈私は日本という泥沼のなかにおかれる踏み石の一つになるだろう。やがて私という踏み石の上に立って、別の宣教師が次の踏み石となってくれるだろう〉と手記に記す。〈踏み石〉とはキリスト教の土着化のための〈踏み石〉という意味であろう。このベラスコの言葉もまた作者のそれにほかならない。対談「文学―弱者の論理」[7]で、遠藤が〈「黄金の国」で私はどうしても最後に一行書きたかったのは、新しい司祭がまたやってきたということです。つまり、泥沼のなかへこう……、プロセスとしてですよ、フェレイラがはいり込んでしまったけれども、その泥沼の上に、ひとつの踏石は残したと思うのです〉と発言し、三好行雄が〈そうすると、新しくやってきた司祭というのは、どういうことですか〉と問うと、遠藤は〈彼はその踏石を踏んで、そして次の踏石をつくるかもしれない――私もひとつの泥沼のなかの踏石です。私のあとのカトリック作家が、私やフェレイラが同じように残した踏石を使って、その上に何か築いてくれるかもしれない、という気持はありますね〉と答えている。日本におけるキリスト教の土着化を願う遠藤の祈りが、獄中のベラスコに託されて語られているのである。

火刑に処せられたベラスコの最後の瞬間は次のように描かれる。

〈それぞれの祈りが大きく聞えたが、火勢が一段と高くなった瞬間、まずルイス笹田が、次にカルバリオ神父の声が突然やみ、ただ風の音、薪の崩れる音が聞えた。最後にベラスコの杭を包んだ白い煙のなかからひとつの声がひびいた。「生きた……私は……」〉

この〈「生きた……私は……」〉というベラスコの最後の言葉について、遠藤祐氏[8]は以下のごとく説く。〈殉教者ベラスコの遺したこの叫びを、どう読み解くか――は、読者に与えられた容易ならぬ課題だが、私は、この世の〈旅〉の終わりに、主の死を自分も死ぬことによって、「私は」生涯のすべてを主とともに「生きた」とみずからに認める神父の姿を、そこに見いだす。十字架のイエスの遺言「すべては為しとげられたり」にかなう、わが生涯は主の予定されたとおりに〈為し遂げられた〉とする、ベラスコの最後の叫びが、これなのだと思う〉と。

この卓抜な解釈につけ加えるべき言葉は何もないが、しかし敢えて言えば、『侍』執筆中の作者の心境も〈「生きた……私は……」〉には語り籠められているのではないかと私には思われるのである。

加賀乙彦との対談で、遠藤が〈『侍』を書いているあいだに、次の小説の主題が出てきました〉と言い、加賀が〈次の小説はどういう小説ですか〉と問うと、遠藤は〈こんどは自分に揺さぶりをかけたいんです。『沈黙』までが一期で、『沈黙』後は二期と考えているんですが、『イエスの生涯』とか『キリストの誕生』を含めて、私の場合、イエスに対するイメージが、この『侍』なんかでも、かなり定着しちゃったと思うんです。それに揺さぶりをかけてみたいんです〉と答えている。

〈『沈黙』までが一期で、『沈黙』後は二期〉ということは、『侍』までが二期で、〈次の小説〉から三期が始まると遠藤が考えていたことになる。〈次の小説〉が『スキャンダル』(昭61)一篇で終わったため三期の時期区分が今後問題となるが、一期と二期における遠藤の創作活動は周知のごとく、日本人にとって距離感のあるキリスト教をどうすれば身近なものにすることができるかという点にその中心があった。彼の比喩を使えば、日本人の背丈に合わないキリスト教という洋服をどうしたら背丈に合う和服にすることができるかである。加賀乙彦との対談で〈和服になる可能性をやっと見つけたのが『沈黙』です〉とも遠藤は語るが、〈和服になる可能性〉とは同伴者イエスの像を伝えることにほかならない。だから『沈黙』以後もっぱら遠藤は〈日本人につかめるイエス像〉を、つまりは同伴者イエスの像を描きつづけたのであった。もはや述べるまでもないが、『侍』はどうしたらキリスト教という洋服を日本人の背丈に合う和服にすることができるかという年来の作者の仕事に終止符を打った作品なのである。佐藤泰正氏[9]は〈『侍』の仕事で、切支丹ものを含めて遠藤さんのテーマのある意味での完結〉があったと述べているが、〈「生きた……私は……」〉というベラスコの言葉には、『侍』を完成させた時の達成感や充足感に似た作者の感慨も籠められているのではなかろうか。

〔注〕

（1）遠藤周作・加賀乙彦「対談『侍』について」（「文學界」昭55・8）
（2）アルーペ神父、井上郁二訳『聖フランシスコ・デ・ザビエル書翰集』（岩波書店、昭24・6）
（3）松田毅一「西洋人のみた日本人―カブラルとオルガンティーノの書簡より―」（『探訪大航海時代の日本③キリシタンの悲劇』（小学館、昭53・10）
（4）加賀乙彦・磯田光一・黒井千次「読書鼎談・遠藤周作『侍』」（「文藝」昭55・7）
（5）遠藤周作・小川圭治・熊沢義宣・佐古純一郎「神の沈黙と人間の証言―遠藤周作『沈黙』の問題をめぐって」（「福音と世界」昭41・9）
（6）兼子盾夫「『侍』―〈洗礼の秘蹟と惨めな王―日本宣教論試論〉」（「横浜女子短期大学紀要」平成14・3）
（7）遠藤周作・三好行雄「対談・文学―弱者の論理」（「國文學」昭48・2）
（8）遠藤祐「『侍』を読む―旅の物語―」（『作品論　遠藤周作』所収、双文社出版、平成12・1）
（9）遠藤周作・佐藤泰正『人生の同伴者』（春秋社、平成3・11）

〔笠井秋生〕

『死海のほとり』——沸騰する文体

『沈黙』以後

この『死海のほとり』は、一九七三年（昭和四十八年）七月、新潮社から〈書き下ろし長編〉として刊行されるのだが、その翌月、作者遠藤は、『沈黙』以後の七年間をふり返るように、『死海のほとり』へある確信をもひそませつつ、その思いを次のように書き綴っている。

小説『沈黙』を書いてから七年間ブラブラしておりましたが、それは一つには『沈黙』が私にとって、自分の第一期の円環をとじる意味を持っていて、その第一期を終ったからです。これからいよいよ第二期に入るのだったら多少は前を超えたものがなくてはいけないわけで、第一期の中で少しずつ芽が出ていたものをあらためて育てていく期間が必要だったのです。（「七年間の沈黙から」、『波』昭和四十八年七月）

控え目にみえて、『死海のほとり』を書き終えた深い確信と自負にみちていると読めなくもない。『沈黙』の後、七年間を「ブラブラして」いたというのだが、もちろん事態はそれとは異なる。むしろ、その作家生涯にあっても、きわだって旺盛な作家精神とその情熱を沸騰させ、燃焼していた時期でもあった。たとえば、ここにいう「第一期の中で少しずつ芽が出ていたもの」とは何か。もちろん遠藤の読者にとっては、すでになじみ深い問題なのだが、『死海のほとり』を問い返すにあたって、念のため次の文章を確認しておこう。

　したがって私は、この『沈黙』のあとの仕事として、日本人が実感をもって描きうるイエス像と、しかしそれが決して作家の個人的な主観ではないという裏付けとの、二つの仕事を考えねばならない。前者は小説であり、後者はイエスの生涯という評伝である。（「異邦人の苦悩」、『別冊新評』一九七三年十二月）

ちなみに、後者の『イエスの生涯』は、『沈黙』執筆後、昭和四十三年五月から四十八年六月まで『波』に『聖書物語』として連載されていたものが改題され、昭和四十八年十月に新潮社から刊行された。遠藤自身は「ブラブラして」いたというのだが、その間、『沈黙』以後イスラエルへの七度にわたる取材旅行を試み、また聖書学者顔負けに、現代の聖書学に取り組み、なによりも、後に『死海のほとり』における〈群像の一人〉の章を構成することになる短編群に取り組んでいる。その細かなものについてはここでは触れないが、そのうちの「知事」と「蓬売りの男」は、四十六年に発刊された『母なるもの』に収録されることになる。

言うまでもなく、そこに問われるべきは〈日本人が実感をもって描きうるイエス像〉であり、自己の恣意ならぬ普遍のイエス像そのものである。少し遠藤の言葉じりをつかまえるようだが、単に、〈小説〉が〈主観〉であるがゆえに、その普遍性を保証するものとして〈評伝〉があるというのではないであろう。小説家遠藤の苦渋と壮絶な闘いもそこにあるのだが、真の問題は、〈小説〉がもつ〈言葉〉と〈想像力〉の闘いであり、そのことを通していかに〈普遍の意味〉そのものを創造し得るか、あるいは、〈イエス像〉が〈主観〉ならぬ〈普遍の意味〉たり得るかどうかである。もちろんここには、文学と信仰の問題、さらには文学と宗教がはらむ背理的矛盾もあるのだが、遠藤は確信犯的に問題を踏みこえるかにみえる。遠藤はこの時期、この『死海のほとり』の方法にも深くかかわってくると思われるのだが、日本の近代文学を強く懐疑し、批判し、ひそかに挑発するかのように、次のような一文を書きとどめた。

人間の内部とは、心理や意識だけではなく、この二つの奥に存在の渇望の領域――つまりはジャック・リヴィエールが名づけた「人間内部の第三の領域」――つまり基督教徒が魂の部分とよんでいるものであり、私はそれをどうしても否定することはできない。そして日本文学の数多くの作品が、たとえいかに人間心理や意識を掘りさげていようとも、この第三の領域まで至っていない限りは、それを本当の劇だとは考えられないのである。少なくとも新約聖書の小説家たちが作った劇にくらべれば、はるかに弱い劇のようにしか考えられないのである。(「現代日本文学に対する私の不満」、『海』一九六九年六月〈発刊記念号〉)

「新約聖書の小説家たちが作った劇」とはまた、〈群像の一人〉の章にほかならないわけだが、結論を先にすれば、『死海のほとり』に語りだされるべきものとは、人間世界と〈イエスの死〉にかかわって立ちあらわれる《本当の劇》にほかならぬ。続ければ、そのものが〈日本人が実感をもって描きうるイエス像〉ならぬ、さらなる《普遍の劇》として、どのように〈イエスの死〉を語りだせるか、〈普遍の意味〉たらしめることができるかである。遠藤が《魂の部分》と呼んだもの。〈基督教徒が〉と断ってはいるが、事態は困難をきわめるはずである。真に〈魂の劇〉として〈日本人に実感〉し得るかどうか。いま二人の日本人が、それらの問いをうちに抱えつつ、あるいは抱え込まされつつ、遠い時空へと旅立つことになる。先ずは〈本当のイエス〉を求めて、遠く隔たった二つの時間を往還する。作者の方法は巧妙であり、後半にいたって、普遍の時間から立ちあらわれる〈イエスの像〉、あるいは〈イエスの死〉の重量が作品世界を横溢する印象だが、その方法にほとんど破綻はない。

本当のイエス

〈私〉は、「私たち二人はもう四十をすぎ、自分の人生に自分だけの意味を探らねばならぬ年齢に達していた」

という。「流れた歳月の間」に「私のイエスは腐蝕していった」というのが〈私〉の思いであり、一方〈戸田〉もまた、その〈私〉に「まだ、あんた、あの男のことが気になるの」と問い、また同様に、「まだ教会に行っているの」という〈私〉の質問に、〈ゆっくりと薄眼をあけて〉、その〈私〉を「さぐるように」「もう行っとらん」と答える。かつての〈教会のイエス〉も、いまは同様に「腐蝕」し、その意味を失っている。「自分だけの」〈人生の意味〉とは何か――遠藤自身、その問いの始原は、あの昭和三十七年における〈病床体験〉にあるのだが、以来『沈黙』を経て、いまその根源と普遍があらためて問い返される。そのものをめぐって、問いは、〈教会のイエス〉ならぬ〈事実のイエス〉へ、そしてさらには〈本当のイエス〉へ。「彼は後世の信仰が創りだした聖書のイエス像を丹念に横にのけて、本当のイエスの生涯だけを見つけようと考え、この国にやってきた」とは、自らを語る〈戸田〉の言葉である。彼もまた、〈私〉同様に自らの〈人生の意味〉を探し求めて二十数年の歳月が経過している。そしてこの時、作者の語りの装置は、その〈事実のイエス〉と〈本当のイエス〉の錯誤をあえて隠そうとはしない。もちろん、作者の方法は、その旅を通して〈史的イエス〉の原像を明らかに語りだしつつ、逆にそのことを通して〈事実のイエス〉ならぬ、〈本当のイエス〉を浮かびあがらせるように装置される。ほぼ『死海のほとり』一篇を貫く方法的必然のすべてである。

〈本当のイエス〉とは何か――繰り返される〈私〉の問いかけに対して、あえて隠すかのようにその前にさしだされる〈髑髏の丘〉という場所。そこだけが、唯一「確かなイエスの足跡」だという。しかし、そこもまたすでに日常の喧騒が、その事実の〈意味〉を深く被い隠しているようにみえる。風景はまた重く現代という時代の影をおびている。今ひそまされたかにみえる〈人生の意味〉のいっさいが剥離された事態を〈虚無〉と名づければ、作者の方法にそって、その現代の風景に〈虚無の陰影〉を重ねることは許されよう。

作品の言葉にもどれば、その場所を前に、「これが……」と〈私〉が問い、「これさ」と〈戸田〉が応答する。

ひそかに内なる〈承認〉が刻印されるようにみえる。作品全体の構成もそうなのだが、〈群像の一人〉の章そのものが、先に述べた《本当の劇》として、〈イエスの死〉をめぐって、この場所へと導き入れられる。繰り返し遠藤の言葉と方法に従えば、〈心理や意識〉の世界ではない、その奥に存在する〈渇望の領域〉〈魂の部分〉の問題として、それぞれの登場人物たちが自分だけの〈人生の意味〉を問い返すということである。

虚無への意志

〈巡礼〉と〈群像の人〉という二つの章を見事なまでに対位的、重層的に描きこんできたその実験的な構成は、作品のほぼ半ばにして、その意図と方法の全貌を明らかにしはじめる。たとえば、作品の題ともなった〈死海のほとり〉の章。言うまでもなく、作者自身、そのことについて、十分に自覚的である。荒野を彷徨い、怯え恐怖するイエスの姿と、それに重なって、特に明らかにされるようにみえる〈戸田〉の内面とそこに映し出される〈人生の意味〉。そしてここでも、死の匂いをたたえた世界の背後に〈髑髏のような形の山〉があったという。なによりも、その死に絶えた世界の中から浮かびあがる〈本当のイエス〉の表情とその〈人間へのやさしさ〉と《愛》の意味が問い返される。「俺たち日本人には従いていけぬ世界だな」という〈私〉と、それに向かって〈なぜ〉と問い返す〈戸田〉。〈愛〉の無力と〈死〉の〈事実〉を知りつくすがゆえに、その認識者としての風貌を強く見せる〈戸田〉という男。〈虚無への意志〉は〈私〉以上に強いようにみえる。あわせて、特に〈私〉の中に、学生時代の思い出とともに、〈ねずみ〉の存在が「急に気になりはじめている」と記すのもこの〈死海のほとり〉の章。けりをつけねばならないという〈人生の意味〉をめぐって、その方法と意味の全貌はほぼ明らかである。

この章をはさんで、執拗に追い求められる〈無力な男〉の足跡とその本当の姿。ちょうど作品の半ばにあたる

〈大祭司アナス〉の章は、それを描くにまさに圧巻である。以後、作品の重心は、その問いに連なって、〈群像の一人〉の章がより強く〈巡礼〉の章を牽引するようにもみえる。

○今度はもっと明瞭に私にわかってきた。大工が言っているのはただ一つ――結局、私のような老人には時には世間知らずの若者たちが口にしすぎるために肌寒くひびく、あの愛ということだったのだ。

○〈見ていなさい。お前が勝つか。私が……勝つか。お前はあの大工をよこして私の人生を馬鹿にしようとしたが、そうはさせぬぞ。今度は私が、あの大工の人生とその最後を馬鹿にしてやる〉

イエスが体現する〈愛〉の意味、イエスの〈人生〉ならぬ、まさに〈死〉の意味を明らかにし、その意味を問い直し、〈意味〉のいっさいを剥離しつくそうとする烈しい人間の内なる衝動（虚無と悪）との闘いの劇。問いはより根源なる〈神〉と〈人間〉との関係にも向けられる。しばしば言われるように、それはまた、あの〈大審問官物語〉ともつながる[1]。その関係の中にこそ、〈本当のイエス〉が問い返され、その〈死〉の〈意味〉が問い返される。絶対的な死を生きねばならぬ人間のもつ、烈しい虚無への意志でもある。その息づかいは、より強く虚無への意志を抱えこんだ認識者〈戸田〉とも重なっている。

　このあたり、遠藤のモチーフは、そのイエスの姿に向けて烈しく衝迫する。イエスの足跡をその時間において連続させつつ、〈大祭司アナス〉の章を受けて、政治犯として捕らえられたイエスがピラトに引き渡される〈知事〉の章。ここに登場するのも、先の大祭司アナス同様に平穏な日常の原質を身に負いつつ、何よりも死を恐怖する男。かつて、自分の出世のため、母を棄てた男。その男を前にして、「わたしはただ、一人一人のかなしい人生を横切り……それを愛そうとしただけです」とイエスは言う。そしていま、そのイエスを、再び母親の時と同様に棄てようとする。「夢のなかで自分をじっと見ていた哀しげな母の顔と、今の男の顔とが、頭の奥底で重なっているのである」と書く。作品中、はじめてイエスの〈愛〉の実体が、〈母〉の〈哀しい眼〉に重なり、ピラトの中で一体化する場面。〈母を棄てた〉というピラトの想念——明らかに作者遠藤の思いとその原像とも重なりあう。作者の意図と方法に従えば、このようにして〈棄てるもの〉と〈棄てられるもの〉という、この世界の始原とその普遍の光景のなかに、その〈イエスの死〉の意味が浮かびあがってくるのである。〈俺に何の関係がある〉——人間はそれでもなお、その虚無の意志に自らの身をゆだねつづける。

終盤にむけて、二つの章が見事に重層しあい、融合して行くようにみえる。往還しつつ、その〈イエスの死〉を凝視しはじめる、次に続く〈ガリラヤの湖〉の章。二人が〈本当のイエス〉を明らかにしつつ、しかしあらためて〈信仰〉の意味が問い返される。「今の聖書学者は自分の足を食う章魚ですな。自分で聖書を食って聖書の本質的なものを見失っている」とは、旅に出会った〈熊本牧師〉の言葉である。作品がその方法の必然において、〈事実のイエス〉ならぬ、〈本当のイエス〉を明らかにしようとする今、その普遍と根源において問い返されるべきものでもあるらしい。

こうして、〈事実のイエス〉ならぬ〈本当のイエス〉が明らかにされるなかで、問われるべきは、〈イエスの死〉とともに《信仰》そのものの意味であり、さらには、この時小説家遠藤はその先へと大胆に踏み出すようにみえる、《復活》の意味である。ガリラヤの村を歩きながら、〈私〉は「暗いな」と言い、〈戸田〉は「ああ、暗いよ、お先真暗だ。コラジンは聖地じゃないから、誰一人訪れなどしない。そんなところに行くのは俺たちだけだ」と答えている。ほとんど、事は象徴的ですらある。その先にあるのは、人間が〈棄て〉、あるものが〈棄てられた〉場所。虚無の始原と言い換えてもいいのだが、まさにそのものの存在と出来事のなかに、〈あの男〉の死の意味が問い返され、さらには《復活》と呼ばれる、その《出来事》の意味が問い返される。「生きている時は何もできなかったイエスのために、なぜ弟子たちが後半生あれほど身を捧げたのか、俺にはまだ解けないんだ」とは、なによりも〈戸田〉の声であり、あの《魂の渇仰》そのものでもある。ここでも、作者の方法にそって、その〈信仰〉と〈復活〉の意味を問うているのが〈戸田〉であることに注意しておこう。〈虚無への意志〉は、より強くその〈戸田〉を突き動かしている。繰り返せば、先ほどの熊本牧師の言葉もまた、烈しくその〈戸田〉に対峙し、向きあうはずのものである。

問題は重層的であり、方法も緻密である。問題を先回りすれば、その〈虚無への意志〉の強さにおいて、〈戸田〉がイスラエルになお残されるのは、またその必然でもある。このあたり、作者の方法は、問題のすべてを〈あの男〉の〈死〉の瞬間にむけて収斂していくようにみえる。〈あの男〉から〈あなた〉へ。(2)そして〈そのもの〉の受容という問題である。

沸騰する文体

ここに至って、交互に書き進められた二つの章は、ほとんど融合し一体である。「何のためにあなたは死なねばならぬのですか」と問い、〈復活〉とは、人間がイエスのなした〈愛の行為〉を受け継ぐことだとも書く。あわせて、あの〈ねずみ〉と呼ばれた〈コバルスキ〉の死の光景もまた明らかになりはじめている。「遠くまで来たな」とは、こうして旅を続けてきた二人の日本人の内なる声である。言うまでもなく、それは単なる距離の遠さを意味しない。まぎれもなく、〈イエスの死〉という始原の一点にむけて遠い時間をくぐり抜け、その瞬間にたどり着くのである。この人間世界における《本当の劇》の瞬間である。

いよいよ〈百卒長〉に描かれる〈死〉の場面。たとえば、先に登場した〈蓬売りの男〉はイエスとともに十字架を背負い、〈アルパヨ〉もまた傍らでそのイエスの声を聞いている。「あの人は、お前を一度も棄てなかった。だがお前は、あの人を棄てようとしている」とはその時の内なる声である。「一度あの人を知った者は、あの人を棄てても忘れることができぬのだ」というひそかな確信。「眼をあの十字架のほうに向けよ」─その〈劇〉に立ちあっている〈本当の自分〉の確認とその受容の問題である。『死海のほとり』がたどり着いた、〈イエスの死〉ならぬ、〈十字架〉の意味であり、《復活》の意味そのものである。

重なった家々は、まるでそれらの老人の人生のように、よごれ、醜く古び、疲れきっていた。そしてそれらエルサレムの街の上に、昼すぎのつやのない無意味な空が拡がっている。それを見ながら、痩せこけた両膝をついた男は唇だけを動かしている。その声はもう聞きとれなかったが、彼が何を呟いているのか、百卒長だけが知っていた。

その死が世界をおおいつくすかにみえる虚無の風景、あるいはそのような世界の普遍と根源。その世界の中に〈棄てられ〉死んでいく男と、なおも惨めな苦しみと死を願い祈りつづける男。この世界がいまだ所有したことのない世界である。作者の側に立てば、いまだ人間が所有し生きたことのない世界のなかに、その〈死〉を描き、語りださねばならぬ。作者の試みと方法のすべては、その出来事のリアリティをいかに確保するのか。もちろん、事は作者自身のキリスト教観や信仰に拠るのではない。苛烈な〈言葉〉の闘いである。

この〈百卒長〉は、作品中、他の誰より近くその〈死〉に立ちあい、向きあっている。「お前は救い主か」という他の誰よりも強い促しと魂の渇仰に満ちた声。しかし、ひそかに「俺は」「こんな死にかたはしたくない」とも思う。しかも、そのことに「この時はじめて気がついた」と書く。自分の〈人生〉に辻褄をあわすこと──なによりも自分の〈人生の意味〉にかかわった事態。〈意味〉の根拠と根源に向けて、今こそ〈怒りの声〉あげねばならぬはずである。その世界との闘いと、そして自己との闘いは、他の誰よりも深く、また衝迫的である。その《群像の一人》の思いはまた、長い《巡礼》を続けた男ともぴったり重なった。このあたり、作品を閉じるにあたって、遠藤の表現は圧巻であり、世界の普遍と根源のなかに〈イエスの死〉を問い返し、語りださんとする意志もまた強靭である。ある意味では、小説家遠藤の生涯のなかで、最も苛烈に、その出来事に向きあっているとも言える。文体は沸騰し、そこに刻印される言葉の一つ一つも『沈黙』以上に力強い。

そして、最後に書き記される〈イエスの死〉の瞬間と「すべてが御心のままに……わたしをあなたに委ねます」という言葉。ほとんど理解不能な、また人間が到達しえぬ言葉。そして呆然と立ちつくす男。「彼は彼自身が直立する十字架の一つであるかのように、そこに釘づけされた囚人と同じように、身じろがず立っていた」と書いている。そこには、二人の日本人に重なって、その《出来事》を凝視する強い作者の意志もある。その最後の言葉によって、〈人生の意味〉のすべてが覆る。〈死〉一般をはるかに超えて、この人間世界の始原に張りつく〈十字架〉の意味そのものであり、作品の方法とテーマの収斂する一点である。その《十字架の死》をどのように語りだすか。作品を閉じるにあたって、作者遠藤の筆は、強い確信と自負にみちている。

〔川島秀一〕

〔注〕

（1）　佐藤泰正『著作集7　遠藤周作と椎名麟三』（一九九四年十月、翰林書房）
佐藤は、作者の詠嘆が、戸田や大祭司アナスや知事のピラトに対し、思い入れとして近づきすぎる事情を述べ、大祭司アナスとイエスの対立に「より深いダイナミズム」を欠いていることを指摘している。

（2）　宮坂覺に次のような魅力ある指摘がある（「『死海のほとり』──〈聖書考古学〉・〈あの男〉から〈あなた〉への反転」、「国文学」一九九三年九月）
「〈あの男〉は、いつか〈あなた〉に反転していた。と同時に、作品は、二〇〇〇年を隔てた物語が、それらの拡散していた登場人物が、見事に串刺しされ劇的に焦点に求心した。」

『スキャンダル』論――「無意識」概念の運用と「悪」の理論展開をめぐって

0　はじめに

人間の心の奥に潜む「悪」というテーマは、遠藤の留学時代（昭和25年～28年）より指摘されるもので、長年遠藤の心にひっかかっていた問題であった。そして遠藤自らが、自身の文学が一つの円環を閉じたと述べた『侍』（新潮社　昭和55年4月）執筆中、次第に彼を揺さぶりはじめたのが「悪」の問題であり、このテーマに新たな角度から取り組んだ作品が『スキャンダル』（新潮社　昭和61年3月）である。とはいえ、この取り組みが文学的な成功を収めたのか否かは、定かではない。このことは、遠藤自身『スキャンダル』執筆後の対談において、「悪も救われるという気持があるんだけれど、その下降の構造が、僕にはまだわかっていないんだよ」[1]と、半ば自嘲気味に人間に巣食う「悪」というテーマ、そしてその救いを書くことの難解さを記し、「自作再見―スキャンダル」（「朝日新聞」平成2年4月8日）において「執筆中の続編ともいうべき作品（注、『深い河』）で私はひとつの光が差し込むのを感じている」としながらも、その翌月には『スキャンダル』のように「悪の問題を真正面から一人の女主人公に取り組ませるという構想は」『深い河』においては「やめてしまった。[2]」と明かしていることからも推察される。

『スキャンダル』執筆にあたり遠藤は、人間の心の奥に潜む「悪」を探求するために「無意識」を顕在化する深層心理学や仏教の唯識論に興味を示し、小説をミステリーに仕立てるために推理小説を参考にするなど膨大な資料へと向き合っていた。その経緯は、『私が愛した小説』（新潮社　昭和60年7月）や「ひとつの小説ができるまでの忘備ノート」（『三田文学』平成13年11月号）（注、以下「日記」と記す）に詳しい。が、なかでも「『スキャンダル』を書くときは、河合隼雄先生のユングばかり呼んでいました」(3)と明かしている通り、遠藤は河合経由のユング心理学を中心とした「無意識」という概念と向き合い、『スキャンダル』を創っている。日記に記された構想を見れば、明らかにユング心理学における「元型」概念のうち「影」と「アニマ」の相を借り、小説の筋に「個体化」のプロセスを反映させようとしていたことが確認される。(4)遠藤が、「「助かった」という解放感をしみじみ味わった」(5)ユング心理学の概念を作品に取り入れ、「悪」への救済の道を託した証であろう。しかし、作中において「悪」を代表する登場人物・成瀬夫人には、「悪」の領域から脱却するという救いは、具体的な形として見出せない。小稿においては、遠藤が希望を託したユング心理学を援用しながらも作中において「悪」への救済が行われなかった理由を明らかにすることは出来ないが、その手始めとして『スキャンダル』という作品内部における「無意識」概念によって語られた「悪」の説明システムの特徴を確認し、その原因を考える一助としたい。

1　「無意識」概念の運用の変化——『スキャンダル』以前の短編をもとに

遠藤が日記において「悪」への救済を託したユング心理学の「個体化」の過程とは、社会的な私である「自己」とその反面である「影」の部分を、分析医の診療により調和的に融合させたとき現前する「私」のことである。

ここには、遠藤がフロイトとの比較においてユング心理学を称えた「無意識（影）」への肯定的な役割が示されている。『スキャンダル』の筋を追うと、「自己」である勝呂と「影」である贋者とが、瞬間的にではあるが勝呂の視点から同一化されているので、その点においては、構想通りに創り上げたとみることができる。が、『スキャンダル』において遠藤は、フロイト派の心理学者・東野を設定しながらも、一般論としての心の構造は語らせても、勝呂個人についての無意識の表れ（例えば「夢」）を心理学者によって解釈させたり、「人間の無意識に潜む悪」を標榜する成瀬夫人の心の構造について、個別具体的に解説させたりはしていない。だがその一方で、遠藤は、『スキャンダル』執筆中に行った河合隼雄との対談「無意識の深み」（『歴史と社会』5号　昭和59年12月）において、河合に「素人判断での元型認定の難しさ」[6]や「成瀬のような女性が実際の患者としていたかどうか」[7]などの質問を投げかけている。そこには、専門性への敬意を含め、執筆しながらどうやっても闇から這い上がれない自分の創作人物（「悪」）が転機を迎えるきっかけとなるエピソードを、ユング心理学の大家である河合の経験から学びたいという真摯な態度が表されている。こうした意識があったとすれば、『スキャンダル』において遠藤が、勝呂の「個体化」の過程に必要な分析医という専門家を、意識的な目的のもとに介在させずに、小説を創っていったと考えることができるのではないか。そこで、作中における精神分析医と無意識の関係を考える為に、スキャンダルの前奏曲となったと言われる短編（全4編）のうちの一編「授賞式の夜」（『海』昭和56年6月号）や、『スキャンダル』を構想する前に書かれた短編「松葉杖の男」（『文学界』昭和33年10月号）における「無意識」概念の認識のあり方についてその特徴を把握することによって、『スキャンダル』における「無意識」概念の運用上の特徴を考察したい。

1―1　「無意識」に潜む願望に従順な勝呂へむかって

「松葉杖の男」を書いた当時、遠藤は、ユング心理学ではなく、昭和25年から約2年半に亘るフランス留学時代から批判的な視線で眺めていたフロイトの精神分析学における「無意識」概念を念頭において、精神分析医及びその患者である主人公の「私」を創ったと考えて差し支えはないであろう。そうした把握の下に創られた「松葉杖の男」には、心理的な病により動かなくなった足を治すことのできない患者・加藤昌吉と医者の菅の診察風景が、菅の視点から描かれている。加藤の足が動かなくなった原因は、診療の成果によって、第二次世界大戦中、若い敵兵をその母親の目の前で手と足を縛って動けなくして殺害したときの罪悪感が、加藤の無意識下に押し込められていることによるのではないかと、わかる。しかし、分析医である菅自身も、精神分析学による治療によって過去の凄惨な体験が無意識下に潜み、それが病気の原因だと分かったところで、加藤の足を治すことが困難であると認識し、菅自身も、治療による成果を期待していないかのような形で物語は閉じられる。つまり、この段階では、精神分析医の扱う「無意識」を懐疑的に見ている。そこから、遠藤が『侍』を上梓した翌年の昭和56年に、『スキャンダル』の勝呂の物語の前奏曲として書いた短編「授賞式の夜」において分析医の語る「無意識」は、徐々に専門家の手を離れて独り歩きを初めていく。例えば、主人公の作家・利光（勝呂の雛形）は、自身が見た一連の紐に関係する夢について心理学者と雑談し、彼にその夢を「束縛」と解釈されるのではないかと、邪推する場面に示されている。利光は、心理学者の夢に対するアドヴァイスを呼び水として、自らで解釈し、なおかつそれを安直だと斬り捨てようとするのだが、利光自身も自覚できていない「作家としての守りの姿勢」（束縛）に対する意識されない不安な心の表れなのではないかとの疑念を払拭できずにいる。

前奏曲における「無意識」の分析医離れに加え、『スキャンダル』では、勝呂の側からは、なかなか姿を捕まえることのできない贋者を追いかける過程で、「戸惑い」や「拒否」はありながらも、「洗面所の鏡に（略）洗いざらした花柄のパンティだけをはいたミツ[8]」の姿を夢の中で見た勝呂がそこに欲情を感じ、更には、その夢に象徴される「無意識に潜む願望」を行動に移した「贋者」の姿を目の当たりにしたあと、一言の弁解もせず「無意識に潜む願望」のみを、従順に勝呂の「本当の自分」として受け入れる。ここで描かれているのは、「個体化」のプロセスにおける自己と影の調和的な融合ではなく、影に呑み込まれることに腹を据える勝呂の姿である。その要因の一つとなるのが、遠藤が作品のプロットを築き上げる際、確信犯的に行ったと思われる作中における「無意識」概念の運用にあたる意識と無意識のバランスを調整する専門家の欠如であろう。併せて、「贋者」の世界に取り込まれてしまうという展開をもたらしたのは、遠藤が『スキャンダル』を「作品全体を通して無意識の世界を描いた[9]」のだと自作を解説したこのこだわりにも由来すると考える。

2 「無意識」を表現するためだけに創られた物語空間

前述した日記に記された構想に確認されるとおり、遠藤は『スキャンダル』においてユングの元型論に従い、「影」や「アニマ」といった役割（相）を登場人物（贋者・成瀬夫人等）へと割りふり、常に、これらの登場人物を通じて、勝呂に彼の「無意識」を触発させ、勝呂の「無意識」をかたどった。また、作品の物語空間を「意識／無意識」の二分法で分けて考えるとすれば、一見、意識の世界を象徴する存在として妻が設定されている。

だが遠藤は、日記において「やはり授賞式の夜からはじめることにした[10]」と記した『スキャンダル』の第一稿における書き出しを、勝呂の肝臓の診察場面及び診察後の妻への結果報告という場面に書き換えている。肝臓とは、その症状が悪化するまで自覚症状のでないサイレントな臓器であり、無意識と同じく、患者にとってはもっとも謎に近い「私の一部」である。ここにおいて肝臓を媒介とした医者と勝呂の関係性は、治療という本来的な場面で「無意識」を顕在化する際に必要とされる「専門家と無意識と勝呂」の関係性と相似形をなしていることが確認されるであろう。しかも妻は、「肝臓」に起因する勝呂の状態を、一度も診察室に同席することなく、いつも、勝呂から「心配させないためのやさしさ」という名目のもと、誤魔化された内容だけを聴かされるという設定になっている。とすれば、この段階において、眼に見えない私の一部である「無意識」や「肝臓」というものの顕在化のありようを併せ考えたとき、「肝臓を媒介とした勝呂と妻の関係」は、「無意識を媒介とした成瀬夫人と勝呂の関係」と同質となる。つまり、医学という専門性とは無関係ながらも、作中において「無意識」や「肝臓」といった眼に見えない謎を語る絶対性を付与された人物からだけ、その謎についての情報を得ることが出来る「勝呂」や「妻」の「私」という存在が浮かび上がってくる。つまり、作中において妻（意識）は、常に無意識と隣り合わせであり、成瀬夫人によって「本能」だと主張される「無意識」の領域に比べ、妻によって表される意識の領域の土台はもろく設定されていると言わざるを得ない。

3　本能としての「悪」――その表れとしての「性」

『私が愛した小説』に記されるように、遠藤が、「無意識」に潜む「悪」を遠藤流に概念化する際、強固な理論的支柱として採用したのは、フロムの提唱した人間の類型化の一つである死や破滅に心惹かれる傾向を持つ「ネクロフィリア」という考え方であり、「醜の美学」を「無意識」に潜む「悪」として描こうと思案した遠藤にとって、フロイトによる「死の本能」が、遠藤の「悪」認識のあり方への一つの糸口を提供した。[11] 作品に即せば『スキャンダル』に登場する心理学者・東野が勝呂に退行願望を説明する場面において、「子宮回帰願望」は「誰にでもあるもの[12]」だと説明し、成瀬夫人の手記の場面では、「子宮回帰願望」の性的現出と位置づけられる「マゾヒズム」に悦びを見出す糸井素子の死を通して「人間は（略）醜悪や無に堕ちて死ぬことだってできるの[13]」だと、自らの「無意識」に潜む「本能」を勝呂に訴えている場面に示されている。

しかしながら、フロイトやフロムの著作を紐解けば、死の本能と生の本能、それからネクロフィリアとバイフォリア、は、その両方の本能や傾向をどんな人間もが備えているのだと記されていることに気づく。だが、遠藤はそうした状況の概念のうち死へのベクトルを持つものだけを、「無意識」に潜む「悪」として、取り出す。

その上、その「悪」の表出する場面として遠藤は「性」を設定してゆく。この「悪」→「性」への論理の転換は、遠藤が「無意識」に潜む「悪」における「醜の美学」への認識を、『私が愛した小説』において、マゾッホの『醜の美学』（『残酷な女たち』池田信雄訳　河出文庫　平成16年5月）を引用して後、「十字架につけられたイエスの醜い痩せこけた姿に肉体的に完全なアポロの像など手の届かぬ別の美しさと魅力があるということであろう。／だがそういう解釈は別として、醜の美学という言葉は毛布にくるまたテレーズの感覚にはたしかに当てはまる。しかもこうしたテレーズの状態に読者である我々がやはり心ひかれるのはなぜか。それは我々の無意識のなかに醜の美、下降の倒錯的な悦び、自己破滅の快感本能というものがひそんでいるからではないのか。[14]」としてみせた箇所に如実に示されている。遠藤は、「解釈はおくとしても」との断りを一応は入れているものの、「イエスの醜い痩せこけた姿」を「別の美しさと魅力」と解する「醜の美学」という概念の本質を、『醜の美学』（マゾッホ）では全く触れられてない「下降の倒錯的な悦び」「自己破滅の快感本能」と位置づける。このある種の飛躍は、『スキャンダル』において、「醜の美学」の提唱者・糸井素子に「人間には堕ちていく悦びだってある。（略）みんなが醜いと思っているもの、おぞましいものに美を見つける絵を[15]」書くのだと解説させた後、「マゾヒズム」に悦びを見出す彼女の姿を通じ、「醜の美学」の行き着く先に「性」の醜があると、「アニマ」である成瀬夫人に語らせた描写に示されている。

つまり、『スキャンダル』における「無意識」に潜む「悪」は、勝呂がS氏の肖像を観にいった画廊ではじめてであった成瀬夫人に聞かされる「性は当人も気づかない、一番の秘密を顕わす」[16]という確信に示されるがごとく、とかく性的なところへと向かうのである。

4　おわりにかえて

人間に巣食う「悪」と取り組むにあたって、遠藤は小説の筋にユング心理学の固体化のプロセスを借り、そこに人間の無意識に潜む「悪」の概念としてフロムやフロイトによる下降方向のみを示す「本能」をあてはめた。そして、作中においては、意識と無意識のバランス調整を行う専門家を、その本来の役割のもとには配さず「意識」ではなく「無意識」の領域ばかりを描いた。そこには、遠藤が「悪」との対決を行ううえで、「神」の救いが働くことを、真剣に試みた証があろう。周知の通り、遠藤は、とかくユング心理学を高く評価し、人間の罪や悪の温床である無意識という領域に救いの契機を見出した。だからこそ遠藤は、『スキャンダル』において、ユング心理学の示す意識と無意識の補完作用が、登場人物たちの心理を通して働くことを夢見たのであろう。だが、作中では、そうはならなかった。その一因については、遠藤が拘った「悪」の顕われる場所・「性」の問題を含め、別稿にて再度考察したい。

〔注〕

（1）　遠藤周作　矢代静一「対談『スキャンダル』の構造―人間の多重性について―」（『新潮』昭和61年4月号）199頁

（2）　遠藤周作　加賀乙彦「対談「最新作『深い河』―魂の問題」（『国文学　解釈と教材の研究』平成5年9月号）7頁

（3）遠藤周作（聞き手）田中康子「インタビュー『スキャンダル』と『反逆』と私」（『知識』平成元年1月号）158頁
（4）昭和58年6月1日付。（『三田文学』平成13年秋号）47頁
（5）『私が愛した小説』（新潮社　昭和60年7月）。引用は、新潮社版全集（平成12年6月）に拠る。63頁
（6）13頁
（7）19頁や29頁
（8）26頁。引用は、新潮社版全集（平成11年8月）に拠る。
（9）「『スキャンダル』と『反逆』と私」155頁
（10）日記、昭和58年7月1日付　51頁
（11）ネクロフィリア・バイフォリアについての記述はE・フロム『悪について』（紀伊國屋書店　昭和40年7月）三章、53〜54頁。エロスとタナトスについては「快感原則の彼岸」（S・フロイト『自我論集』ちくま学芸文庫　平成8年6月）五〜六章　189〜190頁
（12）『スキャンダル』95頁
（13）『スキャンダル』90頁
（14）『私が愛した小説』196頁
（15）『スキャンダル』51頁
（16）『スキャンダル』35頁

〔山下静香〕

深い河（ディープ・リバー）——死と生の逆転

この小説からは、数多くのモチーフやテーマが浮かび上がる。それらはさまざまなキャラクターたちの経験や認識を通じて、ただ一つのテーゼへと合流していく。それは、死と生は相反する二つの要素ではなく、重なり合う一つの事象にすぎない、という逆転のテーゼだ。

小説のモチーフを大きく七つにまとめて、キーワードとして考察していくことにする。七つのキーワードとは、「旅」「輪廻転生」「鳥」「カニバリズム」「玉ねぎ」「グレート・マザー」「河」だ。

「旅」は遠藤周作にとって生涯のモチーフの一つだった。東京で生まれ、満州で育ち、神戸で暮らし、フランスに留学する、という自身の経歴も「旅」の人生だが、さらに小説では、「アデンまで」「留学」のフランス、「おバカさん」「沈黙」の（異邦人による）日本、「死海のほとり」のイスラエル、「侍」のメキシコ、というように、注目作の多くが「旅」を描いている。

「深い河」では、インドを旅行するツアー客たちの「旅」と、世界を行脚する大津の「旅」と、インドに住み着いたガイドの江波の「旅」という、三種類の「旅」が重ね合わされている。さらに、主要な四人のツアー客（成瀬・磯辺・沼田・木口）はすでにそれぞれの「旅」を体験している。

インドは「旅」の果てでもあり、同時に「旅」の出発点でもある、というメッセージが、こうしたキャラクターたちの布置に表現され、小説全体のテーマを指し示す。それは、対立する二者の合一／逆転という、遠藤周作が生涯を通して追求し続けたテーマだ。

特に重要なのは、大津の「旅」だろう。大津は、日本からフランスのリヨンやアルデッシュの修道院を経て、イスラエルのガリラヤ湖畔の修道院に行き、そしてインドのヴァーラーナスィ（ベナレス）に来て一人だけの行動を取っている。大津が卒業したのは、東京四谷駅の近くにあるカトリックの大学とあるから、これはジェスイット修道会（イエズス会）の経営する上智大学だということになる。この世界最大・最強の修道会との対立／離脱は、カトリック正統派への反逆とそこからの逃亡を意味する。イスラエルに住むことは、聖書のイエスの原点に復帰しようとする意思を意味し、教会からほぼ離脱したインドへの定着が、大津の「認識の旅」の終着点になっている。しかしそこは終着点であると同時に、新しい旅の出発点であり、将来は日本に帰って自分の考え方を広めたいという願望が、大津の会話のなかに表現されている。

大津の「認識の旅」とは、キリスト教への漠然とした違和感や日本的な汎神的傾向から、「玉ねぎがヨーロッパの基督教だけでなくヒンズー教のなかにも、仏教のなかにも、生きておられると思う」という確固たる信念へと到達する道程でもある。もちろんここには、「『深い河』創作日記」に感動的に表現されているように、ジョン・ヒックの著作と偶然に出会って、同時代のキリスト者が自分と同様の命題を追求していることを知った作家自身の自己確認が反映されている。大津の「旅」は、遠藤周作自身の「旅」でもある。

「輪廻転生」「鳥」「カニバリズム」の三つは、それぞれ三人の男性ツアー客に割り当てられたモチーフだ。

「輪廻転生」は、磯辺が死んだ妻の言葉に動かされ、生まれ変わりについて調べたところから、磯辺にとっての大きな命題になる。この磯辺の調査は、遠藤周作が実際に遭遇したヴァージニア大学教授の報告にのっとったもので、遠藤はすでに「あかるく、楽しい原宿」（八八年）で、この内容にもとづくフィクションを書いていた。それは、科学者である男の戦災で死んだ妹の思念が、孫の男の子の中によみがえる、というオカルトじみた短編で、むしろ奇譚とでもいえる内容だった。しかし磯辺の、妻の生まれ変わりの少女の探索は、その短編とは違って、輪廻転生思想が現実に生きているインドでさえ成功しない。

といっても、磯辺の認識の世界は、三島由紀夫の「豊饒の海」四部作の最後で、輪廻転生を信じた本多繁邦の認識の世界が崩壊してしまうようには、決して崩壊しない。磯辺は、どこかに妻の生まれ変わりがいる、という観念を捨てきれずに、河に向かって語りかけるからだ。

「輪廻転生」とは、死が新しい生を含み、新しい生は死によってもたらされる、という思想だから、そこには死と生の合一、あるいは逆転、というテーマが存在する。

「鳥」のテーマは、沼田の体験として語られる、鳥（犬）とイエスの重ね合わせだ。ここには「男と九官鳥」「四十歳の男」などで遠藤周作が書いてきた九官鳥の話と、実際に飼っていた犀鳥の話と、悲しい目をした雑種の犬の話など、作家自身の体験と記憶の集大成がある。

犀鳥の話では、ピエロのような滑稽な鳥の姿が、トリックスター的なイエス像と結びつけられ、また雑種の犬であるクロの悲しい目は、同伴者イエスの像と結びつけられる。このあたりは、あまりにも煩雑な自作の繰り返しでもあって、この小説全体のテーマと噛み合っているかどうかは疑問だ。

結核の手術の時に、身代りとして死んでくれた九官鳥の話も、すでに繰り返されてきたエピソードであって、だいたいこの沼田という人物がこの小説に必要であったかどうかも疑わしくなるのだが、この話だけは、小説全体のテーマである「生と死の合一、あるいは逆転」という発想と見合っているとはいえるだろう。

「カニバリズム」は、木口とその戦友塚田の回想の中に現れる。死んだ戦友の肉を実際に食べたのは塚田で、塚田はその罪の意識をぬぐえぬままアルコール依存症になる。木口はその肉を口に入れたが吐き出したことになっているし、その肉の正体を知ったのは戦後のことだったので、罪の意識は軽い。

ここでのポイントは、病院のボランティアであるガストンが、塚田の告白を聞いて、それを許し、慰めるところにあるのだろう。彼は、人の死が別の人の生となって再生するということを教える。しかしガストンは、そのあとで「おバカさん」の結末と同じように、どこかへ消えてしまうのであって、ここはちょっと笑えるところだ。とはいってもガストンは、遠藤周作が創造した同伴者的なイエス像の中でも、特にユニークで、愛されるキャラクターだ。その彼が、死と生の等価性を教えるところが、「カニバリズム」のグロテスクさを救っている。

このように、三人の男性ツアー客にかかわる物語内容は、いずれも、生と死の合一あるいは逆転を語っていることになる。

「玉ねぎ」について考えよう。

カトリック作家グレアム・グリーンの「情事の終り」には、愛をあらわす重要な暗号として「玉ねぎ」が登場する。遠藤は「『深い河』創作日記」の九二年二月一三日に、この小説を読み直した感想をこう書いている。

かつて感嘆したこの作品の小説技術は二人の恋愛場面（タマネギの出てくる場面）以外には感じられず、他は無理矢理、作中人物を動かしているように思える。

さらに二日後の二月一五日の日記でも、この小説について述べているので、この小説と「深い河」の関連は否定できない。

「情事の終り」には、主人公の作家ベントリクスが書いた小説の一コマに、夫が玉ねぎの匂いを嫌うためにステーキの付け合わせの玉ねぎを食べない人妻の話が出てくる。この一節が、作家と友人の妻セアラの食事の時に話題になり、セアラは自分の夫の嫌う玉ねぎを食べてみせる。その結果、二人は意気投合してホテルに向かうことになるのだが、その後、「玉ねぎ」は重要な暗号になり、作品中に何度も登場してくる。「玉ねぎ」という言葉を使えば、この不倫の愛が明るみになりにくいからだ。

「玉葱」これはぼくたちの手紙のなかで、ひそかに熱情をあらわす言葉になっていた。愛は「玉葱」だったし、愛の行為そのものさえ「玉葱」だった。（永川玲二訳）

「深い河」では、「神」という言葉を、成瀬美津子が「ねえ、その神という言葉やめてくれない。いらいらするし実感がないの」と拒否するところから「玉ねぎ」の使用が始まる。大津は「トマトでもいい、玉ねぎでもいい」というのだが、「玉ねぎ」のほうを美津子が選んだのだ。ということは、二人の間だけで通じる暗号を、大津が例示し、美津子が選択したということだ。「玉ねぎは愛の働く塊りなんです」と大津は言うが、ここには「情事の終り」の「玉ねぎ＝愛」という図式が生きている。

「玉ねぎ」の属性は何だろうか。野菜であり、強い匂いと辛みがある。何重にも重ね着をしていて、裸にしにくい。形がイスラム教のモスクの丸屋根に似ている。あるいは、しいていえば、二人が再会した都市リヨン（Lyon）と玉ねぎ（l'oignon）は、発音がちょっとだけ似ている。などと考えていっても、キリスト教の神との共通点は見つけにくい。むしろ、「玉ねぎ」のもつ、荘厳さに欠けるユーモラスな姿が、神とは無縁であるというイメージを強く与える。沼田の記憶のなかの犀鳥の「ピエロ＝神」というイメージとも共通項をもっているようだ。

「玉ねぎ」のこの意外性にこそ、他者には通じない暗号としての意義がある、といえるのかもしれない。「情事の終り」のベンドリクスとセアラにとって、「玉ねぎ」という語がもつ意外性のゆえに、それが他者には絶対に解けない暗号でありえたように。

キリスト教の神が「玉ねぎ」と言い換えられたとたんに、それは遥かに穏やかで広がりのあるものになる。大津のいう、他宗教をも含み込む巨大なイメージへと成長するのだ。それは遠藤周作がグレアム・グリーンから借りてきたものであったとしても、「深い河」の神的存在、つまり作品中の多くのキャラクターたちをつなぐ超越的な存在を指し示すのにきわめて適切だったといえよう。

「グレート・マザー」はユングの指摘したアーキタイプ（元型）の一つだが、遠藤周作がアーキタイプに詳しかったことは、たとえば「現象は偶然かそれとも必然か？」（八七年）での湯浅泰雄との対談からも察することができる。そこでは遠藤はこう言っている。

まあ時間的元型としては、たとえばグレートマザー（太母）でもアニマやアニムスでも考えられるけど、空間的元型というのがあるなら、それはわれわれが見過ごしているが、しかるべき記号があるのだろうか？

「母」のイメージは、実在の母親のイメージからマリア観音のイメージへと、遠藤周作の内部で醸成しつづけられていった観念だが、そこには基本的に教会的な聖母マリアへの寓意があった。いわば「慈母」のイメージなのだ。

東京外語大の高嶋淳氏のウェブサイト「神像絵姿集成」を見ると、インドの女神のうち、武器を持たぬ「慈母」に近い女神は、ガウリーとかサラスヴァティとかガンガーとか、それなりに数多いのだが、遠藤周作が注目したのは、なんと墓場の神、死の女神であるチャームンダーだった。チャームンダー像は、基本的には老婆の姿をし、死を象徴する道具をもち、死体を踏みつけている。しかも小説に登場するのは、数多いチャームンダー像のなかでも特に奇怪で醜悪な、デリーの国立博物館にある一体だ。私もインドを旅行してこの像を見たが、遠藤周作の解釈にはまったく納得できなかった。

このチャームンダー像は、まさに墓場をつかさどる神として、見る者に死の恐怖を与える不吉な姿だが、遠藤はこの姿に新しい解釈を与えた。つまり、聖母マリアに通じる「慈母」のイメージだ。小説中で、ガイドの江波は、次のように説明する。

彼女は……印度人の苦しみのすべてを表わしているんです。／長い間、彼等が苦しんできたすべての病気にこの女神はかかっています。コブラや蠍の毒にも耐えています。それなのに彼女は……喘ぎながら、萎びた乳房で乳を人間に与えている。これが印度です。

ここには、授乳＝母親＝慈母、というかたちでの解釈があるが、授乳を母親のイメージにつなげてしまうのはやや短絡的だ。チャームンダーは地母神信仰とかかわりをもつ死神であり、授乳の形態はそこに由来する。したがって死神の授乳という行為のもつ不気味さ、グロテスクさがこの像には表現されているはずだが、遠藤は授乳という一点をとらえて、これを聖母になぞらえたのだった。

おそらく、この女神像を発見した時に、遠藤周作は、インドにおける「グレート・マザー」のテーマを表現するのに最適だと考えたのだろう。この女神像にはインドの女神たちのもつ残酷さという一面と、授乳という行為での慈悲が表現されていると、そう考えておそらくは興奮したろう。しかし、やはりこの女神像を聖母マリアとつなげるのには無理がある。聖母マリアのイメージには、残酷さという要素がないからだ。

インドにおける「グレート・マザー」としては、まず政治的な存在として、作品中でその暗殺が語られるインディラ・ガンジー首相がいる。しかし、その権力的・独裁的な性格は、聖母マリアにはつながりそうもない。したがって作品中では、むしろその宗教的な非妥協性が強調され、暗殺という事件を中心に語られることになる。またインドでの宗教的な「グレート・マザー」としては、マザー・テレサが実在するわけだが、ヒンズー教徒を助けるマザー・テレサのキャラクターを強調すると、それは大津の行動と重なり、大津の存在意義がかすんでしまうことになる。「『深い河』創作日記」ではマザー・テレサについてしばしば触れられているが、小説中では、大津がマザー・テレサの著書をもっていることと、最後の場面にその修道会のシスターたちがちらっと登場する、といった小さなエピソードだけにとどめている。

したがって、妙な言い方だが、チャームンダーに慈母の性格を与えることによって、つまりチャームンダー像を遠藤周作的に「曲解」することによって、初めて「グレート・マザー」のイメージが完成し、小説を成功に導いたともいうことができそうなのだ。

さらに「グレート・マザー」と関連して、この小説のキャラクターたちを、遠藤周作が強く関心を寄せていたフロイドとユングから考えてみよう。大津は、明らかに一人のエディプスだといえる。彼は父なる神に抵抗して、母なる神のほうに向かうからだ。大津の造型は、作家遠藤周作という一人のエディプスの反映だとも考えることができるだろう。

成瀬美津子は、モイラ／テレーズという両面をもつアニマの役割を果たし、江波はインドについて語るオールド・ワイズ・マンとして登場し、ガストンは大津のシャドウあるいはイエスのペルソナとして出現することになる。磯辺の探しているインド人の少女はアニマだし、沼田の犬や九官鳥はペルソナだといえる。おそらく、遠藤周作の小説がつねに神話的な構造をもつことが、ユングからの分析を容易にする。ただし、そうした分析から得られるものは少ないが。

「河」は多くの意味を含みながら、一つの大きなイメージとして、この小説の中を流れつづけている。

タイトルの「深い河（ディープ・リバー）」については、「『深い河』創作日記」の九二年一一月九日の項で説明されている。

「河」という題が「深い河」という題に変ったのは黒人霊歌の「深い河」を昨日聞いて、それこそこの小説の題をあらわしていると思った。作品中にこの霊歌を暗示する一節を入れたい。

遠藤周作が聞いたスピリチュアルの〈DEEP RIVER〉は、次のような歌詞で始まる。

Deep river, my home is over Jordan
Deep river, Lord, I want cross over into campground

つまりその「深い河」は、ガンジス川ではなく、ヨルダン川なのだ。スピリチュアルとしては、ミシシッピ川をヨルダン川になぞらえて、それを渡った向こう岸に逃げていきたいという、奴隷であった人々の願望を表わしたものとされるが、遠藤周作は、文字通りヨルダン川としてとらえたはずだ。歌詞にあるヨルダン川を渡ったcampground（集いの土地）とは、聖書で言う「カナンの地」のことだ。

なぜ、ガンジス川の物語がヨルダン川のイメージに変えられてしまったのか。そこには、ヒンズー教の聖なる川を、キリスト教の聖なる川として表現しようとする意思がある。この物語は、江波を軸にすればヒンズー教が土台になるが、主人公はやはり大津であり、したがって、基盤になっているのはキリスト教なのだ。だから、ヨルダン川がその中にガンジス川を含んでいる、という発想は必然のものになる。

川を渡るとは、此岸から彼岸に渡ること、つまり三途の川を渡って死の世界に行くことだが、スピリチュアルでは、川を渡って苦しい人生から解放されることが希望を意味する。つまりそこには、生は悲しみであり、死は喜びである、という逆転した発想があるのだ。この点では、スピリチュアルを小説のタイトルにしたことが、全体のテーマとよく合致しているといえる。

「河」は古今東西の文学や思想で、死と再生のイメージの表現媒体として扱われてきた。遠藤周作に時代的に近く、ともに堀辰雄の影響を受けた作家に、福永武彦がいる。福永武彦は、もっとも早くユングを吸収した日本人作家であり、「心の中を流れる河」「忘却の河」「幼年」など、「河」をテーマにした小説を多く書いた。そこでは「河」には、母と死という二つのイメージが与えられていた。母と死というテーマは、「深い河」のテーマにも共通している。

しかし、福永武彦が描いた夢や想像のなかの「河」とは異なって、「深い河」にはガンジスという実在する大河が登場する。したがって死と再生のイメージも、きわめて強く表現されている。そこにこの小説の重点がある。死と生の合一／逆転というテーマを実現しながら、その「深い河」は今日も流れつづけ、永遠の観念を人々に与えつづけている。

ところで、こうして「深い河」を七つのキーワードから論じてきたが、遠藤周作の文学的生涯をしめくくるこの作品の意義は何だろうか。もちろん「集大成」だと見ることには、一応の妥当性がある。この作品のテーマやモチーフの多くが既出のもので、それらをインドというイメージで総括した、とする見方だ。

しかし、むしろ遠藤周作が好んで用いた「円環」の比喩を使うほうが、作品の意義がはっきりと見えてくるように思われる。「作家が言いたいことは一つしかない」とは瀬戸内寂聴氏の言葉だが、遠藤周作も、たった一つのことを語り続けた。「アデンまで」で語ったことが、「深い河」によってまた「アデンまで」に重なる。そして作品全体が一つの円環を描く。その円環をあざやかに閉じる作品としての意義が、「深い河」にある。私としては、そういうとらえ方をしてみたい。

〔柘植光彦〕

没後主要参考文献リスト

凡例

一、この目録は、遠藤周作に関する没後の主要な参考文献を発表年月順に配列したものである。

一、各文献の表題は発表された通りを原則としているが、やむなく一部を省略したものがある。

一、単行本、掲載誌のタイトルは奥付に従い、発行年月日は原則として奥付に従った。ただし、どうしても確認のとれない書誌については、各月の冒頭に配した。

一、遠藤の生前に一度発表された著作が没後再度発表された場合や単行本等に収録された場合などの記録は、今回は対象外とした。

一、遠藤周作に関する雑誌掲載研究論文が単行本等に収められた場合は、単行本の記録として採った。

一、文芸誌における遠藤周作追悼特集号については、掲載誌と巻号数のみ表記し、追悼記事がみられる掲載誌については、細目をとった。

【単行本】

一九九七年
遠藤順子　鈴木秀子『夫・遠藤周作を語る』（文芸春秋　9月）
山形和美編『国研選書3　遠藤周作―その文学世界』（国研出版　12月）
三浦朱門『わが友遠藤周作』（PHP研究所　12月）
一九九八年
文芸春秋編『遠藤周作のすべて』（文春文庫　4月）
遠藤順子『夫の宿題』（PHP研究所　7月）
遠藤周作と劇団「樹座」の素敵な仲間たち刊行委員会『遠藤周作と劇団「樹座」の素敵な仲間たち』（きこ書房　11月）
一九九九年
加藤宗哉『遠藤周作おどけと哀しみ』（文芸春秋　5月）
二〇〇〇年
遠藤順子『再会』（PHP研究所　1月）
笠井秋生　玉置邦雄『作品論　遠藤周作』（双文社出版　1月）
川島秀一『近代文学研究叢刊23　遠藤周作〈和解〉の物語』（和泉書院　9月）
二〇〇二年
石内徹編『近代文学作品論集成20　遠藤周作『沈黙』作品論集』（クレス出版　6月）
二〇〇四年

佐藤泰正編『笠間ライブラリー　遠藤周作を読む』（笠間書院　5月）
清水正『遠藤周作とドストエフスキー』（D文学研究会　9月）
二〇〇五年
山根道公『遠藤周作その人生と『沈黙』の真実』（朝文社　3月）
二〇〇六年
加藤宗哉『遠藤周作』（慶應義塾大学出版会　10月）
二〇〇七年
兼子盾夫『遠藤周作の世界』（教文館　8月）

【遠藤周作追悼特集号・追悼記事掲載号】

一九九六年
『群像』51巻12号
『新潮』93巻12号
『中央公論』111巻14号
佐藤愛子「おもろうて、やがて悲しき」『婦人公論』81巻13号
『文学界』50巻12号
遠藤龍之介「その息子として　読者として」『文芸春秋』74巻15号
金田浩一呂、秋竜山、加藤宗哉「座談会　さようなら遠藤周作さん」『三田評論』986号
一九九七年

『三田文学』76巻48号
瀬戸内寂聴「幸福な生と死―遠藤周作さんのこと」『文学界』51巻1号
鈴木秀子「遠藤周作さん、最後の夜の病室で」『婦人公論』82巻3号

【没後公開資料】

一九九七年
遠藤周作「『深い河』創作日記」『三田文学』76巻50号
一九九八年
遠藤周作「滞佛日記」（『ルーアンの丘』PHP研究所　9月）
二〇〇〇年
遠藤周作「サウロ」『新潮』97巻6号
二〇〇一年
遠藤周作「未発表日記140枚　ひとつの小説ができるまでの忘備ノート」『三田文学』80巻67号
二〇〇三年
遠藤周作「五十五歳からの私的創作ノート」『文藝　別冊』8月号
二〇〇四年
外海町立遠藤周作文学館『遠藤周作『沈黙』草稿翻刻』（長崎文献社　3月）
二〇〇六年
遠藤周作『十頁だけ読んでごらんなさい。十頁たって飽いたらこの本を捨てて下さって宜しい』（海竜社

8月）

二〇〇七年

「新発見　遠藤周作フランス留学時の家族との書簡」『三田文学』86巻90号

町田市民文学館『光の序曲　町田市民文学館蔵遠藤周作蔵書目録　欧文篇』（町田市民文学館　9月）

二〇〇八年

長崎市遠藤周作文学館『遠藤周作文学館蔵遠藤周作蔵書目録Ⅰ』（長崎市遠藤周作文学館　3月）

【論文・講演会／シンポジウム記録】

一九九六年

大田正紀「遠藤周作「影法師」試論―サディズムあるいは同性愛の克服」『梅花短大国語国文』9巻

一九九七年

大平剛「「遠藤周作」と「沈黙」」『昭和文学研究』35号

佐藤泰正「〈異文化との遭遇〉とは―あとがきに代えて」『異文化との遭遇』9月号

玉置邦雄「遠藤周作とキリスト教」『キリスト教文化学会年報』43号

大田正紀「遠藤周作「海と毒薬」論⑴―モチーフとしての生体解剖事件と罪責論」『梅花短大国語国文』10号

遠藤順子　鈴木秀子「対談　遠藤周作〝復活〟のメッセージ」82巻10号

小林昭「「遠藤周作の文学を振り返る」」『民主文学』434号

遠藤周作　尾崎秀樹「対談　「反逆」をめぐって」『大衆文学研究』115号

高橋千劔破「遠藤周作と歴史小説」『大衆文学研究』115号
加藤宗哉「おどけと哀しみのバランス―遠藤周作のユーモア」『大衆文学研究』115号
藤田昌司「『深い河』創作日記」を読んで」『大衆文学研究』115号
山根道公「遠藤周作―夕暮の眼差し」『三田文学』76巻51号
三浦朱門　河合隼雄「対談『深い河』創作日記を読む」『三田文学』76巻51号
間瀬啓允「遠藤周作と宗教多元主義」『三田文学』76巻51号
影山恒男「『海と毒薬』の叙法と構造―状況と倫理への一つの挑戦」『活水日文』35巻

一九九八年
山崎陽子「座長　遠藤周作と樹座の20年」『文芸春秋』76巻1号
河合隼雄「日本の土を踏んだ神―遠藤周作の文学と宗教」『三田文学』77巻52号
山形和美「文学とキリスト教―果たしてアポリアか」『清泉文苑』15巻
上総英郎「遠藤周作の人と文学」『清泉文苑』15巻
大田正紀「遠藤周作『海と毒薬』論(2)―描かれざる《恩寵》をめぐって」『梅花短期大学研究紀要』46巻4号
柘植光彦「「イエス」のメディオロジー―メディエーターとしての遠藤周作」『国語と国文学』75巻4号
田中健夫「遠藤周作氏の大胆な憶測―『鉄の首枷―小西行長伝』によせて」『日本歴史』600号
木崎さと子「アジアにとって、イエスとは誰か―遠藤周作の生涯と文学をめぐって」『福音と社会』37巻4号
笠井秋生「遠藤周作『深い河』の主題と方法―無意識領域の悪の追究」『文学における表層と深層』10月号

宮崎正弘「連載第9回「三島由紀夫〝以後〟」―遠藤周作と三島の宗教観」『自由』40巻11号

一九九九年

佐藤泰正「最後の小説に至るまで―遠藤周作と大江健三郎」『新潮』96巻1号
大久保房雄「死を予告した手紙―原民喜と遠藤周作のこと」『三田文学（第3期）』78巻56号
朝倉文市「遠藤周作―20歳前後の沈黙の謎」『ノートルダム清心女子大学紀要 国語・国文学編』23巻1号
加賀乙彦 木崎さと子「遠藤文学の通奏低音」『波』33巻4号
高堂要「ミニシンポジアム遠藤周作『深い河』『深い河』について」『キリスト教文学研究』16号
笠井秋生「ミニシンポジアム遠藤周作『深い河』『深い河』の作中人物」『キリスト教文学研究』16号
佐藤泰正「ミニシンポジアム遠藤周作『深い河』『深い河』再読」『キリスト教文学研究』16号
三木サニア「遠藤文芸の中の女たち―聖書との関わりの下に」『キリスト教文学』18巻
中島公子「「テレーズ・デスケルー」の遠藤訳に現れた神」『キリスト教文学』18巻
今井真理「〈無名のひとたち〉の声―遠藤周作における―信じること―の意味」『三田文学』78巻58号
宮下啓三「ことわりなしのプロフィール―遠藤周作氏を書いた二枚のスケッチ」『三田文学』78巻58号
Genevieve Pastre 訳：高山鉄男「妹フランソワーズと遠藤周作」『三田文学』78巻59号
佐藤泰正「遠藤周作『スキャンダル』」『三田文学』78巻59号
河合隼雄「講演 日本の宗教と文学 遠藤周作の文学と宗教」『日本における宗教と文学』11月号
岡屋昭雄「遠藤周作論―シンクレティシズムの世界」『文学と教育』38号

二〇〇〇年

李平春「遠藤周作『アデンまで』—遠藤文学のスタートラインとして」『国文白百合』31号
徳村歩「遠藤周作『スキャンダル』の考察—両性の非対称と恩の構造について」『沖縄国際大学語文と教育の研究』1号
荒瀬康成「遠藤周作『沈黙』における一典拠について」『京都語文』5号
高木香菜枝「遠藤周作の初期思想—「アデンまで」「学生」そして「白い人」」『哲学と教育』48号
宮本靖介「グレアム・グリーンと遠藤周作におけるカトリシズム」『龍谷紀要』21巻2号
小田島本有「『深い河（ディープ・リバー）』論—〈愛のまねごと〉が向かうもの」『日本近代文学会北海道支部会報』3巻
遠藤祐「ガンジスの流れに向けて—『深い河（ディープ・リバー）』の美津子と大津」『玉藻』36巻
岩波剛「50年目の〝奇跡〟」『新潮』97巻6号
山根道公「遠藤周作18歳の謎」『新潮』97巻6号
高山鉄男「フランソワーズのこと」『新潮』97巻6号
佐伯彰一「『沈黙』への船出」『新潮』97巻6号
荒瀬康成「遠藤周作『沈黙』におけるロドリゴの最期の信仰—「切支丹屋敷役人日記」に描かれた作者の文学的意図」『阪神近代文学研究』3号
安徳軍一「遠藤周作『深い河（ディープ・リバー）』（１９９３年６月）とG・グリーン文学との響き合い〈魂の救済への道〉を探ねて」『北九州大学文学部紀要』60号
大平剛「「白い人」論」『帯広大谷短期大学紀要』38巻
久保田暁一「『深い河』にみる独自の視点」『キリスト教文芸』17巻

長浜拓磨「『深い河』とキリスト教―〈母なるもの〉のイメージをめぐって」『キリスト教文芸』17巻
松浦勝男「遠藤周作に見る「文化受容」―キリスト教的価値とその土着化について」『比較文明』16号

二〇〇一年

笛木美佳「「女の一生　一部・キクの場合」論―雨が語りかけてくるもの」『学苑』727巻
石内徹「遠藤周作『沈黙』論」『清和女子短期大学紀要』30巻
安岡章太郎「（弔辞）遠藤周作へ信仰上の「父」遠藤」『文芸春秋』79巻2号
勝呂奏「遠藤周作「シラノ・ド・ベルジュラック」考」『奏』1巻
李平春「遠藤周作の評論「神々と神と」論―堀辰雄『花あしび』をめぐって」『国文白百合』32号
山根道公「遠藤周作『深い河』とマザー・テレサ」『キリスト教文化研究所年報』23号
本多峰子「遠藤周作論〈母なる神―西洋キリスト教と日本人の宗教観の相克と、宗教多元主義の解決〉」『二松学舎大学東洋学研究所集刊』31号
槌賀七代「『深い河』論―遠藤周作文学の世界におけるカニバリズムの意味するもの」『経済文化研究所年報』10号
笛木美佳「遠藤周作「女の一生　一部・キクの場合」論―〈場合〉を読み解くために」『キリスト教文学研究』18巻　5月
山根道公「『スキャンダル』の原題「老いの祈り」の意味するもの―未発表日記をめぐって」『三田文学』80巻67号
加賀乙彦「講演『沈黙』とその時代」『三田文学』80巻67号
今井真理「「悪」のむこうにあるもの―遠藤周作論」『三田文学』80巻67号

廣石廉二「『侍』―内的自伝の試み」『三田文学』80巻67号
高山鉄男「堀辰雄と遠藤周作―神々との出会い」『三田文学』80巻67号

二〇〇二年

笛木美佳「遠藤周作『わたしが・棄てた・女』論―〈小さな頭〉〈小さな胸〉が含みもつもの」『学苑』738巻
李平春「遠藤周作の『白い人』論」『国文白百合』33号
武田秀美「『白い人』論―神不在の虚無」『星美学園短期大学研究論叢』34巻
阿部曜子「遠藤周作とグレアム・グリーン―『沈黙』と『権力と栄光』にみる神の位相」『四国大学紀要』Ser. A. 人文・社会科学編』18号
野中潤「神の沈黙と英霊の声―遠藤周作と三島由紀夫」『文学と教育』43号
青山めぐみ「遠藤周作『沈黙』論―ロドリゴの信仰の変化に託された新しいイエス像」『キリスト教文学』21巻
山根道公「遠藤周作『満潮の時刻』論―『沈黙』との関係をめぐって」『清心語文』4号
下野孝文「『沈黙』論―諸書との関わりから」『近代文学論集』28巻
奥野政元「遠藤周作とキリスト教」『活水日文』44巻
下野孝文「フェレイラ、そして沢野忠庵―「沈黙」論の前提として(1)―」『語文研究』94巻

二〇〇三年

笛木美佳「遠藤周作「おバカさん」論―ガストンはどこを歩いているのか」『学苑』749巻
内藤寿子「遠藤周作『海の沈黙』の位相―〈韓国人〉羅承元の意味をめぐって」『社会文学』18号

笠井秋生「講演　文学とキリスト教―遠藤周作をめぐって」『キリスト教文学研究』20巻
佐藤泰正「堀から遠藤周作へ、あるいは遠藤から堀辰雄へ」『キリスト教文学研究』20巻
入野田真右「遠藤周作論―『沈黙』をめぐって」『近代作家論』2月号
下野孝文「明治政府と〈浦上四番崩れ〉―『最後の殉教者』と『女の一生』から」『国語国文薩摩路』47巻
朝倉文市「遠藤周作：初期評論・エッセイにおける宗教と文学―神信仰の諸問題⑴」『ノートルダム清心女子大学紀要　日本語日本文学編』27巻1号
小嶋洋輔「「それぞれ」の救い、「宗教的なるもの」の文学―遠藤周作『深い河』論」『千葉大学日本文化論叢』4巻
小嶋洋輔「過去としての子ども、他者としての子ども―遠藤周作作品と子ども試論」『日本近代文学と子ども』3月号
マーク・ウィリアムズ「遠藤周作『沈黙』―ロドリゴの分身を探って」『異文化との出会い』3月号
林水福「遠藤周作『深い河』」『異文化との出会い』3月号
笠井秋生「講演　文学とキリスト教―遠藤周作をめぐって」『キリスト教文学研究』20巻
佐藤泰正「堀から遠藤周作へ、あるいは遠藤周作から堀辰雄へ」『キリスト教文学研究』20巻
下野孝文「キャラ、そして岡本三右衛門―「沈黙」論の前提として㈡―」『語文研究』95巻
大田正紀「遠藤周作における〈神〉観―神は多くの顔を持つのか」『梅花短大国語国文』16巻

二〇〇四年

笛木美佳「遠藤周作「海と毒薬」論―勝呂の目遣いと救いの可能性」『学苑』760巻

小嶋洋輔　加藤隆「遠藤周作訳『テレーズ・デスケルー』―翻訳から見る作家の方法」『千葉大学社会文化科学研究』8巻
荒瀬康成「遠藤周作「小さな町にて」論―「基督教」からの離脱／「基督教」への接近」『昭和文学研究』48巻
下野孝文「『最後の殉教者』論―その役割と原拠について―」『国語国文薩摩路』48巻
長濱拓磨「韓国における遠藤周作―翻訳・研究論文の現在」『無差』11巻
笠井秋生「遠藤周作におけるイエス像の変容」『文芸研究』157巻
高山鉄男「『沈黙』から『侍』へ」『文芸研究』157巻
山本泰生「遠藤周作とルドルフ・ブルトマン―その奇跡観をめぐって」『文芸研究』157巻
佐藤伸宏「複眼的考察の成果―シンポジウム司会より」『文芸研究』157巻
福田耕介「翻訳者としての遠藤周作―『テレーズ・デスケルー』訳をめぐって」『白百合女子大学言語・文学研究センター言語・文学研究論集』4巻
福田耕介「『海と毒薬』における『テレーズ・デスケルー』の「息遣い」―「母親」の二つの顔をめぐって」『Lilia candida』34巻
金恩暎「遠藤周作論―『私の愛した小説』での「無意識」のアプローチを中心に」『キリスト教文学研究』21巻
小嶋洋輔「遠藤周作作品における語り手―同伴者としての語り手、『沈黙』、『深い河』」『キリスト教文学研究』21巻
山根道公「遠藤文学と棄教神父―「火山」までと『沈黙』以後」『キリスト教文学研究』21巻

小嶋洋輔「遠藤周作『深い河』と瀬戸内寂聴『渇く』―現代人の救い」『キリスト教文学』23巻
佐藤泰正「作家の〈文学的出発とは〉―漱石・芥川・堀・遠藤という系脈をめぐって」『キリスト教文学』23巻
武田秀美「遠藤周作と『深い河』―多元的な宗教観に至るまで」『日本比較文学会東京支部研究報告』1巻
小嶋洋輔「『沈黙』と時代―第二バチカン公会議を視座として」『日本近代文学』71巻
本田有加子「遠藤周作「おバカさん」における改稿―〈自分のキリスト〉の表出」『日本文芸研究』56巻3号
天羽美代子「遠藤周作『イエスの生涯』における〈イエス像〉造形過程の一考察―シュタウファー『イエス―その人と歴史』の影響について」『高知大国文』35巻

二〇〇五年

笛木美佳「遠藤周作「ユリアとよぶ女」論―〈ユリア〉の謎をめぐって」『学苑』771巻
松野美穂「『テレーズ・デスケルー』と『海と毒薬』における罪―遠藤周作が迫ったテレーズの影」『Lilia candida』35巻
下野孝文「遠藤周作「母なるもの」論―カクレキリシタンを創る」『国語国文薩摩路』49巻
本多峰子「ユダは救われるか―カール・バルト『イスカリオテのユダ』と遠藤周作『沈黙』による考察」『二松学舎大学国際政経論集』11巻
久保田暁一「三人の作家との出会い」『椎名麟三―自由の彼方で』9巻
秋山公男「『白い人』―サディズム性」『愛知大学文学論叢』132巻

佐藤泰正「遠藤論二冊を読んで」『キリスト教文学』24巻
久松健一「遠藤周作の秘密（上）」『明治大学教養論集』396号
遠藤祐「『スキャンダル』の語るもの―絶対の〈悪〉は在り得たか」『学苑』780巻
小林昭「遠藤周作『海と毒薬』のこと」『民主文学』481巻

二〇〇六年

辛承姫「遠藤周作におけるヨーロッパ留学の意味―「ルーアンの夏」と「留学生」を中心に」『専修国文』78巻
笛木美佳「遠藤周作「女の一生　二部・サチ子の場合」論―〈理想とする女性〉を追って」『学苑』783巻
久松健一「遠藤周作に関する年譜・一覧表（1958―2005）」『文献探索』
久松健一「遠藤周作の秘密（中）」『明治大学教養論集』402号
笛木美佳「遠藤周作「女の一生　二部・サチ子の場合」論―〈理想とする女性〉を追って」『学苑』783巻
高橋龍夫「第三の新人たちの描く日常感覚―収斂されない認識方法として」『国文学　解釈と鑑賞』71巻2号
辛承姫「遠藤周作論　母なるもの」『国文学　解釈と鑑賞』71巻2号
小嶋洋輔「遠藤周作論　カトリックの変容―1960年代の転換」『国文学　解釈と鑑賞』71巻2号
末國善己「遠藤周作論　遠藤周作の歴史認識をめぐって―〈戦国三部作〉を手掛かりに」『国文学　解釈と鑑賞』71巻2号
田中葵「遠藤周作『海と毒薬』論―その構成における破綻」『阪神近代文学研究』7巻
峰村康広「生体解剖という踏絵―遠藤周作「海と毒薬」を読む」『近代文学研究』23巻

中尾祐介「遠藤周作論―解体されるキリスト教イデオロギー」『岡山大学国語研究』20巻
久松健一「遠藤周作の秘密（下）」『明治大学教養論集』408号
下野孝文「遠藤周作『女の一生』一部(1)「キク」の時間、長崎の風物を中心に」『国語国文薩摩路』50巻
本多峰子「日本におけるキリスト教受容の問題―文学を通しての考察」『二松学舎大学東アジア学総合研究所集刊』36号
笠井秋生「『沈黙』の絵踏みの場面をめぐって―果たして神は沈黙を破ったのか」『キリスト教文芸』22巻
山根道公「『沈黙』の「踏絵の基督」の原像をめぐって」『キリスト教文芸』22巻
細川正義「遠藤周作文芸とキリスト教―『沈黙』に至る道」『人文論究』56巻1号
鈴木秀子「没後十年　遠藤周作文学の今日的意味」『文学界』60巻9号
今井真理「それでも人間は信じられるか―遠藤周作とアウシュヴィッツ」『三田文学』85巻84号
長谷川（間瀬）恵美「母なるものを求めて―遠藤周作とアウシュヴィッツ」『三田文学』85巻84号
福田耕介「遠藤周作とフランソワ・モーリヤック―テレーズ的主人公の救済」『三田文学』85巻84号
間瀬啓允「ヒック自伝に顔を出す遠藤周作」『三田文学』85巻87号
山根道公「遠藤周作と井上洋治―魂の故郷へと帰る旅」『三田文学』85巻87号
今井真理「悪の行われた場所―「海と毒薬」の光と翳」『三田文学』85巻87号
久松健一「遠藤周作　年譜に隠された秘密」『三田文学』85巻87号
竹原陽子「イエスのような人―遠藤周作に残された原民喜の痕跡」『三田文学』85巻87号
福田耕介「遠藤周作とフランソワ・モーリヤック―ベルナール的「息子」への視点」『三田文学』85巻87号

品川博之「『海と毒薬』論―〈組織〉と〈権力〉を背景に」『埼玉大学国語教育論叢』9巻
古橋昌尚「遠藤周作の預言的ビィジョン―神学の一形態としての文学とその可能性」『人間学紀要』36号
間瀬啓允「ジョン・ヒック『自伝』と遠藤周作」『東北公益文科大学総合研究論集』11巻

二〇〇七年

辛承姫「遠藤周作の『沈黙』―弱者の典型としてのキチジローの系譜」『専修国文』80巻
下野孝文「遠藤周作『女の一生』一部(2)〈浦上四番崩れ〉を巡って」『国語国文薩摩路』51巻
小嶋洋輔「遠藤周作「中間小説論」―書き分けを行う作家」『千葉大学人文研究』36巻
長濱拓磨「シンポジウム『侍』試論―ベラスコの視点をめぐって」『キリスト教文学研究』24巻
笠井秋生「シンポジウム『侍』をどう読むか―日本におけるキリスト教の土着化の問題」『キリスト教文学研究』24巻
川島秀一「シンポジウム『侍』瞥見―ある躊躇と疑念」『キリスト教文学研究』24巻
小嶋洋輔「遠藤周作と二〇世紀末の宗教状況」『千葉大学人文社会科学研究』15巻
山根道公「遠藤周作と井上洋治―魂の故郷へと帰る旅(2) 四等船室での出会い、そして葡萄畑の再会」『三田文学（第3期）』86巻88号
今井真理「解説　新発見　遠藤周作フランス留学時の家族との書簡」『三田文学』86巻90号
山根道公「遠藤周作と井上洋治―魂の故郷へと帰る旅(3) それぞれの帰国まで」『三田文学』86巻89号
山根道公「遠藤周作と井上洋治―魂の故郷へと帰る旅(4) 日本での再会から」『三田文学』86巻90号
山根道公「遠藤周作と井上洋治―魂の故郷へと帰る旅（最終回）魂の故郷への帰還」『三田文学』86巻91号

山田都与「遠藤周作『王の挽歌』と白水甲二『きりしたん大名　大友宗麟』」『金城日本語日本文化』84巻
二〇〇八年

〔山下静香〕

〈編集〉
柘植光彦　（つげ・てるひこ）　専修大学教授

〈執筆者一覧〉
阿部　曜子　（あべ・ようこ）　四国大学教授
天羽美代子　（あもう・みよこ）　土佐中・高等学校教諭
加賀　乙彦　（かが・おとひこ）　作家
笠井　秋生　（かさい・あきふ）　梅花短期大学名誉教授
加藤　憲子　（かとう・のりこ）　白百合女子大学大学院博士課程
加藤　宗哉　（かとう・むねや）　作家・「三田文学」編集長
神谷　光信　（かみや・みつのぶ）　関東学院大学客員研究員
川島　秀一　（かわしま・ひでかず）　山梨英和大学教授
小嶋　洋輔　（こじま・ようすけ）　千葉大学人文社会科学研究科特別研究員
近藤　光博　（こんどう・みつひろ）　日本女子大学准教授
辛　　承姫　（シン・スンヒ）　専修大学人文科学研究所特別研究員
鈴村　和成　（すずむら・かずなり）　文芸評論家・横浜市立大学教授
須浪　敏子　（すなみ・としこ）　四国学院大学教授
高橋　　原　（たかはし・はら）　東京大学助教
髙橋　博史　（たかはし・ひろふみ）　白百合女子大学教授
柘植　光彦　（つげ・てるひこ）　上　記
中村三代司　（なかむら・みよし）　淑徳大学教授
樋口　　淳　（ひぐち・あつし）　専修大学教授
笛木　美佳　（ふえき・みか）　昭和女子大学講師
福田　耕介　（ふくだ・こうすけ）　白百合女子大学准教授
宮坂　　覺　（みやさか・さとる）　フェリス女学院大学教授
宮本　陽子　（みやもと・ようこ）　広島女学院大学教授
山下　静香　（やました・しずか）　遠藤周作文学館学芸員
山根　道公　（やまね・みちひろ）　ノートルダム清心女子大学准教授

（執筆者は50音順・敬称略、所属・肩書きは、2008年８月現在）

■編者略歴■
柘植光彦（つげ・てるひこ）
1963年東京大学文学部卒業。1971年東京大学大学院博士課程満期退学。専修大学文学部教授。現代日本文学専攻。現代文学会代表世話人。
主要著書「現代文学試論」「文章入門」「私は美しい―私をめぐる七つの小説」など。編著書「村上春樹スタディーズ」（全5巻）など。

遠藤周作――挑発する作家

平成20年10月1日発行

東京都新宿区西五軒町4－2
03(3268)2441(代)

http//：www.shibundo.co.jp

編者　柘植光彦

発行所　至文堂

発行者　米澤泰治

（印刷：電算印刷）

ISBN 978-4-7843-0269-7 C3095